作 者 简 介

穆涛，《美文》杂志执行副主编。西北大学教授，博士研究生导师。中国散文学会副会长，西安市作家协会主席，中国作家协会散文专委会委员。享受国务院特殊津贴专家，获全国五一劳动奖章。著有《先前的风气》《中国人的大局观》《中国历史的体温》《明日在往事中》《俯仰由他》《肉眼看文坛》《散文观察》等多部作品。其中《先前的风气》获第六届鲁迅文学奖，并入选2014年度"中国好书"。

制高点文库·散文

穆 涛 著

穆涛自选集

中国历史的学名叫春秋

百花洲文艺出版社
BAIHUAZHOU LITERATURE AND ART PRESS

图书在版编目（CIP）数据

穆涛自选集 / 穆涛著. —— 南昌：百花洲文艺出版社，2024.2
ISBN 978-7-5500-5291-8

Ⅰ.①穆… Ⅱ.①穆… Ⅲ.①散文集–中国–当代 Ⅳ.①I267

中国国家版本馆CIP数据核字（2023）第188649号

穆涛自选集
Mu Tao Zixuanji

穆涛　著

出 版 人	陈　波
责任编辑	郝玮刚　蔡央扬
书籍设计	方　方
制　　作	何　丹
出版发行	百花洲文艺出版社
社　　址	南昌市红谷滩区世贸路898号博能中心一期A座20楼
邮　　编	330038
经　　销	全国新华书店
印　　刷	湖北金港彩印有限公司
开　　本	720mm×1000mm　1/32　印张 9.25
版　　次	2024年2月第1版
印　　次	2024年2月第1次印刷
字　　数	210千字
书　　号	ISBN 978-7-5500-5291-8
定　　价	58.00元

赣版权登字 05-2023-427
版权所有，盗版必究
邮购联系 0791-86895108
网　址 http://www.bhzwy.com
图书若有印装错误，影响阅读，可向承印厂联系调换。

前 言

抓住当代中国散文的"纲"

王久辛

在中国当代文学中,散文似乎没有小说的地位显赫,写散文的作家似乎比写小说的作家分量要轻?而且写散文的作家若再从艺术上考量,似乎较之写诗歌的又显得弱了则个?我不以为然。

我们可以把散文放到中华五千年文明史,特别是有文字之后的三千年历史上来看,我以为孔子的儒家思想与老子的道家思想,这两个中华思想渊源上的学说,运用的阐释、表达与传扬的体式,恰恰都是散文。我们看看《论语》,再读读《道德经》吧?那哪一篇哪一章不是散文呢?散文这个体式,承载着传继中华文明的历史重责,包括先秦诸子百家与唐宋八大家,以及之后明清民国的康梁"直滤血性""炙热飞扬"直击人心的澎湃文章。严格考究一下,毫无疑问,一以贯之,都在文脉上,那结论自然肯定是非散文莫属的啊。

且那风骨、那风华、那坚韧饱满、那犀利厚实的文风,辞彩熠熠,贯通古今,令我至今思过往,不肯认今朝啊!

所以说,散文在传承文明、教化民风民俗上,一直都是扛大鼎的。虽然说"《诗》三百,一言以蔽之,曰:'思无邪'",确也在淳化民风世风与文风上,发挥过不小的作用,然而若与散文较起真来,就显得"阳春白雪"了。那么小说呢?鲁迅先生在《中国小说史略》中,的确是追溯到了小说的历史可以直达秦汉,然而事实上,小说却一直都是引车卖浆者流的街谈巷议,属于"上不得庭堂,入不了庙堂"的市井嬉戏。对人当然会有些影响,亦无大碍,几乎没有哪朝哪代把小说当作教化民风民俗的工具,它倒是常被当作伤风败俗的玩意儿加以防范,甚至遭遇查封禁止。而散文就大不相同了,不仅士大夫上奏文书要用,后来的科举考试,纵论策论之类治国安邦的道德文章,也都是要考的,而所用文体,也统统都是散文。可见经国之大事,须臾不曾离开,散文乃我国之重器也。

确是。如果往小往下说说呢?相对于小说,散文似一位平和严谨的雅士;相对于诗歌而言,散文则又显得和蔼诚挚,像一位厚道的兄长。虽然诗歌更古老,可以说是散文小说的老祖宗。但从对文字的苛求上看,诗歌还真是比小说散文要规矩得多,也严格得多。尽管诗歌骨子里的自我与自由放肆,也是顶级的。好在语言上,诗歌还是抠得紧,水分也拧得干净。不过呢?在作家的笔下,小说描写人物命运的跌宕起伏,性格冲突,情节铺陈,较之诗歌来,那又是碾压式的覆盖,几无可比性；倒是散文敢于负隅顽抗，因为与小说比较起来，我们看到的《边城》《城南旧事》等等散文化的小说，似乎就在嘟嘟囔囔：我有我的表现方式，而且我还可以更诗意更优雅地表达，既可以有小说惯常的叙述，又可以有诗意的深情挥洒，岂不更妙吗？是的是的，散文甚至还可以有哲学的玄思冥想、史学的深耕渊博。若再比较一下，小说岂敢在叙述中大段大段地讲述哲学原理、大肆兜售历史知识？即便偶尔冒个险，那也常常会招来各种非议，挡都挡不住。包括诗歌，那更不敢乱来了，两三行下来，出离了意境，读者立刻就会撂挑子翻篇儿不看了。这样说来，散文最是恰到好处，有人文历史、哲理思想、山水田园、现场纪实，还有五花八门的各样散文，自由得一塌糊涂啊。然而呢？也许正因为有这样的"一塌糊涂"，读者反而不知如何选择了。尤其改革开放45年来，出版界出现了空前的大繁荣，古今中外图书应有尽有，如果没有一个主心骨，进了书市还真是目不暇接、眼花缭乱，究竟该如何选择，果然是个大问题呢！因为他们不知道该读哪一种散文，且不知道哪一位作家的散文能开启他们的心智灵性，哪一位作家的散文又能够别有洞天地引领他们进入一个新天地，总之，他们明确地知道要读散文，然而却又失去了选择什么样的散文才算正确的标准。这可怎么办呢？

  莫急莫急，这其实不难。只要我们把最优秀卓越的作家作品出出来，问题不就迎刃而解了吗？然而说得轻巧，优秀卓越的作家作品在哪儿呢？这才是问题的关键。莫急。古人早在《尚书·盘庚》中,就提供了一个好办法,即"若网在纲,有条而不紊",说的是抓住了关键环节,一切都不在话下。这与"壹引其纲,万目皆张"和后来演化出的"纲举目张",都是一个道理,就是说:在处置各种复杂问题时,只要紧紧抓住关键的、主要的矛盾——"纲",之后的"目",也就自然而然地张开了。我这样征引比方的意思,是想拿这次由我主编的百花洲文艺出版社的"制高点文库"来拆解这个难题。我们说,环顾当下东西南北中,优秀作家层出不穷,且林立如山,到处都是拔地而起的三山五岳,而他们的佳作又卷帙浩繁,哪位作家是优秀卓越的呢?总得有个标准吧?所以啊,还是要按"纲举目张"法,首先要抓住那些至少在我们国家获得了举世公认的文学大奖的作家,他们都是经过真正的专家反复遴选出来的,无论思想的成熟与新锐度,还是艺术的丰富与先锋性,都较之一般优秀的作家更卓越。是的,我指的是茅盾文学奖、鲁迅文学奖的得主。这两个全国最高的文学大奖——茅盾文学奖1981年设立,至今42年;鲁迅文学奖1997年设立,至今26年,若加上1986年创立的前身全国优秀中短篇小说奖、全国报告文学奖和全国优秀散文杂文奖,至今亦已37年啦。几十年一晃而过,虽然偶有异议,但口碑仍在。无论在作家中,还是在出版界与广大读者中,这两个奖项至今仍然具有崇高的信誉与荣誉。所以,与其去漫无边际地找,不如抓住这些大奖的得主之纲,以"纲举目张"的方法,实现以一当百,表率天下,坚持不懈,打出品牌,来满足广大读者阅读的渴望与需求。在我与百花洲文艺出版社看来，如果抓住这个关键，立刻下手，凭借这些获奖作家所具有的卓越品质与才华，推出一批崭新的经典佳作，应该没有什么问题。我们共同计划，以"制高点文库"来集结获奖的诸位大作家，试图将最优秀卓越的作家作品，奉献给广大的读者，奉献给我们这个伟大的时代。

  作为这套书的主编，我内心欣喜无比。此刻，我已夜以继日伏案通读了各位大家的佳作，得到了高境悠远、闳言崇议、挚爱深情、才气纵横的强烈感受，一个个真不愧为文坛翘楚啊！老子曰："道生一，一生二，二生三，三生万物。"今得此之一，让我信心满满。咱这一库新著锦绣尚未央，隔年再看，依然是花团锦簇才子梦笔写华章。且慢，且慢。在这里，我先代表出版社谢谢大家，再代表诸位大家，谢谢出版社啦。一帆悬，都在风波里，努力前行，叹息在路上，收获也在路上，加油。

2023 年 8 月 5 日凌晨于北京

序一

穆涛的历史写作

鲍鹏山

记得20世纪80年代吧，王蒙先生曾经呼吁"作家要学者化"，他是有感于当时作家普遍读书太少而所读之书又质量低下，文化素养缺乏。中国古代的文学创作，无论是主流的诗歌和散文，还是非主流的小说、戏剧，其作者都是饱读经典的。比如宋之柳永、元之关汉卿、明之冯梦龙，我们今天哪个作家敢和他们比读书的品级？不读经典甚至一般书都没读多少就自己敢"作"成为"作家"，是特定时期的特别现象。

穆涛一直在读书，他的好多散文，就是写他的读书，写他读书所得所感。他的写书和他的读书，是他生活这枚硬币的两面。现在，我读到了这部新著。

穆涛曾对我感慨今天的社会生活中缺少历史学家的声音，其实我觉得，作家就应该是历史学家。没有历史感的作家——这句话在我看来，就是一个悖论。但穆涛说得很对，很多作家，思想中缺少历史的深度，眼光中缺少历史的角度，思维中缺少历史学的训练。穆涛还说："史学昌明的时代，社会生态是清醒的。"什么叫社会清醒呢？首先是知识阶层的清醒，是作家的清醒。

穆涛这本书最大的特点，就是理性的清澈，甚至为了清澈，他刻意调低了情感的温度。

穆涛从自然的"春秋"，谈到中国人认知春夏秋冬四个季节的过程，谈到中国人天地时序观念的形成过程。他从自然的"春秋"谈到人事的"春秋"，谈到以"春秋"命名史书，谈到中国人的历史观念、政治观念、道德观念及其形成。这一部分的内容，熔天文、地理、时变、人伦于一炉，循世道规律，辨社会趋势。对这样的知识性话题，他谈得毫不滞涩枯燥，而是清新活泼，风生水起，我读得兴味盎然，每有所得，欣然忘食。

他又谈到《诗经》《尚书》两本书的结集传承、起伏兴衰，以及其对中国世道人心的影响。这是中国文化的两本大书，"诗书"并称，常常成为文化的代名词，连庐江府小吏焦仲卿的妻子刘兰芝，说到自家的家教，都要说："十三能织素，十四学裁衣，十五弹箜篌，十六诵诗书，十七为君妇。""诗书"后来由专有名词变成泛称，腹有诗书气自华，诗书传家，诗书继世长，不一而足。读穆涛的这一部分文字，可以增加我们对"诗书"地位、价值的理解，知道它们如何嵌入一个民族乃至每个人的精神深处。这一部分，他还由《诗经》入手,比较了中国人和西方人不同的史诗观。

接着,讲中国的制度文化,讲"官本位"如何从制度到意识,讲中国社会中"帮派"之源。最后,又回到《尚书》,讲其中两篇"册命",由此讲到公务员——国家事务管理者的素质和责任。

读《汉书》的笔记这一部分,穆涛把汉代的历史故事、历史人物说得生龙活虎。最后,穆涛又回去了,从西周秦汉,回到了五帝时代,讲黄帝。司马迁说"《尚书》独载尧以来",那尧以前呢?孔子的学生宰予曾经问过孔子五帝之事,司马迁好像不大相信。但黄帝毕竟是一个巨大的存在,炎黄子孙哪能不讲炎黄,这是中华始祖。穆涛讲了。他讲历代公祭黄帝乃是一个民族对黄帝的政治怀念,这个说法真好。黄帝之所以被我们称为民族先祖,乃是他奠定了中国人的基本世界观,奠定了中国人的政治观、自然观,确立了中国人与世界之间的关系模式:他是我们的规矩和方圆。传说中的黄帝与炎帝、蚩尤都有大战,但穆涛说黄帝其实是和平主义者,黄帝"以玉为兵",有止战思想。

这一部分,穆涛还讲了中国人的人生哲学,讲了"大隐隐于朝",还从东方朔的"谈何容易"入手,触摸了一下如何讲"真话"这个很骨感的话题。

我这么一梳理,读者可能觉得这是历史笔记,是一个历史学者的历史丛札。你这样认为也不错,因为,穆涛此时,就是一个历史学者。

但穆涛首先是散文大家,鲁迅文学奖散文奖的获得者。

这本书首先是文学作品，历史只是他的文学题材。他面对这些混沌的历史，如同一个雕刻家面对一块原石：他用他的刻刀，把隐藏在原石中的形体解放出来，与我们赤裸相对，我们看到了藏在混沌中的历史色相。

但他又毕竟是在写历史，他非常克制自己的文学冲动。或者他本来就没有作家常有的那种文学冲动，他就是觉得这些历史有意义，这文化有价值，然后就这样不着力不刻意写下来了——他几乎保持了历史的原来样子，他好像真的没有什么寄托，他一点都没有用他的文学之笔打扮历史小姑娘。他只是勾勒，把隐藏在纷繁事实中的某些点连成线，然后我们就看见了。文学和史学，不就是让不可见的可见吗？

文学家的历史书写，往往功利心太强，自我表达欲太强，所以总是指桑骂槐，心中总是梗着那个槐；穆涛不是，他心中没有梗，眼里没有槐，他只有一个无碍大道。槐不在眼中不在心中，他本来无一物，无爱亦无恨。他不让自己堕入爱恨情仇，尽量保持对历史的零度情感，以呈现客观的历史。

历史是花，他是镜子；历史是月，他是渊水。水中月，镜中花，镜子并不迷恋花，渊水并不珍藏月。若谓两者不着，水中又有月，镜中真有花；若谓两者着了，打破止水哪有月，翻过镜子哪有花。这就是穆涛谈历史的那种意境。

我还没见过谁写历史像穆涛这样潇散，这样两不相关的。他笔触从容，从容到看不到文字，看不到穆涛。他把苍茫历史中的痕迹或烙印用着重号清晰地标示出来，交由读者判断。事实上他已经判断好了，成竹早已在胸中，但又不妨碍读者进行判断，甚或激发出更多联想和碰撞。这就是文学中的无我之境吧。

记得穆涛曾经讲过一个故事，他以这个故事来说文章的立意。一个人在路上见了一头牛，就牵回家了。主人告状，县令审案。问他为何偷人家的牛。他回答说："路上见一根绳子，就拿回家了，没看见绳子那头有头牛。"

穆涛的结论是：好文字就如这根绳子，必须牵得出一头牛。

我的领悟是：好文字自身不能是牛，只能是绳子。

穆涛这本历史笔谈，读者就是这个牵牛回家的人，读者也就捡到一根绳子，但绳子那一头，真是一头牛。如果县令审案，接着问穆涛："你知道你的牛被人牵走了吗？"穆涛必答曰："我只是搓了根绳，谁知道竟然是牛绳，谁知道竟能牵出牛。"

贾平凹先生曾经惊讶于穆涛，说不知他前身有何因缘，此生能得如此从容。一般人以诗咏史，如左思、刘禹锡、杜牧、李商隐，或以文写史，如罗隐、皮日休、陆龟蒙，都是别有怀抱，咏史是面目，咏怀是心肝，里面都有自身的世路伤痛和坎壈仇恨，都不免借古讽今，借古人酒杯浇自家块垒，但穆涛是心中无块垒，眼前无障碍。谁能无障碍行走人间？偏穆涛大踏步走来，障碍化为阶梯，块垒成了山水。他心中与此世界本无芥蒂，竟无芥蒂，他是福人。此等世间，我就见这一个福人，让我羡慕嫉妒恨。

我跟他说，我是愚公，门前总有一座山，避无可避，移无此力，所以常在愤怒中。而穆涛眼前却一马平川，不是"一水护田将绿绕，两山排闼送青来"，就是"窗含西岭千秋雪，门泊东吴万里船"。所以他的性情总是如散人春闲，斜倚胡床，看垂天之云。我看他自叙少年时也曾忍饥挨饿，饥寒不免，不知他何时竟成了福人。

文章是有福者的事业。如果穆涛从政、经商、务农、从戎，我无法想象他的面目。他其实只能写文章，改文章，编文章，与文字打交道。我们能看到他那一脸福相。

我跟他说："苦大仇深、一定要报仇雪恨的人适合写小说。小说要纠结，要深邃，要纠缠不放哀哀无告还要告，不知告谁也不知要告诉谁，如施耐庵、曹雪芹；旷达高远、相逢一笑泯恩仇的人适合写散文，散文要旷达，要有见识，要放下屠刀一丝不挂若有挂，无话可说却又满腔子见识要说，如庄子、苏东坡。"

司马迁的《太史公书》为什么像小说？他苦大仇深。

欧阳修的《新五代史》为什么似散文？他觉得他满腔见识要表达。

说穆涛于世事无芥蒂，不是说穆涛不谙是非。不，他有是非，他的是非隐藏在叙述中。史学家章学诚说著史"但须据事直书，不可无故妄加雕饰"，这就是穆涛的原则。但著史岂可无是非？章学诚给出的办法是"载之空言，不如见之事实""寓褒贬于叙事""寓褒贬于记述之中"。这些是太史公的看家本领，穆涛近乎得之。文字若是非太明爱憎太苛，就不再是叙述历史，而是在表达观点。一个人若无了是非，岂不又是糊突桶一个？不少今人都以无是非为旷达、无善恶为广大，这样的人，文学史上应该也有，最终都将湮没。你见过哪个作家就凭无是无非无善无恶留下名目？人生在世，古人讲大节不亏。大节是什么？就是大是大非、大爱大恨。

穆涛无芥蒂，所以通达旷远，所以潇散不拘；有是非，所以理性清澈，所以善恶分明。这是写出一流散文的条件和前提。

但穆涛的是非不是表现为善善恶恶，贤贤贱不肖，在他看来，这都琐碎了、小气了。穆涛不纠结一般人特别关注的历史中海量存在的这一类人事是非，他关注更大的问题。从容大气的穆涛，他的"是非观"，表现为某种历史信念。历史信念是历史学的前提。所有的历史问题，都是历史信念范畴内的问题。在此范畴之外，只有既往事实，没有历史问题。质言之，所有曾经发生过的事实，只有成为现实问题，才能成为历史学的对象。写历史，一定是写问题，穆涛这本书中的文字，不是闲来无事乱读书，然后涂鸦，而是在寻找一些问题的答案：为什么中国成了中国；为什么中国能历经几千年而其命维新；为什么老大之中国又永是少年之中国；为什么政治大一统的中国，又能有那么多不同的生活方式；为什么古代中国的政治生活有那么多僵化、严厉的教条，而中国人的自然观又如此生动活泼，中国人的日常生活又有那么多的美。

这些，无疑都是大问题，都是有趣的问题。一本小书，显然不能对这些问题给出充分性的答案，但显然，穆涛通过他的观察,给出了必要性的答案。

无芥蒂而有是非,不纠结而有问题,我以此评价穆涛和他的这本历史学作品。这是很高的境界,如何平衡,需要的不是技巧,而是心性,穆涛恰好有这样的心性。读穆涛,有一个关键:不仅要在笔墨中找他的风格,更要在心性中找他的风度。他的文字,与他的心性高度契合。他的文字,与其说形成了一种风格,不如说体现了一种风度。

庄子《逍遥游》最后,讲了一个现象:"子独不见狸狌乎?卑身而伏,以候敖者;东西跳梁,不辟高下;中于机辟,死于罔罟。今夫斄牛(牦牛),其大若垂天之云。此能为大矣,而不能执鼠。"

历史里到处都是机辟罔罟。写历史的人感兴趣的常常就是这些机辟罔罟,然后对之感慨,若有所思。而穆涛的这本书,对此往往略过,即便注目了,也是多描述、少感慨、若无所思。其实,对这些,他不是没看到,他是不在意——如同牦牛对草间沟坎隐藏的机辟罔罟,它就这样视若无睹地走过去,在看到与没有到之间,把它们都踏扁了,踏到泥土里去了。

鲍鹏山:著名学者,上海开放大学教授,中国孔子基金会学术委员会委员,团中央"青年之声"国学教育联盟副主席,央视《百家讲坛》等栏目主讲嘉宾。出版有《孔子如来》《孔子归来》《寂寞圣哲》等著作二十多部。

序二

写散文要说人话

穆 涛

写散文是说话。说人话,说实话,说中肯的话。

说人话,不要说神话,除非你是老天爷。不要说鬼话,除非你是无常。也不要说官话,就是个官,也要去掉官气,官气在官场流通,在文章里要清除。也不要说梦话,文章千古事,要清醒着写文章。

说正常人的话,说健康人的话,说有良心的话,如果再有点良知,差不多就齐活了。

说实话,实这个字里有结实、果实、现实等内涵。结实是瓷实,不虚妄,有实质内容。果实是结果,好文章都是有思想的,但这思想须是深思熟虑之后的,如同植物的果实,成熟饱满才有价值。如果是青涩的,用坊间的话说叫不够成儿。说一个人没脑子,脑洞辽阔,是指欠思量。一篇洋洋洒洒的文章,如果缺乏实实在在的见解,也属于脑洞辽阔。农民种庄稼，不仅仅看秧苗长势喜人，最终是看收成的。文学写作，要关注现实，也要切合现实，切合现实不是在鼓与呼那个层面，作家不是啦啦队员，伟大的作品中，既有时代的气息，还透视着社会特征和规律，以及趋势。什么是社会趋势呢？比如"三十年河东，三十年河西"，这是讲"中国之变"的，这句话出自《儒林外史》。《儒林外史》是清代乾隆皇帝年间成书的一本小说。我们用上世纪一百年做观照，验证一下这句话：1919到1949是30年，1949到1979是30年，这期间的两个30年之变均是天翻地覆式的，是典型的河东与河西。一本书里有这样的认知和思考，是可以烛照人间的，这样的作家自然也会驻存青史。

真话也是实话，是落在实处的话，是掷地有声的话。真话是不穿漂亮衣裳的，不乔装打扮，没有扮相，素面朝天。真话可能不中听，甚至刺耳，可能还讨"大人"嫌。真话的难得之处，是在对事物的认知上有突破，有新发现。

实话可以实说，也可以打比方说，举例子说，遇到脾气不好又强势的听者，还可以绕弯子说，但无论怎么说，说话者的心态要平和。跳着脚说，挥舞着拳头说，精神抖擞着说，呼哧带喘着说，义愤填膺怒发冲冠着说，是说话时表情丰富。如果觉着解气过瘾，可以这么既歌之又舞之，但不宜养成这么说话的习惯，太劳碌身体。

真话不在高耸处，真话是寻常的话，是普通话。只不过说得少了，才构成耸人听闻。

如果一个时期里，说真话被当成高风亮节，被视为稀罕物，这个时期就是悲哀的，是社会的悲哀。检测社会是否悲哀的方法也简单，翻翻报纸，看看电视，听听广播，瞅瞅杂志，心里就有个大概了。建设文明社会，民风朴素重要，文风实实在在同样重要。社会文明，不一定天天跟过节似的，到处莺歌燕舞。而是惠风和畅，民心踏实安定。

说中肯的话，是把话说到点子上，切中要害。肯，是动物身上特殊部位的肉，紧紧附在骨头上，俗话叫贴骨肉。手艺高超的屠宰师傅，一刀过去，骨肉分离，叫中肯。

"中肯"这个词有典故，出自庄子《养生主》，大家耳熟能详的老段子"庖丁解牛"，那位传奇的王室屠宰师傅，讲述自己刀法之所以能做到"中肯"的奥秘：一是多年的磨砺，再是"依乎天理"。多年体力和心力的修为，找到了迎刃而解的规律。

切中要害，箭中靶心，是水到渠成的磨砺结果。历练的过程是重要的，过程磨砺人，也涵养人。庄子用这个寓言告诫我们，不要把人活成锥子，逮哪儿扎哪儿，逮着谁扎谁，天天跟"意见领袖"似的。这样的人，做邻居也得躲着走。

做人和写文章，都是宽厚着好。写文章的宽厚不是做老好人，比如"浪花朵朵"和"惊涛拍岸"，这两个词暴露了身处的是"浅滩"和"岸边"，"波澜不惊"这个词，多了平缓，但见深度和广度，更见力度。

中肯的话，是有原则、守边界的话。生活里，说大话的人是不招待见的。大话不是空话，是一望无涯，不着边际，没着落。佛法无边，佛可以说大话，但人不行。文章是写给人看的,话是说给人听的,因此要中肯,也要让人接受。中肯的话也是家常话,"老僧只说家常话",修行中的小和尚才言不离经,手不释卷的。"逢人只说三分话,未可全抛一片心",这样的话是说给大街上的陌生人的,这不是家常话,是客气话。

写文章,要爱惜语言,神枪手是心疼手中的武器的。

我们的古汉语博大精深,言简意赅,老到沉实。现代汉语才走过一百年的道路,一百年,对人来说是高寿,但对十几亿人使用的一门语言,还年轻着,因为年轻,我们更应该爱惜。

回首现代汉语的百年道路,有两个基本点值得检讨。一是自卑心理,白话文被倡导的时候,是中国大历史里严重落后与昏聩的阶段,向国外学习得多,向古汉语学习得少,至今这种心理阴影仍在,一些没有消化妥当的翻译词、译文句仍然显著。今天强调建立文化自信,有太多的基本东西需要被认识到。再是文风上受不太好的政治影响,什么是不太好的政治影响呢?我抄几句1970年的"元旦社论",一望便知。"二十世纪六十年代过去了,全世界无产阶级和革命人民,以豪迈的战斗步伐,跨进了伟大的七十年代。放眼全球,展望未来,我国各民族人民心潮澎湃……过去的十年,是敌人一天天烂下去、我们一天天好起来的十年……在这十年中,无产阶级和广大人民群众的革命运动,在新的条件下,以排山倒海之势、雷霆万钧之力,磅礴于全世界。民族解放运动一浪高过一浪地向前推进。"这样的语言风格过于浮华,外包装太多，不实在，而且情绪化、反理性。狂轰滥炸式的，太不爱惜语言。现代的文学是用现代汉语做基础材料的，做大建筑，基础材料仅仅过关不行，还要过硬。

今天的散文写作，文学标准太不清晰，甚至可以说很杂乱。在散文这个概念之外，还有杂文、随笔、小品文等名目。小说以长篇、中篇、短篇区分，这是体量上的区分，但在内涵上守着一个整体。诗歌是多元的，但也在一个大屋檐下。但散文、杂文、随笔、小品文之间是怎么一回事儿？散文是中国文学传统中的一种体裁认定，韵文之外皆为散文。杂文、随笔、小品文，是现代文学启动后的分别命名，其实从文学属性上讲并未脱离"散文"的疆域。这种在体裁上"闹独立"，对文学是构成丰富，还是构成伤害？还有一个事实，在文学研究界，如果把西方文论的东西拿掉，所剩的东西不太多。当代文学研究，有点类似当下的汽车制造业，整条生产线都是进口的，没有实现"中国制造"。也就是说，我们目前还没有建立起中国人思维基础上的当代文学评价体系。不仅文学研究界，在不少领域，我们都欠缺自己的标准。中国的经济总量在世界上排名第二，这是改革开放以来取得的巨大成就，但这个排名标准是西方的。经济、教育、医疗、环保，以及工业和农业的一些具体指标，所使用的标准，"国产化"程度不太高。建设强大国家，应该强大在根子上，我们已经到了建立中国人标准的时候了，包括中国人的文学标准。

目录

中国历史的学名叫春秋

中国历史的学名叫春秋 / 3

从发现时间开始：一根由神奇到神圣的棍子 / 45

主气和客气 / 51

四象与西水坡遗址中的龙虎图 / 69

春天的核心内存 / 76

秋天的两种指向 / 82

春天是怎么落下帷幕的 / 88

春夏秋冬四个字的背后 / 92

季节转换的典礼 / 96

冬至这一天 / 101

端午节，自汉代开启的国家防疫日 / 104

二十四节气是有警惕心的 / 109

汉代小学的天文课 / 112

黄帝给我们带来的 / 115

另一种叙述

另一种叙述 / 141

自娱的艺术 / 142

定　数 / 159

坐　唱 / 178

玉皇大帝住什么房子 / 185

多年以前的节奏和碎片 / 209

真僧只说家常话 / 222

代后记：文学写作，认识力是第一位的 / 239

中国历史的学名叫春秋

中国历史的学名叫春秋

一

每一种文明的形成，都有其独到的历史密码。

中国最早的政治，在部落时代，兴奋点和焦灼点不是权柄的角逐与操控，而是顺天时而治，政治术语称为"君权天授"。

天，高高在上，人们日出而作，日入而息，凿井而饮，耕田而食。但一场天灾，突如其来的洪水，蔓延的疾病，或耕猎歉收带来的食物匮乏，就可能产生灭顶之灾，造成一个部落的崩溃。那个时代，人们的精力主要集中在解决温饱和繁衍后代上，填饱肚子、抵抗疾病和让孩子健康长大，是日常生活的三大主题。中国人在神农氏时代，就已经能够辨识和熟练地使用一些草药了。智慧是在对困境的挣扎和摆脱中产生的。

神农氏时代，是有历史记载的中国第一个盛世阶段，神农氏即炎帝，接下来是黄帝时代，这两个时代构成了中国历史长河的上游。大约在公元前5000年至公元前2700年。所谓时代，在历史学中一般是指强盛时期。此之前有发生时期，此之后有衰落或转型时期。

神农之世，卧则居居，起则于于，民知其母，不知其父，与麋鹿共处，耕而食，织而衣，无有相害之心，此至德之隆也。（《庄子·盗跖》）

斫木为耜，揉木为耒，耒耨之利，以教天下……日中为市，致天下之民，聚天下之货，交易而退，各得其所。（《周易·系辞下》）

古者，民茹草饮水，采树木之实，食蠃蚌之肉。时多疾病毒伤之害，于是神农乃始教民播种五谷，相土地宜，燥湿肥硗高下，尝百草之滋味，水泉之甘苦，令民知所辟就。当此之时，一日而遇七十毒。（《淮南子·修务训》）

学会向造物者低头，是一个漫长的过程，而向谁低头，是艰难之中的智慧选择。

在对天灾、疾病、早夭和饥馑的恐惧中，古中国大地产生了最原始的宗教——对天地的顶礼膜拜，听天由命、昊天罔极、天大地大、天长地久、皇天有眼、奉天承运、谢天谢地……后世的这些成语或俗语，昭示着先民们敬畏天地的拳拳初心。

部族之间发生火拼和战争，始自黄帝时代，"轩辕之时，神农氏世衰。诸侯相侵伐，暴虐百姓，而神农氏弗能征。于是轩辕乃习用干戈，以征不享。诸侯咸来宾从"（《史记·五帝本纪》）。黄帝时候，多个部落繁衍壮大，人口增多，领地意识致使人们野心膨胀，相互之间征伐不断。在此之前，人们生活在荒野之中，"卧则居居，起则于于"，却是没有野心的，肚子里跳动着一颗与天地共甘苦的祥和温良之心。

二

中国早期的部落领袖是怎样产生的？

我们先来想象一下这样的场景：在遥远的上古时候，有一个三百或五百人的族群，生活在绿水青山之中。在初民阶段，这样的人口规模已经是大族群了。这些先民过着极简的日子，刀耕火耨，随遇而安。此时已经发明了刀、斧、凿子等生产工具，都是石质的，因而被称为"新石器时代"。学会制造并使用生产生活工具，是新旧石器时代的分水岭，是那个时代的"科技革命"。研究古代科技史的学者告诉我，这时期属于"迁移农业"形态，人们刚刚摸到春种秋收的门路，用石刀、石斧铲除田野中的杂草和低矮树丛，铲不掉的就用火烧，但对顽强的草根和树根，他们则无能为力。一块土地整理出来了，就撒下种子，然后等着收获。当时还没有田间管理的概念，这一时期最高亩产大约五十公斤。对这块土地的收成感到不如意，就再去整理下一块，荒地多的是。

此时还没有完全定居下来，居住地随时可能迁移。"迁移农业"类似于游击队战法，打一枪换一个地方，哪里安全就在哪里落脚。

土地产出的粮食是填不饱整个族群的肚子的，他们还成立了渔猎组织，结绳织网，或去河里捕鱼、蛤，或进入森林捉拿麋鹿一类弱小的动物。让族人吃饱，并且过上岁月静好的日子，是部落首领的首要责任。

新石器时代的早期，处于母系社会向父系社会过渡阶段，这个时期，大约在公元前8000年。

每个族群里都有一位至高无上的"大姐大"，但大姐大不是凌驾于整体之上的人，也不是那种叱咤风云的表率人物。母系社会的治理方式一直是个谜团，由谁发布命令，由谁管理，由谁执行，一直处于臆想和猜测之中。一位学者说出了他的"研究心得"：大姐大首先是一位英雄母亲，生育能力突出，孩子们不仅健康长大，而且出类拔萃，那个时候"民知其母，不知其父"，母以子贵。母系社会的生活模式与"蜂群思维"相类似，一个蜂群出动，蜂后是在队伍后边的，女儿们在左右照料母后，几只工蜂飞在前头负责侦察，搜索食物，判断有无危险，并及时向后方传回信息。其余都是集体无意识的，一窝蜂地跟随响应。一只蜂后的在位时间通常是三到四年，蜂后生育能力衰弱以后，新蜂后就取而代之了。一个族群中大姐大的在位时间，与她儿女的能力强弱息息相关。

让我们继续展开想象。庄稼成熟了，一个人向大姐大禀告：三天后天将降大雨，如果不及时收割，粮食就会烂在地里。

他的建议被采纳了。三天后果然天降倾盆大雨，但庄稼已收获，粮食颗粒归仓。入冬以后，粮食出现短缺，这个人再次禀告：十五天后天将降大雪，抓紧时间多捕猎，一旦大雪封山，后果就严重了。他这个建议再次言中。冬去春来，一个不幸的事件发生了，族群中的孩子一个接一个病倒，母亲们万分焦虑又无比忧伤。这个人去野外采回一些草叶和树根，放入水中煎熬，孩子们服用几天后痊愈如初。这一年，整整一个春季没有降雨，旱情极端严重，庄稼秧苗出土不久就枯萎了。这个人又禀告并发出预警：接下来还会发生更大的灾难，入夏之后，天会连降大雨，河水暴涨，我们的居住地会被洪水淹没。之后，他带领众人，选择了一个新的居住地，在半山腰上，那里地势迂回，不受山洪侵扰，而且动物多，树上的果实也多，这些举措使族群成功度过了洪灾以及庄稼绝收带来的危机。

这样的预测多次应验之后，这个人，以及他的母亲，会被族群奉为神明一样拥戴。

叙述到这里，需要做一个说明，在这个时候，春和夏的时间概念并没有形成，人们对大自然的认识还相当肤浅。所谓原始，就是文明还没有萌芽，一切都在模棱两可之中。

最早的"作息时间表"是挂在天空的。

先民们"日出而作，日入而息"，在对天象的耐心观察中，最先发现了太阳和月亮的"轮回"运行规律：由日出到日入，再到日出；由月亏到月盈，再到月亏。就这样，"日"和"月"

的时间概念产生了。发现了时间,才开始有渐而清晰的历史。

中国最早的计时工具是一根棍子,初名叫"表",棍子被垂直竖立在地面上,用来观察太阳影子的位移,因而时间的另一种表述叫"光阴"。大自然中的"时"本来是混沌"无间"的,先民们用立"表"的方法区分出间隔,有秩序的间隔构成了"时辰"。据科学史学者推断,日、月的时间概念成形于伏羲时候,公元前6500年前后。把一日等分为十二时辰要晚一些,在计时工具由"表"升级为"日晷"之后。

科学史学者补充说:截至目前,伏羲、神农氏、黄帝,以及尧帝,都是传说中的神话人物,尽管有典籍记载,但多为零落散碎的"风闻",彼此之间缺乏通联和互信,尤其缺乏史迹的实证。也就是说,公元前6500年到公元前2000年(夏朝建立)之间,均为史学界的模糊地带。模糊地带之前,则是一片更遥不可及的混沌与苍茫。

我向多位历史学家请教过一个问题,在我们中国,母系社会向父系社会过渡的转折点在哪里?得到的回答基本验证了我的思考。突出的转折点有三个:一是农耕生产规模扩大,人们逐渐定居下来,领地和家园意识出现了。领地是要维护的,有了家园,对家长的依赖和期待就增加了。二是人口增加,部落之间的火拼和战事不断升级。火拼和战争,是用拳头和武力说话的。三是对天象的研究持续深入,逐渐产生了对天地有意识的敬畏和崇拜。第三个转折点是中国独具的,在世界史中不具备共性。人们不仅敬畏天地,而且对天地的气象变化进行探索和研究,并由此构成了中国智慧和中国方法。

三

传说，是最早的口述历史。

传说，是把真相隐藏在缥缈的层层云雾之中。在四千多年的模糊地带中，我们搜寻相对清晰的记忆标识。

伏羲时期，"八卦"问世了。"古者包牺（伏羲）氏之王天下也，仰则观象于天，俯则观法于地。观鸟兽之文，与地之宜。近取诸身，远取诸物，于是始作八卦，以通神明之德，以类万物之情。"（《周易·系辞下》）

伏羲八卦是中国人最初的世界观，是对天地之间时空秩序的首次解构，大千世界在天、地、雷、风、水、火、山、泽八种物质元相化相合中变化生发。当时，还没有文字，用八种符号指示这一切，乾（天）☰，坤（地）☷，震（雷）☳，巽（风）☴，坎（水）☵，离（火）☲，艮（山）☶，兑（泽）☱。伏羲八卦图在时间上对应一天中的卯、午、酉、子四个时辰，在空间上对应东、南、西、北四个方向。

乾为天，☰，三线完整联通为纯阳。坤为地，中间发生裂变为纯阴。图形中的每一画，称为"爻"，爻是交流和变化的意思。每卦三爻，寓指多般变化。"爻，交也。"（《说文解字》）"爻者，言乎变者也。"（《周易·系辞下》）乾、坤两卦拉开了天地之间的大帷幕，天地相映，昼夜相续，阴阳相持，动静相和。世间万物在大帷幕之间衍生千姿百态的多重变化。"生生之谓易，成象之谓乾，效法之谓坤。""在天成象，在地成形，变化见矣。""方以类聚，物以群分，吉凶生矣。""乐天知命，故不忧。安土敦乎仁，故能爱。范围天地之化而不过，曲成万物而不遗，通乎昼夜之道而知，故神无方，而《易》无体。"（《周易·系辞上》）

当代有几位学者把阳爻解读为男性生殖器，把阴爻解读为女性生殖器，是美好的联想，不是祖先的初心。

离坎，是日和月，衍化为火和水。

天、地、日、月这四个大象，构成八卦基本元素。在天地之间，人们日出而作，日入而息，钻木取火，凿井而饮，乃至月盈与月亏，人们的生活既错综又和谐地融汇于其中。

震是雷，巽是风。这两种物质元，就带着科学判断的意思了。天地间的万物凭借雷和风两种动能发生变化。"雷以动之，风以散之。"（《周易·说卦》）雷动万物，风协调万物。"动静有常，刚柔断矣。"（《周易·系辞上》）这是我们古人的观念，在遥远的古代，万物自身的生长动因还没有被认识到，但当时能具备这样的认识，已经是"科学前沿"了。

艮是高山，兑是河流湖泊。八卦符号是象形的，因形而画，是文字之源。艮卦下方两个阴爻，代表水，上面一个阳爻，以实体构成山的形状。兑卦下方两个阳爻，代表河床，上面一个阴爻，象征水在流动。

大约在宋代时，人们为了方便记住八卦符号，还总结出了"八卦取象歌诀"："乾三连，坤六断，震仰盂，艮覆碗，离中虚，坎中满，兑上缺，巽下断。"

伏羲是中国首位既观天象又释天象的老人。或许是一个人，如传说中的那样，是一位伟大的部落领袖；又或许是一个智慧群体的化身。在距今八千年前的遥远时代，给我们留下了烙印一般的"非物质文化遗产"。伏羲八卦的创世价值是巨大的，简而述之有五功——

1. 天地是神圣的，天覆地载，包容涵养万物。

2. 创立时空秩序观念，思维方式由平面而立体，进而奠基早期的中国天文学。

3. 发端中国的方法学。在观察太阳和月亮的过程中，发现并形成阴阳互映的思维模式，开启了观察世界、认识世界、解释世界的中国方法。八卦图是在繁复错综的天地万象中梳理出的基本规律和原则。

4. 发端易理。观察世象的方式是在阴阳对立中求中和，万事万物在变化中守恒成为硬道理，由此构成中国哲学的基本元。

5. 八卦，使用特定的语言符号表达思想，是文字产生之前的书面语言。书面语言的萌芽，是文明史的标志性曙光。

四

伏羲八卦图是一颗深藏于上古时代的时间胶囊，内储既奥妙又朴实的多极信息元。"八卦"这个词，是后人追溯着命名的，"卦"字的本身，包含着中国天文学的两个阶段。

卦，从卜从圭。

卜是象形字。一竖，是最初垂直立于地面的那根棍子，中国最早的计时工具——表；一点，象征光影的移动，喻示先民们通过立竿见影的方法捕捉时间。

圭是测量光影长度的尺子。初表的"卜"只是一根棍子，之后，观天工具技术升级，更新换代为"圭表"。在棍子正下方的地面上，正南正北方向各安置一块长方形的石板，板面上标有刻度，用来测定一年之中每一天正午的光影长度以及变化规律，因此也叫"量天尺"。

由"卜"到"圭"，时间跨度是漫长的，先民们用"卜表"锁定了日和月的时间概念，用"圭表"锁定了春分和秋分两个季节的节点。先民们认识春秋两季的时间，在公元前4500年左右。

中国的观天工具是不断升级的，今天到了"天眼"级，据说贵州大山深处那座五百米口径球面射电望远镜，可以接收到一百三十七亿光年外的电磁信号。这仍是阶段性的，以后会看到更遥远的太空。

在中国古代，仰观天象和俯察地理民情是密切相连的。由"圭"又引申出"圭臬法则"，臬指水臬，古代测量水平面的工具。在古人的认识中，宇宙万物中最守信用的是"天时"，是比"诚信"更上一层楼的境界，是"至信"。"圭臬法则"的含义是循天时，应天理，守人心。

伏羲八卦的次序，是在阴阳对应中达成中和——

乾（天）艮（山）震（雷）坎（水，月）

坤（地）兑（泽）巽（风）离（火，日）

天地定位，山泽通气，雷风相薄，水火不相射，八卦相错。(《周易·说卦》)

数往者顺，知来者逆，是故易逆数也。(《周易·说卦》)

雷以动之，风以散之，雨以润之，日以烜之，艮以止之，兑以说之，乾以君之，坤以藏之。(《周易·说卦》)

乾坤（天地）恒定上下大位，艮兑（山泽）交融气脉，震巽（雷风）相应相搏，坎离（日月水火）相克又不厌不弃。此八种物质元在宇宙间错落相连，相互依存，不可割裂。

雷醒万物，风融万物，水（月）润万物，火（日）耀万物，山以制衡，泽以愉悦，乾主君临，坤主藏养。

"数往者顺，知来者逆，是故易逆数也"，这句话是伏羲八卦运行原理的智慧眼。

伏羲八卦的易理秩序，由乾开始，到坤为止，"乾以君之，坤以藏之"。从"伏羲八卦方位图"可以看出来，由乾位左旋，乾、兑、离、震，皆为阳卦，由乾位右旋，巽、坎、艮、坤，皆为阴卦。这个秩序称"天道左旋，地道右旋"。

朱熹在《易学启蒙》中，对这句话的注释是："数往者顺，若顺天而行，是左旋也。皆已生之卦也，故云数往也。知来者逆，若逆天而行，是右行也。皆未生之卦，故云知来也。夫易之数，由逆而成矣。"

阳卦是已生之卦，由震、离、兑到乾位，是从立春、春分、立夏到夏至，阴消阳长，顺天时之势，因此称"数往者顺"。

阴卦是未生之卦，由巽、坎、艮到坤位，是由立秋、秋分、立冬到冬至，是阳消阴长。貌似顺天势，实则逆行。这是伏羲八卦图的智慧高点所在。伏羲八卦图的易理秩序是天与地互为参照。观察天，以地为参照，是人站在大地上仰望星空，"自震至乾为顺"。观察地，以天为参照，是人在空中俯察大地，与在地面上观察的结果截然相反，因此称"自巽至坤为逆"（《周易·说卦》）。朱熹说"夫易之数，由逆而成矣"，指的就是这一层意思。

可以这么说，伏羲八卦图是两张图合而为一的，一张图在大地上仰观天象，一张图由天空中向下俯察地理。

《周易·说卦》这篇文章，依司马迁《史记》记载，为孔子所作。孔子晚年痴迷《易经》，爱不释手，以至穿竹简的牛皮绳子多次磨断。"孔子晚而喜《易》，序《彖》《系》《象》《说卦》《文言》。读《易》，韦编三绝。曰：'假我数年，若是，我于《易》则彬彬矣。'"（《史记·孔子世家》）

五

文王八卦之于伏羲八卦，是整体的更新换代，思维的方式和方法都变了。

比较着说，伏羲八卦是宏观看世界、看整体、看自然世界的构成气象。文王八卦是微观分析，看自然世界的内部变化，既看世界，也看世道，并且形成了规律性的哲学认识。

文王八卦荟萃于《周易》这部开山著作，熔中国天文学、哲学、逻辑学、谶纬学乃至文学于一炉。《周易》之后，中国的著作之风才开始兴起。到春秋战国，诸子百家竞相著述，形成了中国文化史中首个创作峰值期。

  帝出乎震，齐乎巽，相见乎离，致役乎坤，说言乎兑，战乎乾，劳乎坎，成言乎艮。（《周易·说卦》）

  春雷一声响，万物出乎震。世间万物在春分节气里觉醒，开始茂盛葱茏，震居东方，即"帝出乎震"。到立夏，清明风袭来，万物洁齐，齐通粢，是祭祀的谷物。"洁齐酒食，以供祖宗"（《后汉书·曹世叔妻传》），即"齐乎巽"。到夏至，草木丰茂，缤纷呈现，即"相见乎离"。到立秋，天地开始颐养万物，即"致役乎坤""役，事也""万物皆致养"（《周易·说卦》）。到秋分，庄稼成熟，果木飘香，一派丰收的喜悦，即"说言乎兑"。到立冬，阴气上升，阳气收敛，二气相缚相搏，即"战乎乾"。到冬至，阴气与阳气经历"战乎乾"后呈疲弱之势，即"劳乎坎"。到立春，三阳开泰，新年肇始，大自然新的一个轮回又将启动，即"成言乎艮"。

  文王八卦在空间方位以及时间顺序方面，对伏羲八卦均做出修正，最重要的是，破译了自然世界中空间方位与时间大序之间相互通联的密码，东南西北与春夏秋冬和谐构筑为一个有机整体。在空间方位上，震兑为东西，离坎为南北，巽为东南，坤为西南，乾为西北，艮为东北。在时间顺序上，坎为子时，艮居丑寅之间，震为卯时，巽在辰巳之间，离为正午，坤在未申之间，兑为酉时，乾在戌亥之间。

周文王是政治表率人物，还是一位智慧超凡的天文学家，是他那个时代的学术领袖。

姬昌，生于约公元前1152年，四十七岁时承袭西伯爵位，成为周部族第十五代首脑。西伯，是商朝君主赐给周部族首领的封号，相当于西部地区最高行政长官。八十七岁时，在伏羲八卦易理的基础上，潜心推演七年而成《周易》。约公元前1056年卒，享年九十七岁。又十年后，其子姬发灭亡殷商，建立周朝，追谥其为周文王。

周，是渭河流域的古老部族，根深叶茂。始祖的名字叫"弃"，意思是出生时被丢弃的孩子。弃长大后成为闻名遐迩的稼穑高手。弃的了不起之处，是对山形地理的来龙去脉有研究，能根据不同的地形地势种植相应的庄稼。后世这种人被称为堪舆家，民间称风水大师。因为这种高超的本领，弃被尧帝任命为首席农业专家，并在全国推广他的种植技术。"及为成人，……相地之宜，宜谷者稼穑焉，民皆法则之。帝尧闻之，举弃为农师，天下得其利，有功。"（《史记·周本纪》）

舜帝继位后，任命弃为"后稷"，执掌国家农业，并封疆赐姓。在尧舜时代，农官是天官，相当于宰相。《虢文公谏宣王不籍千亩》一文中，对"后稷"的职位职能有具体记述："夫民之大事在农，上帝之粢盛于是乎出，民之蕃庶于是乎生，事之供给于是乎在，和协辑睦于是乎兴，财用蕃殖于是乎始，敦庞纯固于是乎成，是故稷为大官。"(《国语·周语》)国计民生之首要在于农耕，天地的祭祀用品出于农耕，百姓的日常生活出于农耕，国家财政供给出于农耕，国家和谐稳定出于农耕，经济贸易往来出于农耕，国力强大出于农耕，自古以来后稷为天官。弃的封地在邰(今陕西武功地区)，赐姓姬。周部族自此发端，立地生根，祖脉袭传，渐而繁荣壮大。"封弃于邰，号曰后稷，别姓姬氏。"(《史记·周本纪》)

《诗经·生民》对弃的一生有生动的文学描述，摘选其中两个章节。

诞弥厥月，先生如达。不坼不副，无灾无害。以赫厥灵。上帝不宁。不康禋祀，居然生子。

十月怀胎之后，始祖吉祥顺生，母亲的宫门完美，安然无恙，康健的小生命，弥漫着神灵的气息，是上天有什么旨意吗？人们以畏惧之心祈祷着，放弃吧，这是神灵之子。

诞后稷之穑，有相之道。茀厥丰草，种之黄茂。实方实苞，实种实褎。实发实秀，实坚实好。实颖实栗，即有邰家室。

稷的种植之道，有神灵护佑，锄除杂草，在沃土之中，埋下精心选择的种子，萌芽了，破土了，秧苗苗壮成长了，拔节抽穗了，颗粒一天一天饱满着，谷穗们低着头，又是一个丰收年在我们的祖源之地。

周文王的天文学养，是有家传的，始祖弃的血脉里具备这种基因。

文王推演的经过，得先从他的父亲季历说起。季历是有政德之心的人，这种品质，也源自周部族的传统。所谓政德之心，有着两方面的内涵：一是行政之才，有能力，有智慧，能做成大事；再是尽职守本，敬畏天地，恪守职任。

用老话讲叫吃饭敬碗，是敬行当的意思。从后稷开始，周部族行大义，守臣道，历经尧帝、舜帝、虞朝、夏朝至商朝，十几代人生生不息。周部族的领地几度迁移，由邰至岐（今陕西岐山），至豳（今陕西彬州，《诗经》中《豳风》之地），再回到岐，势力范围不断扩大，但谨守人臣职任的初心和初衷不变。政治势力不断增大增强，但仁心不野。"后稷之兴，在陶唐、虞、夏之际，皆有令德。"（《史记·周本纪》）

季历在位期间，广修仁政，但周边的戎狄部落不断犯边滋扰，于是精兵治武，连克戎狄，令其远遁。此时正值商朝第二十八任君主文丁执政时期，文丁忌惮周部族不断壮大的势力，先以"伐戎有功"之名晋封季历西伯爵位，之后召其进京述职，随后软禁，再之后杀害。

姬昌是在悲痛中承继西伯位的。

姬昌继位后，光大周氏族脉体统，天下多位俊杰人才慕名来归。"西伯曰文王，遵后稷、公刘（周部族第四代首脑）之业，则古公（古公亶父，周部族第十三代首脑）、公季（季历）之法，笃仁，敬老，慈少，礼下贤者，日中不暇食以待士，士以此多归之。"（《史记·周本纪》）贤士中有一位叫鬻熊的人，是观天象的专家，与周文王亦师亦友，后来出任大巫师（天象官）。周成王时，为感念鬻熊功德，晋封其孙鬻绎为子爵，是为楚国开国的始祖。

公元前1066年，商纣王召西伯姬昌进京"述职"。姬昌深知此行凶多吉少，但仍效法父亲季历，从岐地赴国都朝歌（今河南鹤壁）履职。这一年姬昌八十七岁。

到朝歌之后，即被软禁在羑里（商朝国家监狱，今河南安阳汤阴境内），由此开启了长达七年的潜心推演《周易》的生活。七年后被纣王赦罪释归，又两年，姬昌迁都丰邑（今西安鄠邑区内），再一年去世，享年九十七岁。

现在有一种比较流行的观点，认为姬昌被拘禁而推演《周易》，是另一种卧薪尝胆，是蒙蔽纣王的政治用心，这种看法是不妥当的，我的依据有三点——

第一，行仁政，守德心，是周部族的政治传统。仁政有一个基本理念，就是君臣各守其道。君有失，不能作为臣失德的理由。正因为君有失，臣子更应该尽心而行。姬昌一直信奉这样的"愚忠"信念。

第二，姬昌无反逆之心，他主政西北已经四十年，政通人和，也具备拥兵自重的条件。如果有反心，不会以八十七岁高龄只身赴京。但他对纣王有取舍心，由岐地到国都朝歌，他是做好了心理准备的,决意效法父王季历,以自己的一躯,换取周部族的可持续发展。

第三,卧薪尝胆之心,是忍耐心和忍辱心,而姬昌有圣贤心,同时具备天赋大智慧的恒定之心,以八十七岁高龄,在被囚禁的七年间,心无旁骛地潜心研究天文,对伏羲八卦进行重新定位,并且对易理进行系统性思考。如果胸中跳动的是一颗躁动的心,是无法完成这种超强脑力工作的。

六

先民们对一年之中四个季节的认知,是中国古代天文学的重要突破,最先被"发现"的是春和秋两个季节。据考古实证,"发现"年代在公元前 4500 年之前。

1987 年 5 月至 1988 年 9 月,河南濮阳老城区西水坡发现了一座新石器时期的大墓,著名史学家李学勤先生实地考证后,撰文《西水坡"龙虎墓"与四象的起源》,认为蚌塑龙虎图案是中国"四象说"起源的物证。

四象,"天之四灵,以正四方",即东青龙、西白虎、南朱雀、北玄武。四象又称"分至四神",既正四方,又循四时,春分为青龙,秋分为白虎,夏至为朱雀,冬至为玄武。

中国古人仰观天象,观测太阳和月亮,同时观测金木水火土五星,并称为"七曜"。经过长时期的观察,古人发现并捕捉到了一年之中太阳运行的主轨迹,以黄道和赤道(太阳和地球的运行轨迹)沿线的二十八颗恒星为观测坐标,并将之想象成太阳沿途休息的空中客栈，因此称之为"二十八星宿"。

古人观测日月五星的运行是以恒星为背景的，这是因为古人觉得恒星相互间的位置恒久不变，可以利用它们做标志来说明日月五星运行所到的位置。经过长期的观测，古人先后选择了黄道赤道附近的二十八个星宿作为"坐标"，称为"二十八宿"。黄道是古人想象的太阳周年运行的轨道。地球沿着自己的轨道围绕太阳公转，从地球轨道不同的位置上看太阳，则太阳在天球上的投影的位置也不相同。这种视位置的移动叫作太阳的视运动，太阳周年视运动的轨道就是黄道。这里所说的赤道不是指地球赤道，而是天球赤道，即地球赤道在天球上的投影。（王力主编、马汉麟主笔《中国古代文化常识》）

二十八星宿是观测日月五星的参照坐标。

二十八颗恒星是组团运行的，每七星为一结构单元，共四个组团。先民们以春分时节为观测的基准点，站在大地上仰望星空。春分时节，第一组团的七星（角、亢、氐、房、心、尾、箕）出现在东方的夜空，形状如苍龙；第二组团的七星（斗、牛、女、虚、危、室、壁）出现在北方上空，如龟蛇互绕（玄武）；第三组团的七星（奎、娄、胃、昴、毕、觜、参）出现在西方上空，如猛虎下山；第四组团的七星（井、鬼、柳、星、张、翼、轸）出现在南方的上空，如大鸟飞翔。中国古人的观察力宏阔而且细微，同时又富有充沛的艺术思维魅力。

依据西水坡遗址可以推定，在公元前4500年左右，先民们已经掌握了春和秋两个季节的天象变化规律。对夏、冬两个季节的认知要晚一些，已到了尧帝时期，而南方朱雀和北方玄武的形象认定则更晚，到战国时期才有史籍记载。

七

尧帝时代是中国古代天文学的发轫阶段，设立了世界上首家全职能的天文台，任命重臣专司天文星象的研究，制定历法，并在东南西北分设四个观测站，跟踪观察春夏秋冬四个节点的星象运行，并督导人们顺应节气变化从事生产与生活。这个时间点在公元前2300年前后。

"乃命羲、和，钦若昊天，历象日月星辰，敬授民时。"

（尧帝）任命羲与和担任"天地四时之官"，敬奉天意，按照日月星辰的运行规律制定历法，用以指导人们遵循时令节气从事生产。

羲与和是两大氏族的首领。受命担任这一职务是世袭的，在《尚书》另外一篇文献《吕刑》中，也有任命"重"和"黎"相关职务的记载："乃命重、黎，绝地天通，罔有降格。"中国古代天文学的思维方式，是天与地相呼应着的，因此称"绝地天通"。"罔有降格"，不要降低格候之人的地位。格，在《尚书》中是常用字，含义也多有不同。此句中的格，指格候，专指依天象推衍时令。格候之人，通俗的解释就是天象师，地位相当于国师。重、黎是羲与和的祖辈，尧帝任命羲与和，是承守世袭的规制。

《国语·楚语》中，也有相关记载："颛顼受之，乃命南正重司天以属神，命火正黎司地以属民，使复旧常，无相侵渎，是谓绝地天通。其后……尧复育重、黎之后，不忘旧者，使复典之。"《尚书·尧典》："分命羲仲，宅嵎夷，曰旸谷。寅宾出日，平秩东作。日中，星鸟，以殷仲春。厥民析，鸟兽孳尾。"

命令羲仲居住在东方海滨一个叫旸谷的地方，观测日出。"平秩东作"，秩是次序，考据一年之中不同时间日出的变化。"日中"，指昼夜平分，以昼夜平分那一天作为春分。"星鸟"中的"鸟"，即二十八宿中南方七星中的"星"，星，以鸟替代，是避开星星两字重叠。以星鸟显见于南方天空正中，作为确定仲春的依据。南方七宿的形状，被古人想象成大鸟，此时还没有"朱雀"的命名。"厥民析"，厥是虚词，析是分散，仲春时候，万物复苏，农耕在即，人们分散在田野中劳作。"鸟兽孳尾"，这个时令，是鸟兽交配繁殖的时候。

申命羲叔，宅南交。平秩南讹，敬致。日永，星火，以正仲夏。厥民因，鸟兽希革。（《尚书·尧典》）

命令羲叔居住在南方交趾（今越南北部红河流域一带）一个叫明都的地方。"南交"，指交趾，《墨子·节用》中也有相关记载："古者尧治天下，南抚交趾，北降幽都，东西至日所出入，莫不宾服。"此文中涉及的四个地点，与尧帝设置的东南西北四个观测站相合。"平秩南讹，敬致"，讹是运行，致同至，观测太阳由北向南运行的次序。"日永，星火，以正仲夏"，以白昼最长的那一天为夏至，以火星（二十八宿之心星）显见于南方天空正中时，作为仲夏的依据。"厥民因，鸟兽希革"，仲夏时节，溽热难挨，又逢多雨，人们择高地而居，这个时令里，鸟兽脱毛。"因"这个字，甲骨文的写法，是人躺在席子上，有身份的人才能享用席子。此句中的"因"，是"高就"的意思，指人们住在高处。

> 分命和仲，宅西，曰昧谷。寅饯纳日，平秩西成。宵中，星虚，以殷仲秋。厥民夷，鸟兽毛毨。（《尚书·尧典》）

命令和仲，居住在西部一个叫昧谷的地方。"寅饯纳日"，寅是虚词，表敬意。饯，即饯行。观察太阳落山，为太阳饯行。"平秩西成"，西，指太阳向西运行，考据一年之中日落的变化。"宵中，星虚，以殷仲秋"，以昼夜平分这一天作为秋分，以虚星显见于南方天空正中作为观测仲秋的依据。"厥民夷，鸟兽毛毨"，夷，指平坦之地。人们由高地搬回平坦之地，便于收获庄稼。这个时令里，鸟兽皮毛状态最佳，可以为人们所利用。

> 申命和叔，宅朔方，曰幽都。平在朔易。日短，星昴，以正仲冬。厥民隩，鸟兽氄毛。（《尚书·尧典》）

命令和叔，居住在北方一个叫幽都的地方。"平在朔易"，观测太阳由南向北运行。在，指观测。朔易，太阳由南向北运行。"日短，星昴，以正仲冬"，以白昼最短的这一天作为冬至，以昴星显见于南方天空正中，作为确定仲冬的依据。"厥民隩，鸟兽氄毛"，人们居住在室内取暖，这个时令里，鸟兽为了御寒，皮毛密实丰厚。

帝曰：咨！汝羲暨和。期三百有六旬有六日，以闰月定四时，成岁。允厘百工，庶绩咸熙。(《尚书·尧典》)

尧帝说："拜托呀！羲与和，望你们以三百六十六日为太阳的一个回归周期，以置闰月的方式推算确定春夏秋冬四时而成岁。并以此规范各行各业的职能，这样，一切事务都可以有序进行了。"

尧帝这番话，在基本意思之外，还透露出三个信息——

第一，当时已经测定到了太阳一个回归年的周期是三百六十六天，这个数字是比较精准的。

第二，"旬"的时间概念已经产生。旬是干支纪时的概念，十天干对应十二地支，由天干甲日到癸日的十天为一旬。

第三，由这句话可以推定，当年已实行置闰。中国的农历，以观测月亮的运行规律为基础，一年十二个朔望月，其中六个月为平月，每月三十天，六个月为小月，每月二十九天，一年三百五十四天，比太阳的一个回归年少十一天左右。古人用置闰月的方法补足时间差，三年增加一个月。"一岁有余十二日，未盈三岁足得一月，则置闰焉。"（《尚书·尧典》）闰月的基本原理是，"三年一闰，五年两闰，十九年七闰，四百年九十七闰"。

八

春秋和战国是中国大历史中时间跨度最长的国家分裂时期，长达五百五十年。

公元前770年，周平王迁都，由镐京（今陕西西安）迁至洛邑（今河南洛阳），"平王东迁"是一个重要节点，标志着西周时代结束，东周时代开始。由于国家形态不再是一个整体，朝代名称也不叫东周，而由两部史书《春秋》和《战国策》的名字替代，从公元前770年到公元前476年，史称"春秋"，从公元前475年到秦始皇统一国家的公元前221年，史称"战国"。春秋时期，诸侯列国渐而做大做强，彼此之间割据争霸，战火硝烟不断，但在表面上，还认可周天子为荣誉君主。进入战国之后撕下伪装，众脚把周天子踢开，战事连年升级，整个国家成了四分五裂的大战场。

春秋时期，诸侯列国重视编修国史，"吾见百国《春秋》"，国史多以《春秋》命名，"可见《春秋》乃当时列国史官记载之公名"（钱穆《孔子传》）。其中，孔子在鲁国国史基础上编撰的《春秋》最为卓著。"孔子《春秋》因于鲁史旧文，故曰其文则史。然其内容不专着眼在鲁，而以有关当时列国共通大局为主，故曰其事则齐桓晋文。换言之，孔子《春

秋》已非一部国别史，而实为当时天下一部通史。"（钱穆《孔子传》）

孔子著春秋，至今仍有三个待解的谜团。

谜团一，孔子的《春秋》，止笔于鲁哀公十四年，即公元前481年。这一年，孔子七十一岁。但从哪一年开始动笔写作，不可考。"是年，鲁西狩获麟，孔子《春秋》绝笔。《春秋》始笔在何年，则不可考。"（钱穆《孔子年表》）

谜团二，《春秋公羊传注疏》中记载："昔孔子受端门之命，制《春秋》之义，使子夏等十四人求周史记，得百二十国宝书，九月经立。"孔子受周王室之命，著《春秋》，派子夏等十四个学生搜集史料，得到一百二十个诸侯国档案，用九个月时间撰成《春秋》。当时的诸侯国只是一百二十个吗？子夏等人有没有疏漏，不可考。

关于"孔子受端门之命"，依钱穆先生的观点，是假托周王室之命，"孔子以私人著史，而自居于周王室天子之立场，故又曰'知我者其惟《春秋》乎，罪我者其惟《春秋》乎'"。

谜团三，孔子是在鲁国国史基础上编著《春秋》，鲁史已佚失，或丧于秦始皇的焚书之祸火。两部史书之间的关联程度不可考。

秦始皇把诸侯国史作为首烧之书，"非秦记皆烧之"（《史记·秦始皇本纪》），实在是罪孽深重，试想，墨子说的"百国《春秋》"如果能够沿袭下来，将是何等的文明大观！

九

《春秋》这部书，经历过一次劫难，就是秦始皇制造的焚书之祸。

秦始皇的焚书范围，主要是历史、政治，以及诸子百家著作。"焚书令"的第一款是，"非秦记皆烧之"，不是记载秦国历史的史书全部烧毁，其目的是抹掉其他诸侯国的国家记忆，《春秋》在首烧之列。第二款是，"非博士官所职，天下敢有藏《诗》《书》百家语者，悉诣守、尉杂烧之，有敢偶语《诗》《书》者弃市"（《史记·秦始皇本纪》）。第三款是，"以古非今者族"（《史记·秦始皇本纪》）。一个朝代行将灭亡，是有噩兆的，会发生丧失理智的疯子行为。"焚书"这个事件发生在秦朝灭亡前七年，即公元前213年。这一年是中华文化史中最黑暗、最寒冷的一年。

公元前206年，西汉建立之后，下达"征书令"，在全国范围内征集、整理、修复遭焚之书，再之后，把《诗经》《尚书》《礼记》《易经》《春秋》确立为"五经"。所谓经，是治国之书的意思。并且设立"五经博士"，地位相当于今天的院士，是国家认证的学术代表人物。同时，推出一项官员入仕选拔考试制度，即察举制，备考用书就是"五经"。察举制到唐代完善为科举制，入仕备考用书增为"十二经"，其中《春秋》衍为三经，《春秋左氏传》《春秋公羊传》《春秋谷梁传》。明清之后的科举考试，又增加《孟子》，成"十三经"。儒家"十三经"不是束之高阁的典藏著作，而是古代官员入仕考试用书，也可以理解为中国古代社会的治世之书。

禁书与尊书，是雾霭时代和昌明时代的标志性分野。

十

《春秋》，天子之事也。

王者之迹熄而《诗》亡，《诗》亡然后《春秋》作。

孔子成《春秋》，而乱臣贼子惧。

这三句话是孟子对春秋的学术定位，他讲了三层意思：《春秋》这部史书是剖析世道和世事的。圣贤治世衰落之后，《诗经》的醒世之功被淡化，粉饰浮华之风弥漫。迷惘而失去方向感的时代里，真是万幸，《春秋》问世了。孔子所著《春秋》，是有一定震慑力的书。

在董仲舒的认识里，《春秋》既是史书，也是治世之书。董仲舒是西汉时期的《春秋》研究专家，是当年的"五经博士"，他把《春秋》的核心内容概括为"十指"，即十种要旨。

春秋二百四十二年之文，天下之大，事变之博，无不有也。虽然，大略之要，有十指。十指者，事之所系也，王化之所由得流也。举事变，见有重焉，一指也；见事变之所至者，一指也；因其所以至者而治之，一指也；强干弱枝，大本小末，一指也；别嫌疑，异同类，一指也；论贤才之义，别所长之能，一指也；亲近来远，同民所欲，一指也；承周文而反之质，一指也；木生火，火为夏，天之端，一指也；切刺讥之所罚，考变异之所加，天之端，一指也。（《春秋繁露·十指》）

《春秋》记载了二百四十二年的历史，天下之大，世事变迁之博，广有包容，概括起来有十种要旨：记录世事变迁，择重略轻，此为一旨；察世事变迁所涉及的社会诸多层面，此为二旨；根据世事变迁的态势，梳理归纳治世的原则，此为三旨；治理国家的基本原则，是强干弱枝、固本疏末，此为四旨；观察世事变迁的基本方法，是辨识嫌疑、区分异同，此为五旨；治世之首要是发现人才，以及对人才的因能任用，此为六旨；治世的长久之道，是亲近抚远，安定民心，此为七旨；治世的理想状态，是承袭西周制度，返璞归真，此为八旨；治理人间事须循守天地运行的四时大序，天之端，即以春为始，春木生火，火为夏，此为九旨；为国家著史，须明确指出治世者的失误导致的恶果，切中时弊，明察乱象，并纠察恶果的成因以及影响，此为十旨。

举事变，见有重焉，则百姓安矣；见事变之所至者，则得失审矣；因其所以至而治之，则事之本正矣；强干弱枝，大本小末，则君臣之分明矣；别嫌疑，异同类，则是非著矣；论贤才之义，别所长之能，则百官序矣；承周文而反之质，则化所务立矣；亲近来远，同民所欲，则仁恩达矣；木生火，火为夏，则阴阳四时之理相受而次矣；切刺讥之所罚，考变异之所加，则天所欲为行矣。（《春秋繁露·十指》）

中国古人的意识里，天地为大，民为重。重视民生，则百姓心安；考察世事变迁涉及的社会诸多层面，则见得与失；因世事发展态势而施治，可以正本清源；强干弱枝，大本小末，则国家秩序井然守度；别嫌疑，异同类，则是非卓然显见；礼贤尚能，则百官有节；承袭西周制度，则宣民教化有道；亲近抚远，安定民心，则仁行天下；以春为天之端，则阴阳四时交替守衡；切中时弊，明察乱象，是替天行道。

司马迁在《史记》中引述了董仲舒关于《春秋》写作动机的一段话——

余闻董生曰："周道衰废，孔子为鲁司寇，诸侯害之，大夫壅之。孔子知言之不用，道之不行也，是非二百四十二年之中，以为天下仪表，贬天子，退诸侯，讨大夫，以达王事而已矣。"（《史记·太史公自序》）

董仲舒年长司马迁约三十五岁，司马迁尊称其"生"。汉代称呼中的"生"，依唐人颜师古考注，是先生，"生，犹言先生"。我听仲舒先生说："周朝的政治衰败之后，孔子出任鲁国司寇（司法部长），诸侯陷害他，大夫排挤他，孔子自知谏言无门，政见无路，于是考辨评述二百四十二年历史的是非得失,作为世人行为的规范。《春秋》一书中,贬抑昏聩天子,抨击无道诸侯,声讨失德大夫,以彰显王道。"

司马迁身为西汉的首席史官,倍加推崇《春秋》——

夫《春秋》,上明三王之道,下辨人事之纪,别嫌疑,明是非,定犹豫,善善恶恶,贤贤贱不肖,存亡国,继绝世,补敝起废,王道之大者也。……拨乱世反之正,莫近于《春秋》。《春秋》文成数万,其指数千。万物之散聚皆在《春秋》。《春秋》之中,弑君三十六,亡国五十二,诸侯奔走不得保其社稷者,不可胜数。察其所以,皆失其本已。故《易》曰"失之毫厘,差以千里"。故曰"臣弑君,子弑父,非一旦一夕之故也,其渐久矣"。故有国者不可以不知《春秋》,前有谗而弗见,后有贼而不知。为人臣者不可以不知《春秋》,守经事而不知其宜,遭变事而不知其权。为人君父而不通于《春秋》之义者,必蒙首恶之名。为人臣子而不通于《春秋》之义者,必陷篡弑之诛,死罪之名。其实皆以为善,为之不知其义,被之空言而不敢辞。夫不通礼义之旨,至于君不君,臣不臣,父不父,子不子。夫君不君则犯,臣不臣则诛,父不父则无道,子不子则不孝。此四行者,天下之大过也。以天下之大过予之,则受而弗敢辞。故《春秋》者,礼义之大宗也。夫礼禁未然之前,法施已然之后;法之所为用者易见,而礼之所为禁者难知。……《春秋》采善贬恶,推三代之德,褒周室,非独刺讥而已也。(《史

记·太史公自序》）

　　孔子在位听讼，文辞有可与人共者，弗独有也。至于为《春秋》，笔则笔，削则削，子夏之徒不能赞一辞。弟子受《春秋》，孔子曰："后世知丘者以《春秋》，而罪丘者亦以《春秋》。"（《史记·孔子世家》）

　　在司马迁的眼中，《春秋》是一部给中国史书写作树立标准的大作品。

　　第一，《春秋》上明三王之道（此处指夏、商、周三代开国之君，夏禹、商汤、周文王，及周武王），下辨人伦纲纪，别嫌疑，明是非，定犹豫，亲善憎恶，崇尚贤良，抑止不肖，使亡国存，绝学继，补敝起废，彰著王道。

　　第二，《春秋》是拨乱反正之书。

　　第三，《春秋》数万言（近两万言），要点数千，世道兴衰之理尽在其中。《春秋》一书中，记述臣弑君事件三十六宗，亡国五十二个，诸侯四处奔走，仍不保国的不可胜数。洞察其中失德失势的教训，尽在丧本。臣弑君，子弑父，这样的恶果，不是一朝一夕的突变，均有其渐变之因。

　　第四，一国之君不可不知《春秋》，否则，明不辨逸人佞臣，暗不见窃国之贼。大臣不可不知《春秋》，否则，处置常规国务不得其法，遭遇突变不谙应变之策。为人君父不通《春秋》之义，必蒙首恶之名。国家之重臣不通《春秋》，必陷篡弑之罪而遭诛。

第五，君不君，臣不臣，父不父，子不子，这种有悖伦常之事发生，在于礼义之丧。君失君道则臣子犯上，臣失臣职则有杀身之险，父无德，子不孝。此四者，为天下大恶。《春秋》以此为标准评判历史人物。

第六，《春秋》是关乎礼义的典范作品，"礼义之大宗也"，礼的功用是防患于未然，法的功用是除恶于已然。法之止恶可以显见，但礼义防患于未然则难察，这是《春秋》的卓然远见之处。

第七，《春秋》并不是以抨击为主，"非独刺讥而已也"，其功在于为世人衡定标准，褒善贬恶。

第八，孔子著《春秋》，确定了史书写作的基本规则，"笔则笔，削则削"，撰写国家历史，于赞颂处则赞颂，于抨击处则抨击。

唐代历史学家刘知幾对《春秋》有些微词，指其叙事粗枝大叶，细节疏失，"语其粗也，则丘山是弃"（《史通》）。但对《春秋》于中国史书写作的开山贡献，则极尽尊仰之敬意："逮仲尼之修《春秋》也，乃观周礼之旧法，遵鲁史之遗文，据行事，仍人道，就败以明罚，因兴以立功，假日月而定历数，藉朝聘而正礼乐，微婉其说，志晦其文，为不刊之言，著将来之法，故能弥历千载，而其书独行。"（《史通·六家》）

孔子著《春秋》，考据西周礼仪制度，遵循鲁国国史基本脉络，据史实，守人事，述衰败以示贬罚，立兴盛以树功德。以日、月、岁、时，推衍天地运行规律，以朝觐天子框定国家礼义规则。语气婉约，不露锋芒，用意含蓄，绵里藏针。《春秋》以不容更改的言论，为后世确立了史书写作规范，所以历经千年，仍彰著于世。

中国的国家历史，为什么以"春秋"命名，刘知幾是这样诠释的——

> 又案儒者之说《春秋》也，以事系日，以日系月，言春以包夏，举秋以兼冬，年有四时，故错举以为所记之名也。（《史通·六家》）

考据儒家研究《春秋》的写作体例，叙事具体到日，以事系日，以日及月，春以包夏，秋以兼冬，一年四时，循而成序，因此以《春秋》命名。

十 一

守拙，是我们中国人的防身术。

三四岁的小孩子，家长是进行阳光教育的。湛蓝的天空，笑呵呵的太阳，皎洁的月亮，爱眨眼的星星，爱和温暖贯穿一切。但岁齿稍长，话锋就变了，有阴沉的云雾袭来，"不要和陌生人说话"。再稍长，云层渐厚，"害人之心不可有，防人之心不可无""群居防口，独坐防心""枪打出头鸟"，乃至还有种"厚黑学"款式的箴言，"见人只说三分话，未可全抛一片心""虎豹不堪骑，人心隔肚皮。休将心腹事，说与结交知"。

"大智若愚"被置顶为人生的最高境界。中国人究竟经历过什么样的磨难，才会构筑出如此橡胶坝般的内心防线？

一切文明的形成都有各自独具的历史，其成因由多种元素汇聚而得。有些成因可以堂而皇之地娓娓道来，但有些则讳莫如深、苦不堪言。我们文化性格中的"守拙"意识，就是不堪言之一种。

春秋战国时期的国家大分裂，长达五百五十年。诸侯国群龙无首，彼此之间使坏斗狠、尔虞我诈，世态万般炎凉，民心碎了满地。

春秋二百九十五年，从公元前 770 年至公元前 476 年。这一时期，周天子只是面子上的君主，实际上已经失去对国家权力的掌控。诸侯国之间丛林政治风行，强凌弱，大吞小。西周时期究竟分封了多少个诸侯国家不可考，但最初是"八百诸侯不期而遇"，到春秋末期，孔子《春秋》中只记载一百二十个，其中，"弑君三十六，亡国五十二"。三十六个大臣弑君篡位，五十二个诸侯亡其国。

战国二百五十五年，从公元前 475 年到公元前 221 年。诸侯国割据杀伐，硝烟遍野，国家被完全撕裂，中华大地成了角斗场，不停歇地上演兼并与重组的大戏。《战国策》一书中，有记载的诸侯国是三十四个，到末期浓缩为"战国七雄"，最后由秦始皇以"暴秦"的方式灭亡六国，天下重新归为一统。

春秋和战国的分界点，史学界有多种说法，但基本上采信司马迁《史记》中的观点："余于是因《秦记》，踵《春

秋》之后，起周元王，表六国时事，讫二世，凡二百七十年，著诸所闻兴坏之端。后有君子，以览观焉。"（《史记·六国年表》）

司马迁因循《春秋》，《春秋》止笔于公元前481年，三年后，公元前479年，孔子去世。又三年，是周元王元年。中国古代的史家界定时代的起始有一个惯例，以国家君主的立与废为宗，因此，司马迁把周元王继位元年（前475年）定为战国起始之年。

我们一直津津乐道并推崇春秋战国时期百家争鸣的思想灿烂，但众多思想者并没有照亮并导引那个时代，反而加重了"小国政治"的重重泥淖。这一点应该引起我们的特别警惕。

病态的社会土壤中生长出的思想可能更具尖锐性，但如果不具备长远的导航能力，只是图谋一时一地的生存，则必定是短视的。孔子的伟大之处是着眼于社会形态的礼崩乐坏——对大国秩序感丧失的忧心忡忡。但他的思想，对正处于撕裂之中的时代是软弱无力的。孔子是时代之痛的揭示者，而不是改变者。

我在旧作《没有底线的时代，笨人是怎么守拙的》中有过记述——

> 春秋和战国，是天下无主，达人料理国家的时代。
> 达人，是社会精英，是文化翘楚。诸侯国君们是董事长，聘任达人出任CEO，达人们不仅是思想智库，还是执行官，

由后台走上前台，像运营企业那样各自治理国家。儒家、墨家、法家、黄老家、兵家、刑名家、阴阳五行家，以及黑恶势力、车匪路霸，各彰其长，同场角逐，中国思想史中最璀璨的时代来临了，但思想者闪烁的光辉并没有照亮那个时代。思想者们为自己的思想寻找落脚点，或叫试验田。悲剧式的代表人物是孔子，从五十五岁到六十八岁，他周游列国，走了九个诸侯国，到处碰壁。儒家奉行以规则治国，礼仪天下，寻求放长线钓大鱼，但这在当年是行不通的。公元前479年孔子辞世，三年后，春秋时代结束，战国时代开启，速效政治与趋利主义的特征更加突出，诸侯国君与达人们双向选择，达人们是教练员，也是运动员，但没有裁判，没有共守的法则，一切以胜负输赢为前提。如果思想者之间的理性碰撞，固化为你死我活的政治丛林，究其本质，这样的文化生态是反文明的。诸侯列国在这样的生态中尔虞我诈，相互兼并，由三十四个诸侯国重组为七个，即战国七雄，到公元前221年，秦始皇以"暴秦"模式吞并六国，一统天下。但仅仅过了十五年，公元前206年，秦朝这座大厦轰然倒塌。一个拥有强大军事力量的超级帝国，仅存世十五年的时间，在世界史上也是只此一例。

秦始皇灭亡六国，实现了国家统一，但他治理国家的思维方式仍是"小国政治"式的，急功近利，为所欲为。经历数百年战乱之苦的国家千疮百孔，国疲民乏，巨大的伤病之躯,被他拖着加速度奔跑,才导致大秦王朝猝死的结局。

大国建设是以大国思维为基础和前提的,国家之大,不仅在规模和版图,更重要的在于意识形态要"蹈大方"。

"三丈之木"的故事,是秦国思维模式的典型例子。

公元前356年,商鞅在秦国主持变法,也就是今天说的改革。在改革措施出台之前,做了一次旨在"取信于民"的实验。在一个大型农贸市场的南门,竖立一根三丈高的粗大原木,一旁贴出募民告示:谁将此木搬到市场北门,奖励十金。十金在当时是巨款,但老百姓以为是政府设置的套路,无人响应。随后又将奖金提升到五十金。有一个人豁出去了,碰碰运气,把原木搬到了北门,他果真得到了五十金。

用这种不靠谱的方式构建诚信政府,是速效政治丧失民心的根本症结所在。

令既具,未布,恐民之不信,已乃立三丈之木于国都市南门,募民有能徙置北门者予十金。民怪之,莫敢徙。复曰"能徙者予五十金"。有一人徙之,辄予五十金,以明不欺。(《史记·商君列传》)

十 二

《三国演义》是写国家分裂的书,具体写分裂之后,意识形态和人心是如何裂变的。

李宗吾讲《三国演义》是厚黑的鼻祖。提到"偶阅《三国志》"，事实上应是《三国演义》，《三国志》是史书，其中曹操、诸葛亮、刘备，以及孙权的形象也不是野史中描写的模样。

  吾自读书识字以来，见古之享大名膺厚实者，心窃异之。欲究其致此之由，渺不可得。求之六经群史，茫然也；求之诸子百家，茫然也。以为古人必有不传之秘，特吾人赋性愚鲁，莫之能识耳。穷索冥搜，忘寝与食，如是者有年。偶阅《三国志》，而始恍然大悟曰：得之矣，得之矣。古之成大事者，不外面厚心黑而已！
  三国英雄，曹操其首也，曹逼天子，弑皇后，粮罄而杀主者，昼寝而杀幸姬，他如吕伯奢、孔融、杨修、董承、伏完辈，无不一一屠戮，宁我负人，无人负我，其心之黑亦云至矣。次于操者为刘备，备依曹操、依吕布、依袁绍、依刘表、依孙权，东窜西走，寄人篱下，恬不知耻，而稗史所记生平善哭之状，尚不计焉，其面之厚亦云至矣。又次则为孙权，权杀关羽，其心黑矣，而旋即讲和，权臣曹丕，其面厚矣，而旋即与绝，则犹有未尽黑未尽厚者在也。
  总而言之，曹之心至黑，备之面至厚，权之面与心不厚不黑、亦厚亦黑。

  《三国演义》这部小说，七分史实，三分虚构。作者罗贯中，生于元末乱世，山西人，丝绸富商人家出身，自小打下扎实的读书功底，后来又有投身反元义军做军机参谋的经历。反元义军领袖叫张士诚，盐贩出身，先反元，后又降元，再之后与朱元璋的军队苦战，兵败之后自缢。朱元璋建立明朝之后，罗贯中隐身杭州，以写作度日。作家的经历是其世界观的基础，罗贯中虽不是大开大合，但也是栉风沐雨，悲欣交集，尤其晚年，因为参加过与朱元璋的多次战争，他是需要避世的。因此他看世事，看人生，比一般作家多几分跌宕与冷眼。

《三国演义》第一回开篇即写，"话说天下大势，分久必合，合久必分"，合是必然，分也是必然。这种醒世的认识，有世态炎凉之苦，也透着颓然超脱之涩。书中写战事与战争，场面波澜壮阔，写人物的人生际遇与无常，入木三分。类似的情景，他见过，也经历过。罗贯中的文学笔法老到，视角如多棱镜一样，折射出的东西都是立体的。写忠义，濒临着伪；写信，濒临着失信；写真，濒临着失真。世事险恶与人心叵测，是这部小说的底色。罗贯中是古往今来写尔虞我诈的翘楚，无人可以匹敌。权变与机心，不变与应变，预防与攻防，在他的笔端活灵活现，如入实境。《三国演义》这部书是丰富多彩的，有文学笔法之美，但不宜深读，领略多了会生出不敢向善之心。

在罗贯中的笔下，三国是人才辈出的时代。但有一些残酷的历史真实被遮蔽了，这一时期，国家分裂，政治动荡失序，人祸与天灾不断，民生极度凋敝，人口由五千六百多万骤减至三千七百万（具体人口数字依据葛剑雄先生《中国人口史》)。《三国演义》由东汉建宁二年（169年）写起，到司马炎建立西晋（265年）止笔，覆盖九十七年间的历史。此间包含两个历史档期，从公元169年到220年，属东汉一朝。公元220年，曹操去世，曹丕继位，废汉献帝刘协，"皇帝逊位，魏王丕称天子。奉帝为山阳公，邑一万户，位在诸侯王上，奏事不称臣，受诏不拜"。221年，"刘备称帝于蜀，孙权亦自王于吴，于是天下遂三分矣"（《后汉书·孝献帝纪》）。从公元220年到265年西晋建立，即是三足鼎立的三国，存世仅四十五年。

公元169年到220年，是《三国演义》的书写重心，这一时期的历史真实有哪些被遮蔽了呢？

首先是公元166年到168年的"党锢之祸"。

"党人"是当年的知识精英，"党锢之祸"指的是对"党人"进行杀戮和迫害的文化惨案。中国政治史中，自西汉创立学而优则仕的官员选拔制度，以读书取士，称"察举制"（隋唐之后完善为科举制），到东汉逐渐形成士阶层，与外戚、宦官构成官场中的三方势力。东汉末年，外戚与宦官相互角逐权力，士阶层站队在外戚一边，宦官赢得主动之后，于公元166年对士阶层大开杀戒。到公元168年，仅三年间，遭杀戮、迫害、流放的"党人"及家眷有数十万之众。"党锢之祸"是中国人文化心理的标识性转折点，自此之后，文化开始与政治疏离，心生戒备。用通俗的话讲，文化人开始给自己留一手，在进取的同时，也给自己留好退路。东晋陶渊明的"不为五斗米折腰"，唐代田园诗的归隐意识，都是具体的文学呈现。

《三国演义》第一回中，仅用一句话，将这桩文化惨案简笔带过，"推其致乱之由，殆始于桓、灵二帝。桓帝禁锢善类，崇信宦官"。

再是大瘟疫。三国时期国家人口骤减的原因：一是无休止的战争，五十年间大小战事有数百场之多，士兵及平民百姓大量伤亡。二是瘟疫，《后汉书·五行志》中记载，公元169年至220年之间，发生过五次大规模的瘟疫：灵帝建宁四年（171年）三月，大疫；熹平二年（173年）正月，大疫；光和二年（179年）春，大疫；光和五年（182年）二月，大疫；中平二年（185年）正月，大疫；献帝建安二十二年（217年），大疫。

公元217年的大瘟疫，尤其惨烈，死亡人口在数百万之巨。曹操、曹植、张仲景均有文字记述——

> 白骨露于野，千里无鸡鸣。生民百遗一，念之断人肠。（曹操《蒿里行》）

> 建安二十二年，疠气流行，家家有僵尸之痛，室室有号泣之哀。或阖门而殪，或覆族而丧。（曹植《说疫气》）

> 余宗族素多，向逾二百，自建安以来，犹未十年，其亡者三分之二，伤寒十居其七。（张仲景《伤寒杂病论》）

建安二十二年，即公元 217 年。这场瘟疫致使"千里无鸡鸣，生民百遗一""家家有僵尸之痛，室室有号泣之哀"。不仅平民百姓，连富贵人家和名门望族也无力幸免。张仲景家族二百余口，十年之间，疫亡三分之二。这一时期名垂青史的文学人物"建安七子"，有五位丧生于这场瘟疫，具体是王粲、应玚、刘桢、徐幹、陈琳。另外两位孔融和阮瑀，在此之前已去世。

三是连年战乱，民生极度凋敝。摘录《后汉书·孝献帝纪》中的记载，可见其悲惨程度，甚至人相食的事时有发生。

"（兴平元年七月，公元 194 年）三辅大旱，自四月至于是月……是时谷一斛五十万，豆麦一斛二十万，人相食啖，白骨委积。"三辅是京城周围地区。京畿之地尚且如此，其他地方可想而知。

"是时（建安元年八月，公元 196 年），宫室烧尽，百官披荆棘，依墙壁间。州郡各拥强兵，而委输不至；郡僚饥乏，尚书郎以下自出采稆（野生庄稼），或饥死墙壁间，或为兵士所杀。"朝廷官员落魄到这种地步，平民百姓的生活亦可想而知。"是岁（建安二年，公元 197 年）饥，江淮间民相食。"

人心在恶劣环境下是怎么裂变的呢？

比如一粒种子，在萌芽破土的时候，迎头遭遇了压在地表的石头，幼苗也是顽强的，它会沿着石缝蜿蜒扭曲着向上生长。

2021 年于西安

从发现时间开始：一根由神奇到神圣的棍子

我们中国最原始的计时工具，是一根棍子，学名叫"表"。

棍子被垂直竖立在地面上，立竿见影，"光阴"被捕捉到了。"光阴"这个词的本义是光的影子，先民们通过观测计量影子的位移，把"时"区分出"间隔"，"时间"的概念产生了。大自然中的时，本来是无间的，一切都那么混混沌沌存在着。"天地未剖，阴阳未判，四时未分，万物未生，汪然平静，寂然清澄，莫见其形。"（《淮南子·俶真训》）这根棍子立在地面之后，人们的生活轨迹清晰起来，有了时间，也开始有了历史。

对"时间"的发现，是人类认知天地最重要的突破口，是由动物到人的最华丽转身。先民们用智慧把自己从普通动物中完全剥离出来。据科学史家判断，这个时期是公元前6500年的伏羲时代。

我们今天手上戴的、墙上挂的、地上摆设的，叫表、钟表。它们的祖先就是那根棍子。有序跳动的秒针，就是对光影位移的生动临摹。

光阴是被一寸一寸捕捉到的，这个过程，既缓慢又漫长。

先民们观测太阳，也观测月亮。太阳出没和月亮盈亏是捕捉"时间"的两个基本点，并由此发现了天地运行的轮回规律，日、月、季、年这些概念逐一被获取到。昼夜交替为"一日"，月相变化的周期为"一月"。

四季的发现与定位要晚一千多年，已到了神农氏时期，约公元前5000年前后。神农氏与炎帝一脉相承，之后是黄帝，中国人称自己是"炎黄子孙"，中国人的大历史由此开启。"乃至神农、黄帝，剖判大宗，窍领天地。"（《淮南子·俶真训》）首先被认识到的是春秋两个季节。这一时期，火已经被广泛使用，并且辨识出一些草药，初步认识到食用植物和药用植物的区别。农耕生产是这一阶段最时尚的生活方式，春种秋收，把农作物的果实带回家里，烹调出"家常饭"，告别"打野食"的日子，进入"想吃什么种植什么"的新常态，人们开始尝试着主宰自己的命运。

在对日月运行的细致观测中，人们锁定了春分和秋分，它们是指太阳投在地面的光影长度相同，白天和黑夜均分，先民把这种情况叫"日夜分"。接下来，又锁定了冬至和夏至，"至"，不是来到的意思，而是达到极点。冬至，投在地面的光影最长；夏至，投在地面的光影最短。对春夏秋冬四个节点的认定，是在神农氏时代完成的，而对四个季节变化规律的整体认知，已到了尧时代，约公元前2100年前后。这一时期，观测天象，以及计时的工具都有了科学的进步和提升，并且成立了观测天象的专职机构，任命重臣担任主官，"乃命羲、和（羲与和是两大氏族首领），钦若昊天，历象日月星辰，敬授人时"（《尚书·尧典》）。"两分两至"

的最早命名,记载在《尚书·尧典》中,春分称"日中",秋分称"宵中",夏至称"日永",冬至称"日短"。"日中,星鸟,以殷仲春。""日永,星火,以正仲夏。""宵中,星虚,以殷仲秋。""日短,星昴,以正仲冬。"

春夏秋冬,再加上天和地,被先民称为"六度",最初的标准和原则形成了,"阴阳大制有六度:天为绳,地为准,春为规,夏为衡,秋为矩,冬为权"(《淮南子·时则训》)。中国的历史,后来以"春秋"为别名,不仅因为孔子著的那部史书(在东周时代,诸侯国的国史,多以"春秋"为名,墨子说过一句话,"吾见百国《春秋》"),还在于先民传习下来的对"春秋"两季的认知理念:春为规,秋为矩,历史是给人世间树立规矩的。

"年"和"岁"概念的形成也在尧时代,"年"和"岁"是有区别的:"年,谷熟也"(《说文解字》),谷物从种植收获的一个寒来暑往周期为"一年";"岁"是天文学的概念,一个节气到下一年这个节气为"一岁"。《尚书·尧典》中记载的"岁""以闰月定四时成岁",一岁"期三百有六旬有六日"。旬是计算日期的概念,古人以天干地支计时日,天干甲日到癸日的十天时间为一旬。《尚书·尧典》中记载的三百六十六天为一岁,这个时间是经过缜密计算的。

在尧时代,这根棍子的原始使命终结了,但没有"退休",而是"转业"。尧把它竖立在"政府"办公地前的广场上,命名为"诽谤木",并赋予新的使命——倾听不同的政见之声。但这个时候,其倾听的并不是大臣和百姓的批评意见。

准确地说，当国家发生了灾难——地震、瘟疫、旱涝，或者重大的军事失败时，尧亲率百官在"诽谤木"前向老天爷悔过，请求责罚。这根棍子由观天转为天问，由仰观天象到替天行道，进而俯察世道民心，由神奇升华为神圣。

中国古代核心的政治理念——"君权天授"开始形成，天是至高无上的万物神明，人间的君主是天之子，应"法天而行"。"天高其位而下其施，藏其形而见其光。高其位，所以为尊也。下其施，所以为仁也。藏其形，所以为神。见其光，所以为明。故位尊而施仁，藏神而见光者，天之行也。故为人主者法天之行。"（《春秋繁露·离合根》）

这根古老的棍子发端了中国的天文学，撬动了早期的政治学，更神奇的，它还带动了数学的产生。对影子的反复观察、计量、测定，致使天文学和数学兼容着发展。这根天文学里的棍子，贡献了一个了不起的数学定理：棍子被称为"股"；投在地面的影子，称为"勾"；连接勾与股端点的直线，称为"玄"。"勾三股四玄五"被发现了，"勾股定理"在《周髀算经》和《九章算术》里已有科学表述，从这两部书的时间点上计算，也比西方早了六百多年。

光阴荏苒，两千年过去了，时间到了公元前179年，汉文帝刘恒即位。刘恒在即位的第二年五月诏令全国，给"诽谤木"重新定义，既保持天问，同时倾听来自民间的不同声音，广开言路，废除"妖言获罪法令"。"古之治天下，朝有进善之旌、诽谤之木，所以通治道而来谏者也。今法有诽谤妖言之罪，是使众臣不敢尽情，而上无由闻过失也。将何以来远方之贤良？其除之。"(《汉书·文帝纪》)刘恒是中国历史里的好皇帝，擅长听取不同的政见，并且实实在在地亲民爱民，即位第十三年，在国家财政吃紧的情况下，免除全国的农业税，富民以养国。此项政令沿袭十一年，直到他去世。刘恒奠定了汉代"文景之治"的政治和经济基础。汉代之所以被称为"大汉"，他是厥功至伟的人物之一。

在古代，帝王宫殿的正门广场上竖立"诽谤木"，寓意广开言路。县一级衙门口的一侧放置鼓，百姓在紧急情况下击鼓鸣冤，按规定，县官须立即升堂受理案子，但多数情况下，这个鼓基本就是一个摆设。即使是个摆设，对官员也有提醒和警示的作用。

今天，北京天安门广场上那一对华表，也是一脉相承、自古而来的，可以追溯到最原始的那根棍子。华表上方的云板，不是装饰品，是古代先民的科技发明。为了确保棍子垂直立在地面，在顶部设置云板，沿四周垂下八根绳子，如果每根绳子都无隙地贴附在棍子上，这根学名为"表"的观天计时工具，就可以正常工作了。这个原理，启发后代木匠做出了吊线的工具——线垂，一条线绳的一端吊个铅锤。木匠手提线垂，观测物品是否垂直立于地面。

古人有多首诗写到华表，选杜甫一首、陆游两首附后。

伐竹为桥结构同，褰裳不涉往来通。
天寒白鹤归华表，日落青龙见水中。
顾我老非题柱客，知君才是济川功。

合欢却笑千年事,驱石何时到海东。

——(唐)杜甫《陪李七司马皂江上观造竹桥,即日成,往来之人免冬寒入水,聊题短作,简李公》

青鬓当时映绿衣,尧功曾预记巍巍。
玄都春老人何在?华表天高鹤未归。
流辈凋疏情话少,年光迟暮壮心违。
倚楼不用悲身世,倦鹘无风亦退飞。
——(宋)陆游《感事》

岁晚城隅车马稀,偷闲聊得掩荆扉。
征蓬满野风霜苦,多稼连云雁鹜肥。
报国有心空自信,结茅无地竟安归?
浣花道上人谁识,华表千年老令威。
——(宋)陆游《岁晚》

2019年于西安

主气和客气

一

气,繁体字的写法是"氣",下边有个米字底,一个人的气象是由米谷做基础的。米谷是主食,小孩子嘴馋,好吃零食,牙吃蛀了,身子吃瘦了,家里的老人要实行严厉的"嘴禁","嘴禁"就是正餐之外的食物一概免开尊口。吃主食是人活着的基本,老人年迈了卧床不起,孝顺的子孙四下里访名医,寻延年增寿的办法,医生开口问的第一句话,差不多就是"饭量还行吧?",只要还能吃,就不会有眼前的危机。穷人以主食填饱肚子,攒一膀子力气养活全家老少。在富人家的餐桌上,无论怎么花样迭出,那几样米面的主食是固定的。主食宽胃,苏轼有著名的"三养"说,一曰安分以养福,二曰宽胃以养气,三曰省费以养财。我们中国人讲养生,养生就是养气,阴阳和合,六神安详充盈,气是养护调理出来的。养正气或浩然之气,仅靠宽胃是不够的。空洞的背诵理想信条,是给自己戴高帽子,是假大空,没有实际益处的。

养出大气需要磨砺,古代中国人学习射箭,除了练力道和准度之外，还注重练气。记得读过一个轶文，是讲练气的具体步骤的，最开始的时候，在胳膊肘处平放一个碗，开弓放箭，碗丝毫不摇晃，是度过了初级阶段。之后往碗里注入水，半碗，多半碗，渐次加满，碗不摇晃，水不外溢，可取得中级职称。高级职称就悬了，是站在悬崖峭壁处，脚下是深渊。"登高山，履危石，临百仞之渊，若能射乎？"这样的方法好，内外兼修。其实无论武艺还是文艺，底气的培养都是基础。

二

中国古人把大自然中的气，分为主气和客气。主气是主理一年四时的基本气象，细化为二十四个节气，从大寒这一天开始计时，立春、雨水、惊蛰、春分、清明、谷雨、立夏、小满、芒种、夏至、小暑、大暑、立秋、处暑、白露、秋分、寒露、霜降、立冬、小雪、大雪、冬至、小寒，到大寒止，为一回归年，周而复始，年又一年。二十四节气是一年之中气象变化的路线图，这个运行规律是固定不变的，因而称为主气。把立春确定为第一个节气，是古代中国人的科学发展观。在中国古人的认识里，一年肇始的第一天是冬至日，地下的阳气开始上行，冬至称为"一阳"。"二阳"在小寒与大寒之间，地气经过45天的运行，在立春这天突出地表，万物开始葱茏生长，因此"立春"这一天也称为"三阳开泰"。天气是天意，是天降的旨意。地气古称"在泉之气"，是土地山川的深呼吸。天地之气在一年之中的变化，被分割为二十四个观察区间，这是二十四节气的基本功能。每个区间15天多一点点，15乘24是360，多出的一点点全年累积起来是五天多，一年365天，再加个小零头。这一点点是怎么多出来的呢？每个节气开始的第一天，是具体到时辰分秒的。比如2020年立春，是2月4日17时03分12秒，2021年的立春，是2月3日22时58分39秒。《尚书·尧典》中对一回归年的记载是366天，"期三百六旬有六日，以闰月定四时，成岁"。尧帝时期中国建立了世界上最早的天文台，"乃命羲、和，钦若昊天，历象日月星辰，敬授民时"，《尚书·尧典》可以理解为中国现存最早的天文学记录。现代高科技手段测定地球绕太阳一周年的精确时间，是365天5小时48分46秒，《尚书·尧典》记载的是366天。尧帝生活的年代是在公元前2300年前后，距今大约4500年。中国古代天文学达到的水平，以及严谨态度，足够我们后人尊重并敬重。二十四节气，在汉代的《淮南子》和《礼记·月令》两部书中，均有充分表述。二十四节气名称的命名，是对一年之中气候变化特征的生动概括。"两分两至"，是一年中的四个重要节点，古称"四时"。春分和秋分这两天，昼与夜时间相当，古人称"日夜分"。夏至和冬至这两天，是夏与秋的最高点。至，不是来到的意思，是极致。"四立"即立春、立夏、立秋、立冬，"四立者，生长收藏之始"（《周髀算经》），生长收藏是四季的特征，"春为发生，夏为长嬴，秋为收成，冬为安宁"（《尔雅》）。立春是万物萌生的开始；立夏是全方位生长的开始；立秋是收敛与收获的开始——中国古人讲的收成,有两层含义,一是收敛,再是收获;立冬,是冬藏的开始。冬即终,古人结绳记事,一个时间段结束了,在绳子上挽一个疙瘩。冬的本意,是天地之间上下失联,不再交通,生机潜入地下,一派安宁。立春、春分、立夏、夏至、立秋、秋分、立冬、冬至,古人称"八节"。八节之外的十六个节气,以物候变化的特征命名。"雨水",天降雨水自此时起。"惊蛰",冬眠的动物苏醒。"清明"是八风之一。一年四季有八个方向的风,古称"四时八风",清明风是东南风。"谷雨",土膏脉动,雨生百谷。"小满",有两层指向。在南方,雨水充沛,河湖渐而盈满。在北方,谷物小成,颗粒近于饱满。"芒种"是忙种,果实有芒的农作物,已到紧要关头,北方收麦,南方种稻。"小暑"和"大暑",上蒸又下煮,土润溽蒸,高温多雨,闷热难挨。"处暑"是出暑,"处,止也,暑气至此而止"。"白露",天气转凉,水土湿气在草木叶子上凝而为露。秋在五行中属金,在五色中属白,称金秋白露。"寒露",进入深秋,冷风南下,寒意显露。"霜降",地气凝结由露而霜,"霜降杀百草",阳下入地,万物毕成,时令由收进入藏。"小雪","天地积阴,温则为雨,寒则为雪",小雪,不是雪量小,是指此时寒流活跃,降水量渐增。"大雪",也不是天降大雪,而是降水量持续增多。"小寒"与"大寒",数九寒天,是一年之中最冷的时令,"小寒大寒,冻成一团"。大寒之后,一个新的天地轮回重新开始。"小寒大寒,杀猪过年。""过了大寒,又是一年。"

三

中国古人观察天地是细致入微的。一年二十四个节气，每个节气又分为"三候"，五天为一候，二十四节气七十二候。"五天谓之候，三候谓之气，六气谓之时，四时谓之岁。""气候"这个词也由此发端。候，是征兆的意思，医生瞧病看症候，厨师炒菜看火候，古人观察天地看气候。七十二候具体是这样的：立春三候——初候，"东风解冻"，立春后第一个五天，东风吹来，大地开始解冻；二候，"蛰虫始振"，第二个五天，冬眠的动物开始苏醒，但只是"振"，伸伸腰，动动身子，仍窝藏在冬眠的洞中；三候，"鱼陟负冰"，第三个五天是"鱼陟负冰"，这句话很生动，冬天寒冷的日子，鱼贴着河底游，天气转暖，鱼上升浮游，好像肩负着冰在游。雨水三候——初候，"獭祭鱼"，水獭捕食鱼；二候，"候雁北"，大雁北飞；三候，"草木萌动"，草木萌生。

惊蛰三候——初候，"桃始华"，桃树开花；二候，"仓庚鸣"，黄鹂鸟鸣叫；三候，"鹰化为鸠"，布谷鸟出现于田野，鸠是布谷鸟。在中国古人的意识里，动物与动物之间，包括人与动物之间，存在着某种相互化生的神秘密码。这种认识，有玄机在其中，但更多的是受科学认识的局限。

春分三候——初候，"元鸟至"，燕子归来；二候，"雷乃发声"，天降雨时，阴气和阳气相搏，伴随阵阵春雷；三候，"始电"，闪电出现。清明三候——初候，"桐始华"；桐树开花，二候，"田鼠化为鴽"，鴽鸟出现；三候，"虹始见"，空中见彩虹。谷雨三候——初候,"萍始生",河湖的水面出现浮萍;二候,"鸣鸠拂其羽",布谷鸟已经长大,振翅而飞;三候,"戴胜降于桑",戴胜鸟在桑树间跳跃。立夏三候——初候,"蝼蝈鸣",蝼蝈,又名蝼蛄,俗称拉拉蛄,对农作物危害大,亦可入药;二候,"蚯蚓出",蚯蚓,冬眠虫类,可入药,药名地龙;三候,"王瓜生",王瓜,多年生草质藤本,块根纺锤形,茎细,枝多发,果实可入药。小满三候——初候,"苦菜秀",苦菜,草本菊科植物,可食亦可入药;二候,"靡草死",靡草,草本植物,感阴而生,不胜阳而死;三候,"麦秋至",麦子成熟。芒种三候——初候,"螳螂生",螳螂,节肢动物门昆虫,益虫;二候,"鹏始鸣",鹏鸟,伯劳鸟;三候,"反舌无声",反舌鸟,春天活跃,此时少发声。夏至三候——初候,"鹿角解",鹿,本性主阳,夏至一阴生,感阴气而鹿角脱落;二候,"蜩始鸣",蜩,蝉,民间称知了;三候,"半夏生",半夏,药用植物,生于夏至前后,故称半夏。小暑三候——初候,"温风至",温热之风此时到达极致,至,极致之意;二候,"蟋蟀居壁",此时蟋蟀羽翼初成,居墙壁中,尚不能生活于田野;三候,"鹰始击",《礼记·月令》中的记载是"鹰乃学习",此时鹰在幼时,练习搏击。大暑三候——初候,"腐草为萤",腐草中见萤火虫;二候,"土润溽暑",水土蒸郁,溽热;三候,"大雨时行",大雨不断。立秋三候——初候,"凉风至",天有八风,一年之中有八个方向的风,凉风是西南风,又称凄风;二候,"白露降",早晨或雨后,地气遇凉风，凝聚为雾气，此时尚未凝结成露珠，白露节气后才出现凝珠；三候，"寒蝉鸣"，寒蝉，个头小，声音却脆亮。处暑三候——初候，"鹰乃祭鸟"，鹰已长大，开始捕食鸟；二候，"天地始肃"，秋意肃然；三候，"禾乃登"，庄稼成熟。白露三候——初候，"鸿雁来"，大雁由北方南飞；二候，"玄鸟归"，燕子南飞。燕子是南方鸟，因此称归。中国古人是在黄河流域，具体是渭河流域观察天文地理，"鸿雁来""玄鸟归"，来与归，是就观察地而言的；三候"群鸟养羞"，羞，美食，群鸟准备过冬食物。秋分三候——初候，"雷乃收声"，二月阳中雷发声，八月阴中雷收声；二候，"蛰虫坯户"，冬眠虫类开始修葺洞口；三候，"水始涸"，河水流速放缓。

寒露三候——初候，"鸿雁来宾"，先来为主，后来为宾，最后一批大雁自北方南飞；二候，"雀入大水为蛤"，蛤，一种小蚌；三候，"菊有黄华"，草木感阳气生长，独菊遇阴气开花，古人以菊寓君子品格，于寒风中开放。霜降三候——初候，"豺祭兽"，豺捕食兽类；二候，"草木黄落"，草木叶黄飘落；三候，"蛰虫咸俯"，咸，全部，俯，垂首，此时寒气肃凛，冬眠虫类不再进食。立冬三候——初候，"水始冰"，水面开始凝结为冰，此时冰面尚单薄；二候，"地始冻"，大地寒气凝聚；三候，"雉入大水为蜃"，稚，野鸡，蜃，一种大蛤。小雪三候——初候，"虹藏不见"，清明节气阳盛彩虹见，此时阴盛，虹藏不见；二候，"天气上腾，地气下降"，天气上腾，地气下降，天地之气各自归属，天高地寮；三候，"闭塞而成冬"，天地之气失联，各正其位，不再交通，闭塞而成冬，冬即终。大雪三候——初候，"鹖旦不鸣"，鹖旦又称寒号虫，不是鸟，是鼠科，栖居于针阔叶林混生地带，比松鼠略大，穴居在石洞或石缝中，多独居，爱清洁，吃食时前足抱住食物，后足站立，萌态毕显，前后腿之间有翼蹼，能在峭壁和大树之间滑翔，因而古人误认为鸟类；二候，"虎始交"，阳气动，虎求偶交配；三候，"荔挺出"，荔挺，草科，根系坚硬，民间以此制刷子，荔挺野生，古时寓指民心不可欺，"荔挺不生，卿士专权"。冬至三候——初候，"蚯蚓结"，蚯蚓自缠绕如绳，阳气未动，屈首向下，阳气已动，回首向上，此时阳气蠢蠢欲动，因此称"结"；二候，"麋角解"，麋本性主阴，冬至一阳生，遇阳气而角脱落；三候，"水泉动"，冬至一阳生，阳气上行，泉水感热而动。小寒三候——初候，"雁北乡"，乡即向，大雁北向而飞；二候，"鹊始巢"，喜鹊在树端筑巢；三候，"雉雊"，雉，野鸡，雊，鸣叫求偶，"雉之朝雊，尚其其雌"。大寒三候——初候，"鸡始乳"，鸡得阳气而育乳；二候，"征鸟厉疾"，此时节猛兽愈加凶悍；三候，"水泽腹坚"，此时是一年中的冷极，腹坚，指冻透了，冻结实了。

四

主气是一年中的常在之气。客气是变数，是家里来的不约而至的客人，上门叙旧的，拉家常的，说委屈的，找碴的，不把自己当别人的，脾气不一，各具秉性。酷暑，倒春寒，暖冬或奇寒，大旱和大涝，台风，海啸，"厄尔尼诺""拉尼娜"，等等，气候的这些异常，与客气相关联。但客气也不是职业干坏事的，一个巴掌拍不响，主气与客气和谐了，风调雨顺，天安地泰。如果兄弟俩赌气，或者僵持拉下了脸，麻烦就出来了。界定主气与客气，是中国古代天文学的范畴。而对主气与客气运行原理的认知，是中国古代哲学的轴心地带。主气在一年中依五行原理运行，分为六个步骤，称"主气六步"。五行在四季中的顺序是木火土金水，木主春，火主夏，金主秋，水主冬，土居夏与秋的中央。木生火，火生土，土生金，金生水，水复生木。主气在大寒那一天生发，由大寒到春分，是初之气，称"厥阴风木"；春分到小满是二之气，称"少阴君火"；小满到大暑是三之气，称"少阳相火"；大暑到秋分是四之气，称"太阴湿土"；秋分到小雪是五之气，称"阳明燥金"；小雪到大寒是终之气，称"太阳寒水"。主气六步的气理顺序是"厥阴风木""少阴君火""少阳相火""太阴湿土""阳明燥金""太阳寒水"。天有"寒暑燥湿风火"六气，地有"金木水火土"五行。"神在天为风，在地为木；在天为热（暑），在地为火；在天为湿，在地为土；在天为燥，在地为金；在天为寒，在地为水。故在天为气，在地成形，形气相感而化生万物矣"（《黄帝内经·天元纪大论篇》）。天有六气，地生五行，地上承天，于五行之中又增置一火，因而有"君火"和"相火"之分属。顺序是"木、火、土、金、水、火"。主气是稳定的，由初之气到终之气，周行四时，年年无异。客气在一年中的运行也分为六个步骤，主理上半年的气称"司天之气"，主理下半年的气称"在泉之气"，在"司天"和"在泉"的左右，各有两间气，称"司天两间气"和"在泉两间气"。客气六步依五行原理运行的气理顺序是三阴在前，三阳在后。一阴"厥阴风木"；二阴"少阴君火"；三阴"太阴湿土"；一阳"少阳相火"；二阳"阳明燥金"；三阳"太阳寒水"。客气是不稳定的，每一年都有变化，具体有两个层面的变量。其一，推算客气六步，以五行配合十二地支的顺序，子、丑、寅、卯、辰、巳、午、未、申、酉、戌、亥，以值年地支为基础，十二年一个循环，六十年五循环，为一甲子周期。"天以六为节，地以五为制。周天气者，六期为一备。终地纪者，五岁为一周。君火以明，相火以位。五六相合，而七百二十气为一纪，凡三十岁。千四百四十气，凡六十岁而为一周。"《黄帝内经·天元纪大论》。天以六气为节，地以五行为制。六气司天，六年运行一周。五行制地，五年运行一周。地之五行又有君火和相火分属。五六相合，为三十年，每年二十四节气，合计七百二十个节气。六十年为一甲子循环，合计一千四百四十个节气。"君火以明，相火以位"，这句话很重要。君火在天主宰神明，相火在地主宰运数。五行又称"五运"，天地之间的气理运行，称为"运气"。其二，"司天之气"与"在泉之气"的左右间四气，是不确定因素，司天与在泉有变化，左右间气随之而动。《黄帝内经》中，《天元纪大论》《五运行大论》《六微旨大论》《气交变大论》《五常政大论》

五篇文献，具体阐述主气与客气的运行原理，以及二者相持相克导致的气候异常。《黄帝内经》是中医学的源头著作，也兼容天文学和哲学。中国古代的学术著作，都是兼容制式的，《周髀算经》《九章算术》是数学的源头著作，兼容天文学、哲学。《周易》更具典型，兼容天文学、哲学、逻辑学、社会学等。中国这四部重要古典著作的基础，都是天文学。

摘录《气交变大论》中关于"太过不及，专胜兼并"导致气候异常的论述如下：主气与客气在交融运行中，如果一气独盛，称为"专胜"，"专胜"即"太过"。主客二气相互侵占吞并，称为"兼并"，"兼并"即"不及"。"岁木太过，风气流行，脾土受邪""化气不政，生气独治，云物飞动，草木不宁，甚而摇落"。一年中，木运独盛，则风气流行，土受侵伤。"化气"是土气，"生气"是木气，木盛而土衰，导致天空云层失衡，地上草木不宁，乃至枝叶早落。"岁火太过，炎暑流行，金肺受邪""收气不行，长气独明，雨水霜寒"。一年中，火运独盛，则暑热流行，金受侵伤。"收气"是金气，金秋之气敛收。"长气"是火气，夏季的别称为"长嬴"。火气独旺，则金气不行，导致冰雹霜寒。"岁土太过，雨湿流行，肾水受邪""变生得位，藏气伏化，气独治之，泉涌河衍，涸泽生鱼，风雨大至，土崩溃，鳞见于陆"。一年中，土运独胜，则雨湿流行，水受侵伤。"变生得位"，指变异之气主宰时令。"变而生病，当土旺之时也"。"藏气伏化"是水气（汽）无能为力。土气独盛，则湿令大行，泉水喷涌，河湖暴涨，本已干涸的池沼复生鱼鳖。风雨肆虐，堤岸崩溃，河水泛溢，陆地见鱼。"岁水太过，寒气流行，邪害心火""上临太阳，雨冰雪，霜不时降，湿气变物"。一年中，水运独盛，则寒气流行，心火受侵伤。"上临太阳"，指三阳"太阳寒水"司天，则冰雪霜冻时降，湿寒气重，万物失形。"岁木不及，燥乃大行，生气失应，草木晚荣。肃杀而甚，则刚木辟着，柔萎苍干。"一年中，木运不济，则燥气旺盛，植物生机失时，草木晚荣。肃杀之气弥漫，刚硬的树木断裂，柔嫩的枝叶枯萎。"上临阳明，生气失政，草木再荣，化气乃急。"如果遇到二阳"阳明燥金"司天，则木气无能为力，会发生秋天草木再荣的异常。"岁火不及，寒乃大行，长政不用，物荣而下。凝惨而甚，则阳气不化，乃折荣美。"一年中，火运不济，则寒气旺盛，夏季的生长之势无能为力，植物荣而不久。寒凝之气过重，阳气不能生化，万物生长受挫。"岁土不及，风乃大行，化气不令，草木茂荣。飘扬而甚，秀而不实。"一年中，土运不济，则风气横行。土气无能为力，草木过于茂盛生长，华而不实。"上临厥阴，流水不冰，蛰虫来见，藏气不用，白乃不复。"如果遇到一阴"厥阴风木"司天，则一阳"少阳相火"在泉。冬天水不结冰，冬眠的虫类早现。"藏气"是水气（汽），寒水之气无能为力，金气则不予复正。"白乃不复"，白指金气，在五色中，白寓指秋天。"岁金不及，炎火乃行，生气乃用，长气专胜，庶物以茂，燥烁以行。"一年中，金运不济，则火气流行，土气当政，夏季生长之势旺盛，万物繁茂，气候干燥炎热。"岁水不及，湿乃大行，长气反用，其化乃速，暑雨数至。"

一年中，水运不济，则湿气弥漫，水不制火，火气反行其令，热雨多降。"上临太阴，则大寒数举，蛰虫早藏，地积坚冰，阳光不治。"如果遇到三阴"太阴湿土"司天，则三阳"太阳寒水"在泉，则大寒之气不时侵扰，冬眠的虫类过早蛰伏，地积坚冰，阳气藏伏。

五

中国古人是怎样做天气预报的？《黄帝内经》这部书是对话体，黄帝提出问题，岐伯等人回答。岐伯是黄帝的首席医学顾问，后世尊岐伯为中医祖源，中医术也称为岐黄之术。黄帝问："夫气之动乱，触遇而作，发无常会，卒然灾合。何以期之？"主气与客气的不和触遇引起动乱，发作又没有规律，是突然的灾变，如何预判呢？岐伯说："夫气之动变，固不常在，而德化政令灾变，不同其候也。"天气的变化，看似无常，但气象的种种表现，各有不同的征兆。岐伯从一年四季的守常运行和不同季节的异常变化两方面，透过不同的物候现象，梳理出潜在的规律。一年四季是守常的。"东方生风，风生木。其德敷和，其化生荣，其政舒启。其令风，其变振发，其灾散落。"东方生风，风助木旺。木质祥和，其功能化生万物，其职责舒活闭塞。木主春，时令形态为风，气候异常是寒风振作，灾害是摧残草木。"南方生热，热生火。其德彰显，其化蕃茂，其政明曜。其令热，其变销烁，其灾燔焫。"南方生热，热助火盛。火质光明卓著，其功能繁荣万物，其职责光耀万物。火主夏，时令形态为热，气候异常是酷暑煎熬，灾害是焦灼。"中央生湿，湿生土。其德溽蒸，其化丰备，其政安静。其令湿，其变骤注，其灾霖溃。"中央生湿，湿助土功。土质湿热滋养，其功能充实万物，其职责使万物静心守本，"静以中央为轴"。土居四季中央，时令形态为湿，气候异常是暴雨骤降，灾害是久雨不止，泥泞土溃。"西方生燥，燥生金。其德清洁，其化紧敛，其政劲切。其令燥，其变肃杀，其灾苍陨。"西方生燥，燥助金威。金质纯正，其功能是制约和敛收，其职责使万物刚劲峻急。金主秋，时令形态为燥，气候异常是肃杀，灾害是农作物未成熟时衰落。"苍陨"，苍，青色，植物的主干尚青时即衰落。"北方生寒，寒生水。其德凄沧，其化清谧，其政凝肃。其令寒，其变溧冽，其灾冰雪霜雹。"北方生寒，寒助水势。水质沧凉，其功能是清静安宁，其职责使万物凝神肃穆。水主冬，时令形态为寒，气候异常是严寒凛冽，灾害是冰灾雪灾。岐伯在讲述四季的运行时特别强调，地上五行上承天际的五星，木火土金水，上承对应木星（岁星）、火星（荧惑星）、土星（镇星）、金星（太白星）、水星（辰星），"承天而行之，故无妄动，无不应也"。太空中的五星，随天道运行，天行守常，不会妄动。气候正常时，五行与五星在天地之间相互感应。"卒然而动者，气之交变也。其不应焉。"

如果发生气候突变，是偶然现象，与天道运行无关。五星不会随之响应。五星应常规，不应交变，这是基本的原则。

用一句通俗话解释岐伯的理论——树根不动,树梢妄自摇。

季节的异常变化是有规律可循的。

"木不及,春有鸣条律畅之化,则秋有雾露清凉之政。春有惨凄残贼之胜,则夏有炎暑燔烁之复。""鸣条",鸟鸣,树木抽枝扬条。在木运不济之年,如果春天时令正常,风调雨顺,草长莺飞,树木抽枝扬条,秋天就会守常,雨露适宜,凉爽宜人。如果春天出现倒春寒这类"太过"的异常气候,夏天就有酷暑燔烁的复正。"火不及,夏有炳明光显之化,则冬有严肃霜寒之政。夏有惨凄凝冽之胜,则不时有埃昏大雨之复。""炳明光显""严肃霜寒",是夏天和秋天的常态气候。在火运不济之年,如果夏天时令正常,冬天就会守常。如果夏天出现惨凄凝冽(如六月雪)的异常,接下来就会有雾露和大雨交替发生的复正。"土不及,四维有埃云润泽之化,则春有鸣条鼓拆之政。四维发振拉飘腾之变,则秋有肃杀霖霆之复。"四维,在时令中指春夏秋冬四季最后一个月,具体指农历三月(辰月)、九月(戌月)、十二月(丑月)、六月(未月)。"土居中央,分四维而居。""土居四维,旺于四季之末。""鼓拆",指草木萌芽时破土而出的形态。"振拉飘腾":振,振作;拉,破坏,摧残;飘腾,指狂风摧屋拔树。在土运不济之年,如果四维之月时令正常,春天就会守常。如果四维之月气候出现异常,秋天就会有久雨成灾的复正。"金不及,夏有光显郁蒸之令,则冬有严凝整肃之应。夏有炎烁燔燎之变,则秋有冰雹霜雪之复。"在金运不济之年,如果夏天时令正常,冬天就会守常。如果夏天出现酷暑的气候异常，秋天就有冰雹霜雾的复正。"水不及，四维有湍润埃云之化，则不时有和风生发之应。四维发埃骤注之变，则不时有飘荡振拉之复。"在水运不济之年，如果四维之月时令正常，则一年之中基本守常。如果四维之月有狂风暴雨的气候异常，一年之中则时有风暴骤起，摧屋拔树的复正。

六

我们的中医很了不起，用风和气的原理解释人的身体。关于风和气，描述得最早，也最文学的是庄子，"大块噫气，其名为风"。风是无形状的，人们走在旷野里，被风簇拥着，那是身体的感觉。风吹皱一池春水，那是水的响应。风也是无声的，人们听到的种种声音，风声鹤唳，冷风飕飕，狂风怒号，是风碰到了东西，摩擦碰撞引发的动静。风碰到实的、虚的东西，发出的音乐是不一样的，有些如击鼓，有些如拿捏笛箫，有些如撩拨琴瑟，有些简陋的就是喇叭唢呐。庄子还发明了一个词，叫"吹万"，世间万物的千姿百态，都是大自然这么"吹"出来的。风协调着世间的万有。和谐了，则风和日丽，风调雨顺。风遇到梗阻，风云突变，就会出问题，如台风、龙卷风、沙尘暴、大旱、大涝、酷暑、奇寒、厄尔尼诺现象、拉尼娜现象。"吹万"是大环境，大环境是人力不能左右的。人类有历史以来，大环境基本没有什么变化，太阳还是那个太阳，月亮还是那个月亮，星辰还是那样的星辰，包括海洋和大江大河，基本还是老样子，中间出现的局部问题,都是人类自酿的苦酒。"人定胜天"这个词,不是去挑战大自然。本意指人心的祥和安定,是天之胜,是老天爷最大的愿望,中国古人不倡导逆天的行为。我们每个人的身体,都是一个小地球,也可以叫小宇宙。一个人起早贪黑地忙碌,就是地球在一天一天自转。我们的身体被风内控着,意气风发,神清气爽,满面春风,甚至趾高气扬,都是风在体内运行正常的形态。风行不畅,麻烦就来了。风在"窍"处遇阻,会打嗝,放屁。风滞在经脉上,风湿、类风湿、关节炎,包括痛风这些病状就出现了,这些都是小麻烦,"中风"就复杂了,不仅仅是风行不畅,是风控制不了身体的局面了。中风的初级阶段眩晕、肢体麻木,高级阶段的恶果就不用我说了。一个老中医说过两句顺口溜,一句是"通则不痛,痛则不通",指的就是风在体内的运行原理。另一句是"有病没病,防风通圣"。"防风通圣丸"是老方剂,如今已是中成药,很普通,很便宜。药普通,效果却神奇。

风和气不仅是生理的,还连着心理。喜怒哀乐是生理的,但和心理纠缠在一起。心安理得,心澄意远,也是这一层意思。生理和心理是"意识"的基础,说地基也行。意识的俗称叫念头。一个人从早晨醒来第一个念头计算起,到晚上睡着之前最后一个念头(把"梦想"排除在外),一天之中要生出多少"杂念"?主动的,被迫的,潜意识的,下意识的,恐怕再细心的人也不便统计出来。这些念头串联在一起,一天又一天,一年又一年,人活一辈子,就是活这些念头。万念俱灰是形容一个人活够了,活烦了。因此,儒家强调明心见性、修心养性。道家不仅修心，连身子骨都修。儒和道两家都是围绕着一个人的"万念"去修，去粗取精，去伪存真。庄子讲的"吹万"，也涵盖着人的具体过日子。修身养性是内装修，但内装修妥帖了，还要有所为，一个身心健康的人，如果一辈子碌碌无为，应该是最大的憾事。儒家的核心价值观是"修齐治平"，修身、齐家、治国、平天下。修身、齐家是内装修，治国、平天下是有所为。但要留心并警惕"平天下"这个词，平天下，不是征伐四方，而是天下平。一个人做好内装修，安顿妥当了自己和家人，之后去做一番治国安邦的大事业，但最高的理想状态不是傲视群雄，一览众山小，而是与天下人和谐相处，共筑大同世界。在中国古人的观念里，气是生命的根源，"人之生，气之聚也。聚则为生，散则为死"（庄子《知北游》）。也是动力源，"天地合气，万物自生，犹夫妇合气，子自生矣"（王充《论衡·自然》）。气贯通着天地人，"人与天地相参，与日月相应"。气是虚的，达到至虚的境界，精气化为神。神气，是大清和的澄明境界。但气产生于实，脱离了脚踏实地，就成了无根的逍遥。气有实质，一个有气质的人，如同高耸的大厦具备了不朽的地基。

2021年于西安

四象与西水坡遗址中的龙虎图

遗址，是历史存在的物证。

1987年，在河南濮阳老城区的西水坡，在对新石器时期的一处大墓（M45）的考古挖掘中，出土了震动史学界的以龙和虎为主题的"艺术创作"遗存。三组图案栩栩如生，均以蚌壳砌塑而成，考古编号为 M45（B1，B2，B3），碳十四测定时间约在公元前4500年—前4300年，距今已有6500—6300年之遥。

这三组蚌塑砌在地面上，在大墓主人身躯的两侧以及周围，这非同一般的匠心之作，传递给我们最重要的信息是那个年代中国先民对天体和天象的认知能力，是中国天文学的源头和发端阶段的存在证据。

《濮阳西水坡》一书关于这次考古做了详细说明——

共发现三组（蚌壳图案），编号分别为B1，B2，B3。

B1（M45），位于T137的西部，墓口开在T137第114层下，打破第⑤层和生土，墓坑平面为人头形……墓室的结构为竖穴土圹，南北长4.1米，东西宽3.1米，深 0.5 米。墓底平坦，周壁修筑规整。墓室的东、西、北三面各有一个小龛。东、西两边的小龛平面呈弧形，北面的小龛为长方形。

墓内埋葬四人。墓主为一老年男性，经鉴定为 56 岁以上，身高 1.79 米，仰身直肢葬，头南足北，埋于墓室的正中。另外三人，年龄较小，分别埋于墓室东、西、北三面小龛内。东面小龛内的人骨，骨架腐朽，性别无法鉴定。西面龛内的人骨，身长 1.15 米，头朝西南，仰身直肢葬，两手压于骨盆下，年龄 10 岁左右。

在墓室中部墓主人骨架的左右两侧，用蚌壳精心摆塑一龙一虎图案。龙图案摆于人骨架的右侧，头朝北，背朝西，身长 1.78 米，高 0.67 米。龙昂首、曲颈、躬身、长尾，前爪扒、后爪蹬，状似腾飞。虎图案位于人骨架的左侧，头朝北，背朝东，身长 1.39 米，高 0.63 米。虎头微低，圆目圆睁，张口露齿，虎尾下垂，四肢交递，如行走状，形似下山之猛虎。

B2 摆塑于 M45 南面 20 米处，发现于 T176 第④层下，打破第⑤层的一个浅地穴中。图案由龙、虎、鸟、鹿和蜘蛛等组成。图案南北长 2.43 米，东西宽 2.15 米。龙头朝南，背朝北。虎头朝北，背朝东，龙虎蝉联为一体。……蜘蛛摆塑于龙头的东面，头朝南，身子朝北。另外在蜘蛛和鹿之间，还有一件制作精致的石斧。

B3 发现于第二组龙虎图案的南面 T215 第⑤B 层下打破第⑥层的一条灰沟中，与第二组龙虎图案相距 25 米。

灰沟的走向由东北到西南，灰沟的底部铺垫有10cm厚的灰土，然后在灰土上摆塑蚌图。

图案残长约14米。图案有人骑龙和奔虎等。人骑龙摆塑于灰沟的中部偏南，龙头朝东，背朝北，昂首，长颈，舒身，高足，背上骑有一人，也是用蚌壳摆成，两腿跨在龙背上，一手在前，一手在后，面部微侧，好像在回首观望。虎摆塑于龙的北面，头朝西，背朝南，仰首翘尾，四腿微曲，鬃毛高竖，呈奔跑和跨跃状。

著名学者李学勤先生对"西水坡遗址"M45墓圹的解读与判断，把龙虎图案与"四象"的起源相联系。

45号墓是一座土坑竖穴墓，南北长4.1米，东西宽3.1米，为仰韶文化灰坑所打破，因而时代是清楚的。墓主是一个壮年男子，遗骨在墓室中间，头向南，仰身直肢。随葬有三个人殉，分别在墓室东、西、北三面的小龛内，也都仰身直肢。西、北两个人殉，双手都背压在骨盆下，一个是十二岁左右的女孩，头部有砍斫痕；另一个则是十六岁左右的男性。东面的那个人殉，因骨架保存欠佳，未能鉴定。

特别奇怪的是，在墓主骨骼两旁，有用蚌壳排列成的图形。东方是龙，西方是虎，形态都颇生动，其头均向北，足均向外。45号墓蚌壳图形和青龙、白虎之相似，实在是太明显了。墓室中图形和墓主的相关位置，墓主头向南，可能与古人绘图都以上为南的习俗有共通处；龙形在东，虎形在西，便和青龙、白虎的方位完全相合。……虎虽恒见于自然界，龙却是一种神话动物，只是在传说里才有的。因此，在墓室中排列龙、虎图形，即使仅此一例，也必须反映古人一定的思想观念。(《西水坡"龙虎墓"与四象的起源》)

四象，也称四神、四灵，即青龙、白虎、朱雀、玄武。

四象不是神话传说，是中国古代天文学的核心内容。"所谓天数者，左青龙，右白虎，前朱雀，后玄武。"(《淮南子·兵略训》)中国古人观测天象，认识星辰，给天上的恒星按序列和形态进行编组，划分出星区，每个星区称"天官"。同时赋予奇妙的艺术想象，于是产生了古代天文学领域的"三垣、四象、二十八星宿"。

三垣是三个庞大的星区，即紫微垣、太微垣、天市垣。三垣是天上的"首都功能区"。紫微垣居北天中央，是"皇宫"；太微垣是"政府执法部门"；天市垣是天上的"街市区"，类似于"自由贸易市场"。三个星区各自都有左右藩星环列护卫，形状如墙垣，因此称"三垣"。

在三垣外围，分布着东南西北四个星区，每个星区均由七组恒星组成，依星系组合形状，古人命名为青龙、朱雀、白虎、玄武。在中国古人的认知与想象中，这四个星区，是日、月和五星(岁星、荧惑星、镇星、太白星、辰星，即木、火、土、金、水)在天空运行休栖的场所，因此称为"宿"，这是"四象、二十八星宿"的由来。

古人对二十八星宿依据其形态和特征分别赋名。青龙七星：角、亢、氐、房、心、尾、箕；朱雀七星：井、鬼、柳、星、张、翼、轸；白虎七星：奎、娄、胃、昴、毕、觜、参；玄武七星：斗、牛、女、虚、危、室、壁。

四象是古人用来确定方位和四时的，"天之四灵，以正四方"（《三辅黄图·未央宫》），东方青龙，南方朱雀，西方白虎，北方玄武。在冬春之交的傍晚，青龙立身，青龙主春；在春夏之交的傍晚，朱雀起舞，朱雀主夏；在夏秋之交的傍晚，白虎抬头，白虎主秋；在秋冬之交的傍晚，玄武呈现，玄武主冬。

四象之中融汇着五行与八卦。"北方壬癸水，卦主坎，其象玄武，水神也。……南方丙丁火，卦主离，其象朱雀，火神也。……东方甲乙木，卦主震，其象青龙，木神也。西方庚辛金，卦主兑，其象白虎，金神也。……此四象者，生成世界，长立乾坤，为天地之主，谓之四象。"（《混元八景真经》）

四象之中还内含着五色。中国古人以青、赤、黄、白、黑五种颜色为天地间的正色，青龙（青），朱雀（赤），白虎（白），玄武（黑）。

四象既分四时，还含着五行和五色。在春夏秋冬四时的中央，是土。五行依季候的顺序是木（春）、火（夏）、土、金（秋）、水（冬），木生火，火生土，土生金，金生水，水复生木。中央土的正色是黄，"中央土，其日戊己，其帝黄帝，其神后土"（《礼记·月令》）。

"四象"最早的完整文字记载，依据已发现资料，是在战国时的《吴子兵法·治兵》中——

武侯问曰："三军进止，岂有道乎？"

起对曰："无当天灶，无当龙头。天灶者，大谷之口；龙头者，大山之端。必左青龙，右白虎，前朱雀，后玄武。招摇在上，从事于下。将战之时，审候风所从来，风顺致呼而从之，风逆坚陈以待之。"

武侯问："作战部队行军与驻守，也有原则吗？"

吴起回答："切忌在'天灶'扎营，切忌在'龙头'驻军。天灶，是峡谷的峪口；龙头，是山顶。部队行进，左军青龙旗帜，右军白虎旗帜，先头部队朱雀旗帜，阵后部队玄武旗帜。中军旗帜高高飘扬，三军依令而行。大战之前，要谨慎观察风向变化，顺风，乘势进击；逆风，坚阵以待。"

中国古人对四象的认知与判断是逐步清晰的，首先认知的是春和秋，即龙和虎。西水坡遗址考古发现的价值，就在于这一点，也就是说，在公元前4500年前后，中国人的祖先在对天象的观测中，已经掌握了春秋两季的变化节点。到尧时代（前2100年），先民准确锁定了"两分两至"的具体日期，并且赋予名称，《尚书·尧典》中，春分称"日中"，秋分称"宵中"，夏至称"日永"，冬至称"日短"。尧时期，中国设置了世界上首个"天文台"（观测天象的专职政府机构)。"乃命羲、和,钦若昊天,历象日月星辰,敬授人时。"

但在《尚书·尧典》中,还没有关于"四象"的完整记载。在西周早期的文献中,朱雀被称为"鸟",玄武被视为"神鹿",西水坡遗址中的蜘蛛,有的专家解读为"与鸟形相似,推测为朱雀的最初认知"。由西水坡遗址年代到尧时代,是2000多年的跨度,到西周早期(前1000年前后),是1000年的光阴,再到战国时的《吴子兵法》年代(前400年前后),又经过了600年的铅洗与升华。至此,可以得出一个基本判断:四象,由最初的天文学范畴,渐而衍入中国哲学(五行、八卦),到战国时候,已应用到军事和政治领域,由天上到人间,天人相应,以应万方,成为中国古人重要的精神信仰与寄托。

《濮阳西水坡》是科学严谨的著作,但其中也有这样令人按捺不住的灿烂想象描述——

> 在龙的南面、虎的北面、龙虎的东面,还各有一堆蚌壳。龙南面的蚌壳面积较大,高低不平,成堆状。虎北面和龙虎东面的两堆蚌壳较小,形状为圆形。
>
> 除奔虎、人骑龙外,包括龙南、虎北、龙虎东的成片散化蚌壳,看来非乱扔之物。如果将大灰沟看成夜空中的银河,则众多蚌壳像是银河中的无数繁星,非常形象壮观。

2021年于西安

春天的核心内存

春,甲骨文的写法是,左右结构,左上是"木",左下是"日",右旁是"屯"。到篆书时变成上下结构,与今天的写法比较接近了,顶部由"木"变成了"草",底部是"日",中间是"屯"。"屯"既从音,还会意,是指草木发芽之初那种含苞卷曲的萌萌样子。

《尔雅》成书于战国,是中国最早的词典。既是辞书之祖,还是儒家十三经之一。一本词典,一本工具书,成为经典读物,可见其独到的魅力与价值。《尔雅》给春的释义是"青阳"和"发生"。"春为青阳",春在五色中对应青。这是"青春"一词的源头。"气青而温阳""青阳开动,根荄以遂"(《乐府诗》),植物的根脉被"青阳"唤醒,由下而上萌动。"春为发生",春的本义是草木萌发,自然万物新的轮回由此发端开始。

"春"这个字,日在下,是乍暖还寒时候,"肃者主春"(《春秋繁露·五行五事》),春天是肃然的,也是柔弱的,"春,阳气微,万物柔易,移弱可化"(《春秋繁露·五行五事》)。春,在五行中属木,处于一年四季的起跑线上,正是草木发端时候,不确定因素多,也有多种变化的可能。"移弱可化",用《三字经》里的话解释,"人之初,性本善。……苟不教,性乃迁"。万物发端阶段,需要以肃敬的态度对待,因此称"肃者主春"。

立春,是一年之中的正大日子,我们中国人的"春节",是庆祝春来到。在汉代之前,过春节,专指"立春"这一天,汉武帝颁布实施"太初历"之后,确定农历一月为正月,正月初一为"春节"。(汉朝自公元前206年建立,历法上袭用秦朝的"颛顼历",秦朝的正月,是今天的农历十月。汉朝的史书,如《史记》《汉书》等,记写皇帝一年中的大事记时,不是从一月开始,而是十月,旨在强调汉武帝进行的这次历法改革。)

在古代,立春之前三天,史官要向天子报告确切时辰,"先立春三日,太史谒之天子曰'某日立春'"(《礼记·月令》),天子开始斋戒,"天子乃齐(斋)",不该吃的,不该喝的,以及床上的事,都要忍三天。到立春之日,"天子亲帅三公、九卿、诸侯、大夫,以迎春于东郊"(《礼记·月令》)。迎春大典在东郊举行,古称"郊祭"。之后返回宫廷,天子犒赏有特殊贡献的臣子和专家,责成宰相颁布一年之中的政府工作大政纲要,并制定惠民措施。"还反,赏公、卿、诸侯、大夫于朝,命相布德和令,行庆施惠,下及兆民。"(《礼记·月令》)立春,有一个形象的别称,叫"三阳开泰"。

冬至这一天是"一阳",阳气由地下向上升腾,"今日交冬至,已报一阳生""一阳初动处,万物未生时"。"二阳"在小寒与大寒之间,是一年之中最冷的日子,在"三九前后。立春这一天，阳气到达地表，万物葱葱然生长，因此称"三阳开泰"。古人以"三阳"为内容的诗很多，如"冬至四十六，三阳生此辰""三阳已换节，六出尚茫昧""三阳即为泰，原野争明媚""卦直三阳泰，时通万物屯""气候三阳始，勾萌万物新"。

春天三个月，古称孟春、仲春、季春，以十五天为时令的节点，具体有六个节气，立春、雨水、惊蛰、春分、清明、谷雨。每个节气中，又以五天为间隔，细致观测出天气之下、大地之上呈现的"物候"变化，分为初候、二候、三候。六个节气，十八候。一年二十四个节气，共七十二候。

一月的节气是立春和雨水，六种物候是："东风解冻"，立春之后东风吹来（东风也称明庶风。"八面威风"这个词，指一年四季有八个方向的风。从冬至开始，每四十五天变化一种风向，依次是条风、明庶风、清明风、景风、凉风、阊阖风、不周风、广莫风）。"蛰虫始振"，蛰伏的动物开始觉醒。"鱼陟负冰"，鱼在冬天，为避寒沿着河底游，立春之后上浮，贴着冰面游。"獭祭鱼"，水獭破冰捕鱼。"候雁北"，大雁北向。"草木萌动"，草木萌芽。

二月的节气是惊蛰和春分，六种物候是："桃始华"，桃树开花。"仓庚鸣"，黄鹂鸣叫。"鹰化为鸠"，布谷鸟出现。"元鸟至"，燕子归来。"雷乃发声"，雨中有雷声。"始电"，闪电出现。

三月的节气是清明和谷雨，六种物候是："桐始华"，桐树开花。"田鼠化为鴽"，鴽鸟（也称鹌母鸟，此种鸟名声不好，青楼的女老板用此鸟代称）出现。"虹始见"，雨后见虹。"萍始生"，湖面漂萍。"鸣鸠拂其羽"，布谷鸟已长大，振翅而飞。"戴胜降于桑"，戴胜鸟出没于桑树间。

中国古代的政府依据天时治理国家，并具体规范政府行为，即所谓"顺天而治"。据《礼记·月令》记载，春天的三个月里大致有十五个工作要点——

1. 一月，王命布置农事，命农官深入民间，勘察可耕田面积，实地考察丘陵、山地、平原的土地，因地制宜种植农作物。"王命布农事，命田舍东郊，皆修封疆，审端径术。善相丘陵、阪险、原隰，土地所宜，五谷所殖，以教道民，必躬亲之，田事既饬，先定准直，农乃不惑。"

2. 一月里祭祀用的动物不得为雌性。"牺牲毋用牝。"

3. 禁止伐木，禁止毁坏鸟巢，禁止捕杀幼兽、怀孕的雌兽、刚会飞的鸟，禁止掏鸟蛋。"禁止伐木，毋覆巢，毋杀孩虫，胎夭飞鸟，毋麛，毋卵。"

4. 不允许大规模征召民役，不允许大兴土木。"毋聚大众，毋置城郭。"

5. 不允许发动战争。如果战事不可避免，不得由我方起始。"不可以称兵，称兵必天殃。兵戎不起，不可从我始。"

6. 二月，祭祀土地神。"择元日，命民社。"

7. 命司法官员释放轻罪犯人，除去重罪犯人的脚镣手铐，停止受理诉讼案件。"命有司省囹圄，去桎梏，毋肆掠，止狱讼。"

8. 天子以太牢之礼（牛、羊、猪三牲）祭祀高禖（主掌生育之神），皇后率嫔妃侍驾。"以大牢祠于高禖，天子亲往，后妃帅九嫔御。"

9. 二月，是春分节气所在月，春分也称日夜分，统一各种制式的度量衡。"日夜分，则同度量，钧衡石、角斗、甬、正权、概。"

10. 三月，不允许征税，开仓放钱粮，赈济贫困。"不可以内。天子布德行惠，命有司发仓廪，赐贫穷，振乏绝，开府库，出币帛，周天下。"

11. 三月，是古代中国选聘国家人才月。"勉诸侯，聘名士，礼贤者。"

12. 命河湖水利官员全国大巡行。"时雨将降，下水上腾，循行国邑，周视原野，修利堤防，道达沟渎，开通道路，毋有障塞。"

13. 正值动物繁殖交配季节，禁止滥捕，严格控制各种捕猎工具以及兽药出城门。"田猎罝罘、罗网、毕、翳、喂兽之药，毋出九门。"

14. 三月，各种生产工具全国质量大检查。"命工师令百工审五库之量：金、铁、皮、革、筋、角、齿、羽、箭、干、脂、胶、丹、漆，毋或不良。百工咸理，监工日号，毋悖于时，毋或作为淫巧，以荡上心。"

15. 有序做好牛马交配工作。在古代，牛马是极重要的国控物资，是农业、交通、军事，以及国家礼仪不可或缺的。"乃合累牛腾马，游牝于牧。"

《礼记》是儒家十三经之一，是讲规矩和礼数的，其与

《周礼》《仪礼》合称"三礼",构成中国人的规矩大全。《礼记·月令》一文,以四时为总纲,分十二个月为细目,具体记述政府的职能、职责,以及所行所止的政令和禁令,核心是"毋变天之道,毋绝地之理,毋乱人之纪"。家风,是一户人家的行为方式,国风,是国人的行为特征。一个人做事守规矩是重要的,一个国家、一个政府按规矩做事更加重要。

2022 年于西安

秋天的两种指向

秋这个字，繁体的写法是秌，从禾从龟，"禾，谷孰（熟）也"（《说文解字》）。龟指龟验，龟甲火烧之后以纹理占卜吉凶。秋的字面意思，是以庄稼的收成盘点一年的得失，并预判来年的走势。

《尔雅》给秋的释义是"白藏"和"收成"。"秋为白藏"，秋在五色中对应白，"气白而收藏"，收藏是收敛，"白藏应节，天高气清。岁功既阜，庶类收成"（魏徵《白帝商音》）。"收成"一词，含着收获和成器的两种指向，一个人有了收获，要知道收敛，要慎重思量，才能更上一层楼。在成功中反思，是典型的中国智慧，"秋，挚也，物于此而挚敛"（《七修类稿·天地类》），"愁（挚）之以时察，守义者也"（《礼记·乡饮酒义》）。春是一年的开始，在开始中领会初心和动机；秋是结果，在结果中洞察大义。成语"明察秋毫""多事之秋"，以及古代刑法中的"秋后问斩"，都是这种智慧思维的外延。

秋在五行中属金，这是金秋一词的由来。一年四季中潜伏着五行运行原理，春为木，夏为火，秋为金，冬为水，土居四季的中央。木生火，火生土，土生金，金生水，水复生木。五行通顺则治，五行悖逆则乱。五行的自身也存在着变数，"木有变，春凋秋荣""火有变，冬温夏寒""土有变，大风至，五谷伤""金有变，毕昴为回，三覆有武，多兵，多盗寇""水有变，冬湿多雾，春夏雨雹"。中国古代社会推崇德政，反感暴政，提倡以德涵养社会。德政既润泽民心和民风，也可应对天灾带来的变数。"五行变至，当救之以德，施之天下，则咎除。"（《春秋繁露·五行变救》）金秋，起自一年中央的土。"中央土，其日戊己。其帝黄帝，其神后土。其虫倮，其音宫，律中黄钟之宫。其数五，其味甘，其臭香。其祀中霤，祭先心。"（《礼记·月令》）一年的中央在五行中属土，天干吉日是戊日和己日。天帝是黄帝，地神是后土娘娘，全称是承天效法厚德光大后土皇地祇，尊称大地之母。一年的中央，动物以"五虫"中的"倮"为主。古代把动物分为五类：倮、鳞、介、毛、羽。"倮"通裸，赤裸无毛之虫，如蛙、蛇等。人是倮虫之长，"倮之虫，三百六十，而圣人为之长"（《大戴礼记·易本命》）。一年中央的正音是"五音"（宫、商、角、徵、羽）中的"宫"，对应十二音律中的黄钟之宫，"冶百炼之金，而中黄钟之宫。琢无瑕之玉，而成夜光之璧。可用飨帝，可用活国"（黄庭坚《李冲元真赞》）。一年中央的"五行生数"是五，味甘，气香。"其祀中霤，祭先心。""中霤"是五祀之一。"五祀者，何谓也？谓门、户、井、灶、中霤也。"《白虎通义·五祀》中的霤神是元神，在屋子正堂的室中央位置。穴居时代，人们的住处是没有窗子的，而是在屋顶的正上方开凿一个洞，一是采光,二是先人们在屋中央生火取暖做饭,便于排烟通气。穴居时代结束后,人们筑屋开窗,灶也移至偏侧。但"中霤神"依然作为"家神之主"而精神存在着。"中霤神"是家神,"家主中霤,而国主社"(《礼记·月令》),一户人家敬祭中霤神,国祭土地神。此时的祭品是"五脏"中的心,取"心系中央"之意。

秋天三个月,古称孟秋、仲秋、季秋,包含六个节气,每个节气各有三候,共十八种物候。

七月,先立秋,后处暑。立秋的初候,"凉风至"。凉风,八风之一,是西南风。凉风到达极致之后,秋风始来。二候"白露降",西风吹来,气温下降,雨后呈现茫茫白色,此时是雾状,尚未凝结露珠。三候,"寒蝉鸣"。处暑的意思,是暑气至此而止。初候"鹰乃祭鸟",鹰已长大,开始捕食鸟。二候"天地始肃",阴气开始产生。三候"禾乃登",成熟曰登,庄稼此时首熟。

八月的节气是白露和秋分。白露节气到,植物叶子上始见露珠。初候是"鸿雁来",鸿雁自北南来。二候"元鸟至",燕子南归。三候"群鸟养羞",羞,食物。群鸟开始储备过冬食物。秋分,也称日夜分。初候,"雷乃收声",雷,二月阳中发声,八月阴中收声。二候,"蛰虫坯户",冬眠动物开始修缮洞口。三候"水始涸",河水流速趋缓。

九月的节气是寒露和霜降。寒露的初候"鸿雁来宾",先至为主,后至为宾,最后一批鸿雁南飞。二候"雀入大水为蛤",河湖中见蛤。三候"菊有黄华",菊花开。霜降的初候"豺祭兽"，豺捕食。二候"草木黄落"，草黄，树落叶。三候"蛰虫咸俯"，冬眠动物不再进食。

据《礼记·月令》记载，中国古代政府秋季三个月的工作要点，归纳起来大致如下——

1. 农历七月，死刑囚犯开始行刑。"用始行戮。"

2. 军事训练，练兵比武，做好作战准备。"天子乃命将帅，选士厉兵，简练桀俊，专任有功，以征不义。"

3. 命令司法官员完备法规制度，修缮监狱，完备刑具，严格执法，维护治安。"命有司修法制，缮囹圄，具桎梏，禁止奸，慎罪邪，务搏执。"

4. 完善堤防，防范水灾。修宫室，起墙垣，筑城郭。"命百官，始收敛。完堤防，谨壅塞，以备水潦。修宫室，坏（坯）墙垣，补城郭。"

5. 农历七月，进入天地收敛的时令，这个月，不分封诸侯，不任命重要官员。不奖赏土地，不外派大使，不大量支出钱财。"是月也，毋以封诸侯，立大官。毋以割地，行大使，出大币。"

6. 农历八月逢中秋，是敬月老。"是月也，养衰老，授几杖，行糜粥饮食。"

7. 农历八月，筑城郭，建都邑，挖凿地窖、粮仓，开始储备过冬物资。"是月也，可以筑城郭，建都邑，穿窦窖，修囷仓。"

8. 农历八月，简化关隘通行手续，降低市场收费标准，出台鼓励商贸政策。"是月也，易关市，来商旅，纳货贿，以便民事。"

9. 农历九月，命令百官全力做好各种物资存储工作，以应天地收藏时令。"是月也，申严号令。命百官贵贱无不务内（纳），以会天地之藏，无有宣出。"

10. 命太宰总结农业生产成果，妥善做好统计工作。皇帝的藉田物产收归神仓（祭祀天地物品仓库）。"乃命冢宰，农事备收，举五谷之要（要，统计之计算），藏帝藉之收于神仓，祗敬必饬。"

11. 九月，举行祭祀五方帝的大飨祭。五方，指东、南、中、西、北五个方位，也包含春、夏、秋、冬中的五行和五色。春主东方，属木，青色；夏主南方，属火，赤色；秋主西方，属金，白色；冬主北方，属水，黑色；土主中央，黄色。五方帝具体是，东方青帝伏羲，南方赤帝神农（炎帝），中央黄帝（轩辕），西方白帝少昊，北方黑帝颛顼。"是月也，大飨帝，尝。""春祭曰祠，夏祭曰礿，秋祭曰尝，冬祭曰烝。"（《尔雅·释天》）

12. 召集国内诸侯，以及京畿之内的各县官员到京，召开特别会议，确定并颁布来年十二个月的时令朔日。确定诸侯的贡赋，以及向百姓征税的标准。"合诸侯，制百县，为来岁受朔日，与诸侯所税于民轻重之法，贡职之数，以远近土地所宜为度。"

13. 九月，天子教习民众田猎，操习五种兵器（弓矢、戈、矛、殳、戟），颁布养马和使用马的政令。"是月也，天子乃教于田猎，以习五戎，班马政。"

14. 九月，鼓励百姓伐木烧炭，以备冬天之需。"是月也，草木黄落，乃伐薪为炭。"

15.九月，督促官员审理案件，不要出现积案。"乃趣（趋）狱刑，毋留有罪。"

中国古代，对天地间自然现象的认知与解释，在今天看来，因为受科学能力的限制，有一定偏失之处，但其中包容的哲学思考，也是极具魅力的。

"阴阳大制有六度：天为绳，地为准，春为规，夏为衡，秋为矩，冬为权。"（《淮南子·时则训》）这是准绳、规矩、权衡三个词的出处。

中国人自古重视四季的变化，受益于四时，也受制于四时。在中国人的传统观念中，四季与天地齐功，称四个季节为天，分别为春天、夏天、秋天、冬天。"春为苍天，夏为昊天，秋为旻天，冬为上天。"（《尔雅·释天》）"四时者，天之吏也；日月者，天之使也；星辰者，天之期也；虹霓彗星者，天之忌也。""天之偏气，怒者为风；地之含气，和者为雨。阴阳相薄，感而为雷，激而为霆，乱而为雾。阳气胜则散而为雨露，阴气胜则凝而为霜雪。"（《淮南子·天文训》）"日出而风为暴，风而雨土为霾，阴而风为曀。天气下，地不应曰雺；地气发，天不应曰雾。雾谓之晦。"（《尔雅·释天》）

2021年于西安

春天是怎么落下帷幕的

农历三月,"毕春气",春天即将"毕业"。

春天是怎么结束的?先要从风说起。"八面威风"这个词,本意指天有"八风",一年之中八个环节的季候风,每隔四十五天转换一种风向。立春,"条风至"(东北风);春分,"明庶风至"(东风);立夏,"清明风至"(东南风);夏至,"景风至"(南风);立秋,"凉风至"(西南风);秋分,"阊阖风至"(西风);立冬,"不周风至"(西北风);冬至,"广莫风至"(北风)——据《淮南子·天文训》。这里边的"至"字,不是来到的意思,与夏至冬至一样,是极致。

《史记·律书》这么记载"八风":"条风居东北维,主出万物""明庶风居东方。明庶者,明众物尽出也""清明风居东南维,主风吹万物""景风居南方。景者,言阳气道竟,故曰景风""凉风居西南维,主地。地者,沉夺万物气也""阊阖风居西方。阊者倡也,阖者藏也,言阳气道万物,阖黄泉也""不周风居西北维,主杀生""广莫风居北方。广莫者,言阳气在下,阴莫阳广大也,故曰广莫"。其中的"维"字,指两个方向的会合处。

天的风向变了，地上的一切会跟着变化。

农历三月有两个节气，清明和谷雨。清明是二十四节气里唯一以风命名的，"春分后十五日，则清明风至"。清明风是东南风，由东南吹向西北，经清明、谷雨，到立夏，吹拂大地四十五天。清明节气，天地明朗洁净，处处生机无限。"万物生长此时，皆清洁而明净，故谓之清明。"谷雨节气取意"雨生百谷"，降雨增多，土壤如膏腴，正是百谷拔节生长时候。

天有风气，地有物候。清明和谷雨这两个时令，各有三种"物候"，每隔五天一候，共六候。厨师炒菜看"火候"，医生瞅病看"症候"，老百姓过日子复杂，基本是个系统工程，不仅看"时候"，还要看"气候"和"物候"。古代的老百姓没有日历，没有钟表，也没有天气预报，作息时间表挂在天地之间，一切都要留心观察。

清明的三种"物候"：初候"桐始华"，桐树开花。二候，"田鼠化为鴽"，鴽，鹌鹑科，田野里鴽鸟增多。三候"虹始见"，空中出现彩虹，虹是"阴阳交会之气"。

谷雨的三种"物候"，初候"萍始生"，水面见青萍，萍水于此时节相逢。"萍，阳物，静以承阳。"二候"鸣鸠拂其羽"，布谷鸟长大了，浅飞低翔。三候"戴胜降于桑"，戴胜鸟在桑树间，寓意蚕妇勤行，"女功兴而戴胜鸣"。

农历三月是季春之月，万物由萌芽期进入生长期，"生气方盛，阳气发泄，句者（勾曲的芽）毕出，萌者尽达"，春天在这样的氛围里慢慢落下帷幕。

古圣先贤做出这么细致的观察，不是单纯的科学研究，而是出于国家治理的目的。"顺天而治"，指的是顺天时而治，人的行为，要合于天地之间万物生长的大序。

《礼记·月令》对农历三月的政府行为有具体的规定。"月令"，是老天爷在每个月发布的命令，是天命。归纳一下，大致有八个要点：

1."是月也……不可以内。""发仓廪，赐贫穷，振乏绝。"这个月不允许征税。正值青黄不接时候，开仓放粮，赈济贫困。

2."勉诸侯，聘名士，礼贤者。"古代选聘国家的人才，放在三月进行。

3.农官和河湖官员全国大巡行，"时雨将降，下水上腾，循行国邑，周视原野，修利堤防，道达沟渎，开通道路，毋有障塞"。

4.动物繁殖季节，禁止滥捕，严禁捕猎用具出城门。"田猎罝罘、罗罔、毕、翳、喂兽之药，毋出九门"。罝罘、罗罔、毕，捕猎兽鸟的网。翳，猎人用的掩体帐篷。

5."禁妇女毋观，省妇使以劝蚕事。"这个月，不鼓励女子乔装打扮出行，"后妃齐戒，亲东乡躬桑"。王后、妃子带头率行。这个月减少家妇活，以劝蚕事。

6."命工师令百工审五库之量：金、铁、皮、革、筋、角、齿、羽、箭、干、脂、胶、丹、漆，毋或不良。"这个月进行生产用具全国质量大督查。

7."是月也，乃合累牛腾马，游牝于牧。"累牛腾马是雄性，牝是雌性。在这个月，牛马交配是重要的工作之一。

8. "九门磔攘，以毕春气。"磔，肢解用作牺牲的动物。这个月，择吉日，在都城九门分别杀牲，攘除凶邪，以阻止春夏交接阴阳交合时节的不正之气。

9. 在农历三月，警告政府不要乱作为，乱作为的危害是甚于不作为的。"季春行冬令，则寒气时发，草木皆肃（枝叶不振），国有大恐。行夏令，则民多疾疫，时雨不降，山林不收。行秋令，则天多沉阴，淫雨蚤（早）降，兵革并起。"

礼的基本涵义是规矩，敬礼一词，指的是向规矩致以敬意。《礼记》这部书是五经之一，可以理解为中国人的规矩大会。我们中国自定义为"礼仪之邦"，建设规矩国家，是我们中国老祖宗的自省和自勉，也是给后世的叮嘱和寄托。《礼记·月令》这篇千古大文章，既对每个月的社会行为做出规范性要求，也对政府发出殷殷警戒，所有告诫均围绕一个核心原则：如果想让老百姓守规矩，政府就不要带头破坏规矩。

2021 年于西安

春夏秋冬四个字的背后

我们中国的汉字，都是有出处的，每个字都有来头，有本来之义。字是有生命的，一个字造出来之后，跟人一样，会不断地生长。汉字的"身子骨"不长了，但长内存，长含义。英语的单词可以长"身子骨"，在前边或者后边添加字母。汉字不能增笔画，并且为了书写的便捷，还减笔画，由"繁体"而"简体"。汉字的数量是庞大的，也属于芸芸众生。甲骨文四千个左右，这还只是从地下挖出来的数量，挖是挖出来了，但其中有不少字，尚未破解出含义。东汉的《说文解字》收录九千多个汉字，清代的《康熙字典》收录五万四千多个，这些字，绝大部分不再使用了，不再使用的冷僻字，就像户口本上的亡人，寿终正寝了。今天仍在使用着的，是热字，是生命力超顽强的。输入"国际编码系统"的汉字，约两万一千个，这是为了和国际接轨，用设备可以直接打出。而日常生活里常用到的汉字，也就四千个上下吧。

中国的历史长，日子过久了，人心就丰富多元，乃至复杂芜陈，用来表意的汉字自然会多姿多态，一个字，能引申出多层含义，多的，有十几种，乃至几十种。每个汉字，都是一位高深厚道的长者，朴素安详的后面，一肚子的历史烟云。

春字甲骨文写法有多种，通用的是，左右结构，左边的上部是"木"，下部是"日"，右边是"屯"。到篆书时有了变化，写成上下结构，顶部由木变成了草，底部是"日"，中间是"屯"。"屯"不仅从音，还会意，是小草萌生时那种卷曲可爱的形态。春的本义是草木发生，日在下，是温阳乍暖时候。

夏字甲骨文，烈日当空，一个人在下边跪着。形态写真，这个时令酷暑熬煎，又值农忙，腿和腰都是弯的。夏字用作季节，含义一是"大"，"万物至此皆长大"；二是"假"，"非真也""宽假万物，使生长也"（《释名》），是假道，是借路，以使万物生长。夏季是过程，这个季节中万物处于生长期，尚没有结果。

秋字甲骨文非常有趣，是一只蟋蟀在灶台旁鸣叫，顶部是双须，中间是头、身子、羽翼、长足，底部是灶台。秋天是收获的季节，但这个字在提醒人们，天气转凉，户外的蟋蟀来到灶台旁取暖。秋有两层本义，但差不多是相对立的：一层是收获，是喜悦；一层是"挚"，收敛、挚敛，意在收获的时候保持头脑清醒。"岁既顺成，时方挚敛"（曾巩《秋赛文》），"气之挚敛而有质者为阴"（《慎子·外篇》）。后世刑罚中的"秋后问斩"，也是源于此。

冬字甲骨文写法简练，看着像今天的耳机，实际是一根绳子。古人结绳记事，在绳子的两端各打一个结，寓意一年的终结。冬即终，"冬，四时尽也"（《说文解字》），"闭塞而成冬者，阳气下藏地中，阴气闭固而成冬也"（《天原发微》）。

这四个字的最闪亮之处，是古代先贤把对天地人的认知浓缩于具体的写法之中。《尔雅》，成书于战国年代，是中国最早的词典，也是儒家十三经之一。"尔"通"迩"，"雅"为标准，书名之意是"走近标准"。《尔雅·释天》中，给春夏秋冬做了三种定义：一种说时候，一种说气候，一种说物候。

说时候："春为苍天，夏为昊天，秋为旻天，冬为上天。"四季均尊称为天。春天，"万物苍苍然生"；夏天，"言气皓旴"，"旴"古字同"旭"，烈日当头照的意思；秋天的"旻"，本义是烧龟壳依纹路占卜，也通"愍"，取意悲悯，"旻犹愍也，愍万物凋落"；冬天称上天，"言时无事，在上临下而已"。

说气候："春为青阳，夏为朱明，秋为白藏，冬为玄英。"春，青阳开动；夏，朱明盛长，遍及万物；秋，气白而收藏；冬，气黑而清英。"青红皂白"这个成语，即据此而来。

说物候："春为发生，夏为长嬴，秋为收成，冬为安宁。"春季为"发生"，"东风好作阳和使，逢草逢花报发生"（钱起《春郊》）。西安有一家百年老字号的饭店，名字就叫"春发生"。夏季为"长嬴"，"嬴"同"盈"，万物充沛生长，"长嬴开序，炎上为德"（《赤帝歌徵音》）。秋季为"收成"，冬季为"安宁"。

春夏秋冬是一年的时序，与天地一起，同为世间最基本的制度，古称"六度"。汉代《淮南子·时则训》这么注解"六度"："阴阳大制有六度——天为绳，地为准，春为规，夏为衡，秋为矩，冬为权。绳者，所以绳万物也；准者，所以准万物也；规者，所以员万物也；衡者，所以平万物也；矩者，所以方万物也；权者，所以权万物也。"这是准绳、权衡、规矩三词的出处，天地为准绳，冬夏为权衡，春秋为规矩。

我所知道的春夏秋冬四个字的含义，大致就这些。

2019 年于西安

季节转换的典礼

四个季节的转换,是天地大序在调控制式。古代的中国,很重视这些转制的环节,在立春、立夏、立秋、立冬这四天,分别举办隆重的迎接典礼。《礼记·月令》对四次典礼的程序和规格,都有生动的描述和具体的记载。

先立春三日,大史谒之天子曰:某日立春,盛德在木。天子乃齐(斋)。立春之日,天子亲帅三公、九卿、诸侯、大夫,以迎春于东郊。还反,赏公、卿、诸侯、大夫于朝。命相布德和令,行庆施惠,下及兆民。

立春前三天,掌天象的官员上奏天子:"某日立春,盛德在木。"天子开始斋戒,荤事、热闹事、老天爷不待见的事,都暂停三天。"盛德在木"有两层含义,春天,万物萌发生长的季节,"天之大德曰生",因而称"盛德"。依五行序次,木主春。迎春典礼在东郊举行,天子亲自主持,国家的重要官员全部出席。大礼结束后回朝,天子封赏有功德的官员,并且责成宰相颁布惠及苍生的行令和禁令,"布德和令"中的"和"指当行之事,"令"指当禁之事。相当于颁布一年中的"一号文件",主题内容是"行庆施惠,下及兆民"。用今天的话说,就是让老百姓获得实惠。

立春所在的这个月,还有两个"规定动作"。一是责成天象官准确计算出一年之中日月星辰运行的轨迹,并予以颁布,相当于颁布一年的"日历"。"乃命大史守典奉法,司天日月星辰之行,宿离不贷,毋失经纪,以初为常。""宿离不贷,毋失经纪",是中国古代天文学用语,"宿"是太阳运行的轨道,"离"是月亮运行的轨道。"贷"通"忒",差错的意思。"经纪",指日月星辰运行轨道的具体度数。这句话的意思是,太阳运行的位置、月亮运行的位置,都不能有差错。准确计算出星辰运行轨道的度数,以契合天地经纬。

二是立春之月,天子还要举行"祭天礼"和"耕地礼"。

"是月也,天子乃以元日祈谷于上帝。"祭天的时间定在"元日","元日"也称"上辛日",一个月内有上、中、下三个"辛日",第一个辛日即"元日"。"乃择元辰,天子亲载耒耜,措之于参保介之御间,帅三公、九卿、诸侯、大夫,躬耕帝藉(皇田)。天子三推,三公五推,卿诸侯九推。""耕地礼"的时间定在"元辰","元辰"是第一个"亥日"。在中国古代,以天干地支记时间,甲、乙、丙、丁等十天干称"日",子、丑、寅、卯等十二地支称"辰"。天子手持耕地工具(耒耜),在卫士和御车者保护之下耕地。天子以耒耜耕地推土三次,三公五次,卿诸侯九次。行礼如仪,以这种形式主义的方式,强化"农本"意识。

先立夏三日，大史谒之天子曰：某日立夏，盛德在火。天子乃齐（斋）。立夏之日，天子亲帅三公、九卿、大夫，以迎夏于南郊。还反，行赏，封诸侯。庆赐遂行，无不欣说。乃命乐师，习合礼乐。命太尉，赞桀俊，遂贤良，举长大，行爵出禄，必当其位。

迎夏典礼在南郊举行。立夏之前三天，天象官上奏天子："某日立夏，盛德在火。"天子自此斋戒三日。立夏这一天，天子率三公、九卿、大夫在南郊举行迎夏大礼。返朝后，册封诸侯。命太尉选拔并奖掖国家的杰出人才。中国古代奖掖人才，不放在年终，而是放在立夏。夏天是生长的季节，而人才是助国家生长的动力资源。"赞桀俊，遂贤良，举长大，行爵出禄，必当其位"，讲的就是这一层意思。

先立秋三日，大史谒之天子曰：某日立秋，盛德在金。天子乃齐（斋）。立秋之日，天子亲帅三公、九卿、诸侯、大夫，以迎秋于西郊。还反，赏军帅武人于朝。天子乃命将帅，选士厉兵，简练桀俊，专任有功，以征不义。诘诛暴慢，以明好恶，顺彼远方。

迎秋典礼在西郊举行。立秋之前三天，天象官上奏天子："某日立秋，盛德在金。"天子自此斋戒三日。立秋这一天，天子亲率三公、九卿、大夫在西郊举行迎秋大礼。返朝后，奖掖军界功勋人物，并责成将帅强兵利器，以军事训练发现并选拔军事人才，为战争做充分准备。"选士厉兵""选士"，指强兵。"厉兵"指磨砺兵器。

立秋之月，在中国古代是"司法普及月"，"是月也，命有司修法制，缮囹圄，具桎梏，禁止奸，慎罪邪，务搏执。命理瞻伤，察创，视折，审断。决狱讼，必端平。戮有罪，严断刑。天地始肃，不可以赢"。

立秋之月，"天地始肃，不可以赢"。"赢"是松懈的意思，天地开始进入肃然季候，政令法度不可以松懈。"修法制，缮囹圄，具桎梏，禁止奸，慎罪邪，务搏执"，整饬法规制度，修缮监狱，完备脚镣手铐，止奸佞，防罪恶，严厉打击违法之人。"命理瞻伤，察创，视折，审断。决狱讼，必端平。戮有罪，严断刑"，古代审理案件，"刑讯逼供"不违法，给案犯"大刑伺候"是常态。古代监狱中，把在押犯人的伤分为四种，"皮曰伤，肉曰创，骨曰折，骨肉皆绝曰断"。立秋之月，治狱官员到狱中，实际勘验在押犯人的伤情，公正审核案件，处决罪犯，即人们常说的"秋后处斩"。

先立冬三日，太史谒之天子曰：某日立冬，盛德在水。天子乃齐（斋）。立冬之日，天子亲帅三公、九卿、大夫，以迎冬于北郊。还反，赏死事，恤孤寡。

迎冬典礼在北郊举行。立冬之前三天，天象官上奏天子："某日立冬，盛德在水。"天子自此斋戒三日。立冬这一天，天子亲率三公、九卿、大夫在北郊举行迎冬大礼。返朝后，奖赐为国捐躯的烈士，抚恤烈士的家属。

立冬之月，责成官员妥善做好物资储备、巩固城郭、加强边防、充实边塞等工作。"天气上腾，地气下降，天地不通，闭塞而成冬。命百官谨盖藏。命司徒循行积聚，无有不敛。坏（坯）城郭，戒门闾（内外城门），修键闭（门闩），慎管籥（城门钥匙），固封疆，备边竟（境），完要塞，谨关梁，塞徯径。"

冬，即是终。冬天的别称是"安宁"，"天气上腾，地气下降，天地不通，闭塞而成冬"，天地之气因背向而行失联，万物收藏皆入安宁。

春夏秋冬是天之四时，对应着地之四方——东南西北。换季典礼分别在国都的东郊、南郊、西郊、北郊举行，基于中国早期天文学的"四象"说，左（东）青龙，右（西）白虎，南朱雀，北玄武。青龙寓春，白虎寓秋，朱雀寓夏，玄武寓冬。中国哲学的五行原理，也汇入一年四季的流转之间：春主木，夏主火，秋主金，冬主水，土居四季中央。五行之中蕴藏着五色，春为青，夏为赤，秋为白，冬为玄黑，黄土居中做五色的基础。

《礼记·月令》具体规范古代政府一年之中的当行和当为，"名曰《月令》记者，以其记十二月政之所行也"。礼的基本含义是规矩，《礼记》是中国人的规矩大全。中国古人自称"礼仪之邦"，就是以这一系列规矩为底气的。

2022 年于西安

冬至这一天

中国人传统的认识里，一年开头的第一天不是正月初一，而是冬至。

这一天阳气由地心开始上升，又称"一阳"。"蛾眉亭上，今日交冬至。已报一阳生，更佳雪、因时呈瑞。""冬至一阳初动，鼎炉光满帘帷。五行造化太幽微，颠倒难穷妙理。""新阳后，便占新岁，吉云清穆。""一气先通关窍，万物旋生头角，谁合又谁开。""子月风光雪后看，新阳一缕动长安。""天时人事日相催，冬至阳生春又来。""阴冰莫向河源塞，阳气今从地底回。""冬至子之半，天心无改移。一阳初动处，万物未生时。""一杯新岁酒，两句故人诗。"这些诗词句子体现着古人对冬至及天道人事的认知。冬至过后，小寒与大寒之间是二阳，三阳专指立春这一天。三阳开泰，指的是"立春"这一天，阳气上升运行四十五天后浮出地表，润泽万物生长，普降吉瑞。中国古人对一年里首日的定位，和西方的"元旦"相差约十天，这和东西方地理位置的差异有关，中国古人是站在黄河流域，确切地讲是站在渭河流域，仰观天象、俯察地理得到的结果。是不是比西方更科学不敢讲，但这种认识是有充分科学依据的。

汉武帝颁行"太初历"之前，古中国地大物博，使用过六种历法，即"黄帝历""颛顼历""夏历""殷历""周历"和"鲁历"。"六历"最大的区别是岁首正月设置的不同，其中仅有"夏历"的正月与今天一致。"黄帝历""周历""鲁历"均是指冬至所在的月，即今天农历的十一月为正月。"殷历"的正月是今天农历的十二月，即腊月。秦朝大一统后，施行"颛顼历"，岁首正月为冬至前的一个月，即今天农历十月，也不叫正月，称"端月"。《史记》和《汉书》中，凡涉及纪年，均以十月开始即是这个原因。

中国皇帝以年号纪年，始于汉武帝，太初元年，汉武帝刘彻执政第三十七个年头，改革历法，废"颛顼历"，颁行"太初历"，后世的多部历法，均以此为基础而成。"太初历"既守天体运行规律，又兼顾农业生产的"物候"——动物的生育生长，植物的荣枯，以及二十四节气的变化，因而中国的历法也称"农历"。如正月有立春、雨水两个节气，"物候"是"东风解冻，蛰虫始振，鱼陟负冰""草木萌动"等；二月有惊蛰、春分两个节气，"物候"是"桃始华，仓庚鸣""元鸟至""雷乃发声，始电"等；三月有清明、谷雨两个节气，"物候"是"桐始华""虹始见，萍始生""戴胜降于桑"等。六月有小暑、大暑两个节气，"物候"是"温风至，蟋蟀居壁，鹰乃学习，腐草为萤""土润溽暑，大雨时行"等。七月有立秋、处暑两个节气，"物候"是"凉风至，白露降，寒蝉鸣，鹰乃祭鸟""禾乃登"等。十月有立冬、小雪两个节气，"物候"是"水始冰，地始冻，雉入大水为蜃，虹藏不见""天气上腾地气下降"等。十一月有大雪、冬至两个节气，"物候"是"鹖旦不鸣，虎始交""荔挺出，蚯蚓结，麋角解（脱落），水泉动"等。

中国人自古以来重视天象与天道，起于对天地的敬畏，老百姓的口头禅是"谢天谢地"，同时也还含着制约皇权的禅机，以"伤天害理"的理念限制皇帝的言行，这是中国早期的"民主特色"。"四时者，天之吏也；日月者，天之使也；星辰者，天之期（聚，会）也；虹霓彗星者，天之忌（告诫）也。""人主（皇帝）之情，上通于天，故诛暴则多飘风（风灾），枉法令则多虫螟（蝗灾），杀不辜则国赤地（大旱），令不收则多淫雨（水灾）。"（《淮南子·天文训》）

中国古代历法的底线是"应天时，顺地理"，而对"人定胜天"那句老话的解读，是人心和顺、百姓康定，是天大的事情。这也是早期的中国民主思维，以民为本，以民比天。

2020 年于西安

端午节，自汉代开启的国家防疫日

端午中的这个午，是十二地支序次里的午。

中国古人的天文观念，是以冬至日为一年开始的第一天。这一天阳气由地心上行，因而也称"一阳"，"冬至一阳初动，鼎炉光满帘帷。五行造化太幽微。颠倒难穷妙理"。"新阳后，便占新岁，吉云清穆。"冬至所在月是今天农历的十一月，古人以十二地支纪年，这个月称"子月"，之后依次是丑、寅、卯、辰、巳、午、未、申、酉、戌、亥。午是农历五月。端午具体指五月的首个第五日，即五月初五。

古代中国人对五月有顾虑，甚至有恐惧。五月不宜盖房子，"五月盖屋，令人头秃"。五月上任官员的仕途，就此止步，不再高就，"五月到官，至免不迁"（《风俗通义》）。夫妻房事也暂停，一些地方的民俗，新媳妇要送回娘家住一个月，叫"躲五"，这个月"播种"出生的孩子，男伤父，女伤母。这个月，须处处谨慎行事，"掩身，毋躁，止声色"（《礼记·月令》）。在古代，五月还称"毒月"，上中下旬的五、六、七日，合称"九毒日"。古代的这些认识，与对瘟疫的恐惧有关。五月阳气炽盛，同时阴气滋生，阴阳交争易发瘟邪。"九毒日"，用今天的话表述，叫"瘟疫高发期"。端午,是"九毒日"之首,在汉代,这一天要举行国家大祭祀驱瘟。把这一天确立为节日,是唐代之后(此说依据马汉麟先生)。这个节日的含义特殊,不是节庆,可以理解为古代的"全民防疫日"。

我说说汉代时候,人们对端午的一些认识。

十二地支纪年,从冬至所在的农历十一月开始,"冬至子之半,天心无改移。一阳初动处,万物未生时"。子,对应农历十一月,丑是腊月,寅是正月,卯是二月,辰是三月,巳是四月,午是五月,未是六月,申是七月,酉是八月,戌是九月,亥是十月。

十二地支依据天地时令的大序,有具体的含义和指向:子即"兹",农历十一月一阳初动,万物由此发端萌生。丑是"纽",腊月里阳气上通,阴气固结渐解。寅是"演",正月前后见立春,三阳开泰,万物衍化而生。卯是"冒",万物在二月出地表。辰是"震",三月里,蛰伏的动物苏醒,蠢蠢而动。巳,本义是胎儿,引申为后嗣,人间四月天,生机旺盛。午是"杵",舂米的木杵,引申为"牾",抵触、忤逆。"五月,阴气午逆阳,冒地而出。"(《说文解字》)"午者,阴阳交"(《史记·律书》),阴气和阳气相抵触。未是"味",六月里万物有成,有滋有味。申是"神","申,神也。七月,阴气成,体自申束,从臼,自持也"。七月,阴气持重,民俗以此为鬼月。酉,本义是盛酒的器皿,引申为"成就","八月黍成,可为酎酒"。戌,本义是宽刃兵器,引申为"灭","九月阳气微,万物毕成,阳下入地"。

亥是"荄",指草根。"十月,微阳起,接盛阴""阳气根于下也"(《说文解字》)。农历十月,阳气收藏于地下,以待来年重生。

午,在一天的时辰里,对应十一时至十三时,是比较热的时候;在一年中,对应五月,是比较热的季节。这个月里,有夏至节气,"是月也,日长至,阴阳争,死生分"(《礼记·月令》)。夏至,不是夏天到来,而是夏之极致。这一天,白天时间最长,是"阳极"。中国古代哲学讲究辩证法,"阳极"之中藏着"阴变"。这一天,阴气由地心开始上行,称"一阴","夏至一阴生,是阴动用而阳复于静也"(《周易正义》)。"璿枢无停运,四序相错行。寄言赫曦景,今日一阴生。"(《夏至日作》)这一天,阴气上行,与阳气抵触,纷相争扰。汉代的《淮南子·天文训》对五月的概括是:"阴生于午,故五月为小刑,荠、麦、亭历枯。"一阴生于夏至,五月已有轻度的肃杀之气,荠菜、麦子、葶苈子等植物枯黄。

五月的"九毒日",再加上五月十四"天地交泰日",共十天,是传统认识里的"疫情多发期"。进入五月,长江流域是梅雨季,雨多,溽热,潮湿,吃的、穿的、住的、用的易霉变。在黄河流域,蝼蛄、蚂蚱等害虫现身,而且这个季节,北方最怕干旱,旱则百虫生,那秋收基本就没有指望了。端午这一天,是"九毒日"之首,从汉代开始,这一天要举行国家大祭祀,南方防疫,北方祈雨。"乃命渔人伐蛟取鼍(扬子鳄一类),登龟取鼋。令泽人(湖政官员)入材苇(湖畔蒲苇)。命四监大夫,令百县之秩刍(百草),以养牺牲,以共皇天上帝、名山大川、四方之神、宗庙社稷，为民祈福行惠。"（《淮南子·时则训》）今天的民俗里，仍保留着当年国家大祭祀的一些细节，如门前悬菖蒲、艾草，用苇叶包粽子，用雄黄酒涂抹孩子额头、手心、脚心等。《礼记·月令》中"乃命百县雩祀，百辟卿士有益于民者"这句话，指各地的祭祀要因地制宜，多挖掘一些有影响的历史人物，以使祭祀免于形式主义，贴近老百姓的生活。端午节与屈原的关联，应该是当年这么挖掘出来的。

古人对天地的观察是细致入微的。五月有芒种和夏至两个节气，各十五天。这两个节气又各有三候。候，是时令变化后的自然界的情状，五天为一候。芒种三候：初候，"螳螂生"；二候，"鵙（伯劳）始鸣"；三候，"反舌无声"。伯劳和反舌是两种鸟，一种开始叫，一种不再发声。夏至三候：初候，"鹿角解"，鹿是阳物，此时一阴生，遇阴气，鹿角脱落；二候，"蜩始鸣"，蜩是蝉；三候，"半夏生"，半夏，中草药之一种，生于此时，故名半夏。

《礼记·月令》对五月里人们的行为有具体的规范和建议，归纳一下，大致有七种——

1. "其日丙丁，其帝炎帝，其神祝融。"五月的主宰，天帝是炎帝，天神是祝融。这两位均是火神，居南方。五行属火，主色是赤。

2. "命乐师修鼗鞞鼓，均琴瑟管箫，执干戚戈羽，调竽笙篪簧，饬钟磬柷敔（上述所列均为祭祀乐器）。命有司为民祈祀山川百源，大雩帝，用盛乐。乃命百县雩祀，百辟卿士有益于民者，以祈谷实。"

3."令民毋艾蓝以染，毋烧灰，毋暴布。门闾毋闭，关市毋索。"这些是防疫的具体措施：不以蓝草染布，不烧灰涷（把丝、帛制得柔软洁白）布，不晒布。家门街户多通风，关隘和市场畅通。

4."是月也，日长至，阴阳争，死生分。"这个月，阴阳纷扰。

5."君子齐（斋）戒，处必掩身，毋躁，止声色，毋或进。"斋，指养斋心，心安是斋。吃素食不是斋，是戒。有些人天天吃素食，但做出的事，比吃生肉的还凶猛，这样就和"斋"这个字有距离了。"止声色"，夫妻间这个月暂停房事。"毋或进"，严禁给君主进献嫔妃。

6."是月也，毋用火南方。可以居高明，可以远眺望，可以升山陵，可以处台榭。"这个月，宜登高远望，但登高先要知自卑。知自卑，戒自大，才有自重，这是中国人的生存哲学。

7.五月，给政府乱作为的警告是："仲夏行冬令，则雹冻伤谷，道路不通，暴兵来至。行春令，则五谷晚熟，百螣（蝗虫）时起，其国乃饥。行秋令，则草木零落，果实早成，民殃于疫。"

2022年于西安

二十四节气是有警惕心的

二十四节气是中国人的世界观。

中国人对天地的认识是循序而进的，周代以前，只有春和秋的概念，"以春秋知四时"。西周时期，多个诸侯国的国史以《春秋》为书名，"吾见百国《春秋》"，东周之后，已经有了冬和夏的记载，但孔子以鲁国史书为基本线索，又兼容一百二十个诸侯国的史料，写出了那部大历史著作，仍以《春秋》为名称。后来这一历史段落，也以"春秋"来命名。战国之后，陆续有了节气时令的记载。二十四节气首次完整阐述是在汉景帝时的《淮南子》一书中，汉武帝时，作为国家历法写入"太初历"。中国古人有两个了不起的科学贡献：一是发现并细化了一年之中这个井然有序的生态变化规律；二是以"春秋"命名国家史书，把天文、地理、人间沧桑事态相互参照起来看待世界。

二十四节气是讲变和不变的。一年之中二十四个节点的运行原则是不变的，但每个节点里都饱含着变化。"气候"这个词的意思，是节气变化的外在征象。医生治病看征候，厨师炒菜看火候，老百姓过日子，要看天地的气候。古人的观察是很具体的，五天为一候，每个节气里有三候。如立春三候：初候，"东风解冻"；二候，"蛰虫始振"；三候，"鱼陟负冰"（鱼自河底上游，抵近冰面）。雨水三候：初候，"獭祭鱼"（鱼肥而出冰面，獭捉到鱼一条条排起来，如祭祀一样）；二候，"候雁北"；三候，"天气下降，地气上腾，天地和同，草木萌动"。春分三候：初候，"元鸟至"；二候，"雷乃发声"；三候，"始电"。立秋三候：初候，"凉风至"；二候，"白露降"；三候，"寒蝉鸣"。秋分三候：初候，"雷乃收声"；二候，"蛰虫坏户"（冬眠之虫开始在洞口培土）；三候，"水始涸"（雨水减少）。天和地就是这么丰富地变化着的，人活着，就要适应这种不变和万变。

二十四节气里，不仅有敬畏心，还有警惕心。在每个节气里，古人都硬性规定了具体的禁忌条款，如立春和雨水：祭品不得用母畜，禁止伐木，不得毁鸟巢，不得捕杀刚出生的、幼小的、怀胎的动物，不得捕杀小兽及学习飞翔的鸟，不得掏鸟蛋，不得聚众起事，不得大兴土木，不可以起兵征伐，军事冲突不得由我方挑起。"牺牲毋用牝。禁止伐木，毋覆巢，毋杀孩虫，胎夭飞鸟，毋麛，毋卵。毋聚大众，毋置城郭。不可以称兵，称兵必天殃。兵戎不起，不可从我始。"

二十四节气的路线图，由立春到大寒，不是一条线，是一个圆，是轮回。设定这个顺序的基础不仅是天象，还有地势和农时。立春这个节气，大地复苏，万物生长。大寒的物候是，"鸡乳"（孵小鸡），"征鸟厉疾"（鹰隼一类猛禽最具攻击性），"水泽腹坚"（河流湖泊冻得结结实实）。

二十四节气，是以渭河流域为落脚点和出发点的，比较着说，长江流域再往南的区域，时令变化与这个路线图的出入也是很明显的。

二十四节气里的警惕心，是对人妄为妄行的警惕，戒欺天，戒逆天。谢天谢地这句话，也是有初心的。

2018 年于西安

汉代小学的天文课

《汉书·食货志》是这么记载的:"八岁入小学,学六甲、五方、书计之事,始知室家长幼之节。十五入大学,学先圣礼乐,而知朝廷君臣之礼。"

"六甲"是指用天干地支推算年、月、日、时的方法。我们今天用公元数字纪年,从1912年开始,满打满算仅一百来年时间。在这之前,一直使用干支纪年。十天干——甲乙丙丁戊己庚辛壬癸,对应十二地支——子丑寅卯辰巳午未申酉戌亥。天干为阳,地支为阴,以树干和树枝寓意天地融通汇合,万物生存有序。干支纪年分为六个组合,每组十个,就这样六十年一个轮回。"六甲"不仅纪年,还依此法推算月、日、时。汉代的小学生,自己可以制作万年历的。

本文成篇的2019年,依干支纪年是己亥。清代龚自珍著名的《己亥杂诗》,也是写于己亥,那一年是1839年,距今三个轮回。《己亥杂诗》是旧体诗中的上品大作,有三百多首,一声声的仰天长叹,满腔满肚子的抱负难酬,其中第一百二十五首入选了今天的课本:"九州生气恃风雷,万马齐喑究可哀。我劝天公重抖擞,不拘一格降人才。"

五方,即东南西北中五方天帝,上天主管人间事务的五方神圣。一眼看上去，有点像宗教课，或政治课，但基础是天文课。

中国古人没有日历，知天时是实实在在地看天，作息时间表写在天上，"日出而作，日入而息。凿井而饮，耕田而食"（《击壤歌》）。看天吃饭，是古代人必须掌握的生存技能，经过漫长时期的观察和积累，总结形成了中国人独特的对天体运行规律的认识，也由此产生了对天神的崇拜。

五方是主管春夏秋冬的四季神，再加上中央神。五方神均是两个编制，一位总负责，一位具体实施。春之神居东方，天帝是太皞（伏羲），天神是句芒；夏之神居南方，天帝是炎帝，天神是祝融；秋之神居西方，天帝是少皞，天神是蓐收；冬之神居北方，天帝是颛顼，天神是玄冥；中央神位居中央，天帝是黄帝，天神是后土。五方中蕴藏着五行，春天属木，夏天属火，中央属土，秋天属金，冬天属水。木生火，火生土，土生金，金生水，水生木，这是五行的基础顺序。春天的本色是青，夏天是红，秋天是白，冬天是黑。这是成语"青红皂白"的由来。中国人把日月星辰的运行划分为二十八个星区，即二十八星宿。东南西北各七个星区，东方七颗星的排列被想象成龙，西方七颗星被想象成虎，南方七颗星被想象成大鸟，北方七颗星被想象成蛇和龟（战国之前的记载是鹿），这是青龙、白虎、朱雀、玄武的由来。

汉代的这个课程设计的核心亮点，在"始知室家长幼之节"，知天文，戴天德，长人心，走孝道，爱家庭。十五岁之后，再进行爱社会、爱朝廷教育，"学先圣礼乐，而知朝廷君臣之礼"。教育是需要放眼量的，循序渐进着好，不违背人的成长规律。

2019 年于西安

黄帝给我们带来的

炎黄子孙，炎帝和黄帝是并列着讲的，但两位祖先的生活年代差距很大，炎帝在先，黄帝随后，《国语·晋语·重耳婚媾怀嬴》一节中，"昔少典娶于有蟜氏，生黄帝、炎帝。黄帝以姬水成，炎帝以姜水成。成而异德，故黄帝为姬，炎帝为姜，二帝用师以相济也，异德之故也。"这样的记载如果从字面上去理解，少典与有蟜氏生了黄帝和炎帝，就成历史笑料了。这句话意在指出黄帝与炎帝两个族群同出一脉，因生存环境的差异，各自形成了自己的生活方式和文化存在。作为我们的共同祖先，历史中祭祀的规模和规制却有差异，黄帝大于炎帝，黄帝"国祭"多，炎帝"民祭"多。我理解其中的原因有二，一是同为传说中遥远的伟岸人物，黄帝的"正史记载"多于炎帝，可触摸的记忆多了，情感中就多了亲切。二是国家祭祀是政治纪念，黄帝时期，才有了比较清晰的国家治理观念，并在天文历法、农桑技术、军事应用、医学，以及国家管理层面，提供了诸多供后人学习借鉴的内容。任何文明都是渐进的，不是骤变的，也都是在前辈经验之中改造而成的。黄帝族群"战胜"炎帝族群，而成为古代部落联盟首领，是类于朝代更替的那种社会进步。钱穆先生说，黄帝是奠定中国文明的第一座基石，而这块基石的基础，则是炎帝族群，以及更早的中国祖先创造的智慧。

神农氏、炎帝、黄帝

"神农氏即炎帝"，这是既往史料对炎帝的身份判断。近些年随着考古学的深入、新史料的发现，这个身份判断被不断刷新。许顺湛的研究可作一则例证，他建议把炎帝单独提出来，将其作为三皇时代向五帝时代的过渡阶段来看待——

> 神农氏是代表一个早期的农业文化时代，神农教民耕而陶，自出现农业和陶器就可以说进入了神农时代，那时没有炎帝。从三皇角度来说，神农是三皇之一，不能说炎帝是三皇之一。如果说炎帝是神农氏，列入神农时代也没有大错，不过从实际情况来看，把炎帝单独提出来比较好。他已经跳出神农时代，而且与黄帝时代交叉，文献记载也较多，因此，把炎帝作为三皇时代向五帝时代的过渡阶段看，可能更符合实际。（许顺湛《五帝时代研究》）

许顺湛之说，将神农氏、炎帝区分开来，不仅将神农氏时期的特征凸现出来，还为三皇时代向五帝时代的过渡提供了一个缓冲，有利于更细致地分理出历史的脉络，呈现出不同历史阶段间复杂的嬗变。历史学中的时代，大抵是指一个时期的繁荣强势阶段，此之前有兴起阶段，此之后有衰落阶段。神农氏时代可以理解为新石器时期的早期和中期，炎帝时代则是新石器时期的后期。就像汉朝分为西汉和东汉，西汉内含着十三位皇帝，东汉内含着十二位皇帝，神农氏与炎帝不是人的名字，而是族群首领的称号，内含着多位早期部落的首领。从这一点看，会丰富我们对这两个时期的认识，避免将历史简单化，概念化。

轩辕（黄帝）之时，神农氏世衰。诸侯相侵伐，暴虐百姓，而神农氏弗能征。于是轩辕乃习用干戈，以征不享，诸侯咸来宾从。而蚩尤最为暴，莫能伐。炎帝欲侵陵诸侯，诸侯咸归轩辕。（《史记·五帝本纪》）

《史记·五帝本纪》这一段话，穿越了神农氏时代、炎帝时代、轩辕黄帝时代，时间节点大约在公元前5000年到前2700年之间。此外，还有一些相关史料，将这段历史时期展开，分别记载了黄帝、炎帝、神农氏的具体内容——

黄帝以姬水成，炎帝以姜水成。（《国语·晋语》）

古者，民茹草饮水，采树木之实，食蠃蚌之肉，时多疾病毒伤之害，于是神农乃始教民播种五谷，相土地宜，燥湿肥硗高下，尝百草之滋味，水泉之甘苦，令民

知所辟就。当此之时，一日而遇七十毒。(《淮南子·修务训》)

包牺氏(伏羲)没，神农氏作，斫木为耜，揉木为耒，耒耨之利，以教天下，盖取诸益。日中为市，聚天下之货，交易而退，各得其所。(《周易·系辞》)

神农之世，卧则居居，起则于于。民知其母，不知其父，与麋鹿共处，耕而食，织而衣，无有相害之心，此至德之隆也。(《庄子·盗跖》)

神农氏和炎帝部落生活的区域在黄河中游地带，发端于渭河流域，"姜水"是渭河的一个支流。上述史料还较为详细地记载了神农氏部落分五谷、尝百草，制作耒耜，以及兴集市，利贸易的生动细节。"民知其母，不知其父"，已经追溯到母系形态时期，"卧则居居，起则于于"，展现的是一派原始祥和的风貌与习俗。黄帝则是具体的一个人，其出生地和生长地，史料记载有三处：河南新郑，甘肃天水，山东曲阜。第一处依钱穆先生考据，轩辕丘的地望在河南新郑市，姬水为新郑市的溱水，此为黄帝生于河南新郑说："黄帝者，少典之子，姓公孙，名曰轩辕。生而神灵，弱而能言，幼而徇齐，长而敦敏，成而聪明……黄帝居轩辕之丘，而娶于西陵之女，是为嫘祖。"(《史记·五帝本纪》)第二处天水说，来源于清代学者梁玉绳著的《汉书·人表考》："少典娶有蟜氏，名附宝，感大电绕枢，孕二十五月，以戊己日生黄帝于天水。"第三处为山东曲阜说，该说法出于《竹书纪年》，"寿丘位于山东曲阜城东。母曰附宝，见大电绕北斗枢星，光照郊野，感而孕，二十五月而生帝于寿丘。"关于黄帝百年之后升天为仙，《史记·封禅书》是这么记载的："黄帝采首山铜，铸鼎于荆山下。鼎既成，有龙垂胡髯下迎黄帝。黄帝上骑，群臣后宫从上者七十余人，龙乃上去。馀小臣不得上，乃悉持龙髯，龙髯拔，堕，堕黄帝之弓。百姓仰望黄帝既上天，乃抱其弓与胡髯号，故后世因名其处曰鼎湖，其弓曰乌号。"《史记·五帝本纪》的记载是："黄帝崩，葬桥山。"桥山，位于陕西黄陵县，也称子午岭。黄帝羽化成仙之后，人们为了怀念，将黄帝衣冠葬于桥山。升天，是中国人观念中最高级的善终。

黄帝族群生活的区域

史书及史料中还较为详细地记载了黄帝族群生活及活动的区域。

> 东至于海，登丸山，及岱宗。西至于空桐，登鸡头。南至于江，登熊、湘。北逐荤粥，合符釜山，而邑于涿鹿之阿。迁徙往来无常处，以师兵为营卫……以与炎帝战于阪泉之野。三战，然后得其志……与蚩尤战于涿鹿之野……黄帝崩，葬桥山。（《史记·五帝本纪》）

熊耳山在商州上洛县西十里，齐桓公登之以望江汉也。湘山一名艑山，在岳州巴陵南十八里也。(《括地志》)

又东过陈仓县西，县有陈仓山，山上有陈宝鸡鸣祠……《地理志》曰：有上公、明星、黄帝孙、舜妻盲冢祠……姚睦曰：黄帝都陈言在此。(《水经注·卷十七》)

黄帝服斋于中宫，坐于玄扈洛上。(《竹书纪年》)

洛水又东至阳虚山，合玄扈之水……洛水东北流，注于玄扈之水是也……自鹿蹄之山以至玄扈之山，凡九山，玄扈亦山名也……阳虚之山，临于玄扈之水，是为洛汭也。(《水经注》卷十五引《山海经》)

黄帝东巡河，过洛，修坛沉璧，受龙图于河，龟书于洛，赤文绿字。(《水经注》卷十五引《史记音义》)

黄帝将见大隗于具茨之山。适遇牧马童子，问涂焉，曰："若知具茨之山乎？"曰："然。""若知大隗之所存乎？"曰："然。"黄帝曰："异哉小童！非徒知具茨之山，又知大隗之所存。请问为天下。"(《庄子·徐无鬼》)

洧水出河南密县大騩山。大騩即具茨山也。黄帝登具茨之山，升于洪堤之上，受《神芝图》于华盖童子，既是山也。（《水经注》卷二十二）

黄帝封泰山，禅亭亭。（《史记·封禅书》）

《史记·五帝本纪》概述黄帝族群生活区域的路线图，东至大海（丸山即凡山，在山东潍坊，岱宗即泰山），西至崆峒山、鸡头山（六盘山脉），南至长江（熊山有两种说法，其一为陕西商洛的熊耳山，其二为湖南的修山。湘，是岳阳湘山），北至荤粥之地，与匈奴在釜山（河北徐水）以符节盟约，睦邻往来，筑邑于涿鹿（河北张家口境内）。黄帝生于新郑，衣冠冢于黄陵，与炎帝的三战之地是阪泉（山西运城）。不同专家对其中多处地名有不同的解读和定位，归纳着说，黄帝族群的主要活动范围在黄河沿线，甘肃、陕西、河南、河北、山西、山东，此外也涉及湖南。

在如此广阔的生活区域内，《史记·五帝本纪》还特别讲到黄帝族群的流动性。"披山通道，未尝宁居。""迁徙往来无常处，以师兵为营卫。"至此，已可以大致算出黄帝的生活之地及其族群的活动范围。

"以玉为兵"，黄帝的"止战"思想

"黄帝采首山铜，铸鼎荆山下。"这句话里蕴含着多层含义。

  铜最初是用来制作武器的，蚩尤"以铜为兵"，黄帝用之铸鼎，从本质上改变了功能和性质。"黄帝作宝鼎三，象天地人"，黄帝以铜制鼎，规范了三种指向。鼎是"烹饪之器"，饮食生活用具；也是传国之物，旌表功德，征示国家威严和权力；还是祭典重器，用于部落之间友善盟信，共敬天地神明。

  新旧石器时代的最大区别，在于石器的制造和使用。旧石器时代基本是简陋的打制石器，属于粗加工产品。新石器时代有了"深加工"意识，磨制和简单提纯工艺普遍应用于石器制造中。这时候，人工取火也已经取代了天然取火，进而有了原始的制陶和冶炼。最早使用铜器的是蚩尤部落。蚩尤又被称为阪泉氏，根据地在山西运城一带。

  传说是一次山洪暴发导致了大规模的泥石流，天然铜矿石，还有铁矿石混杂而出，被蚩尤部落人捡到了，铜矿石相对铁矿石易于加工，蚩尤部落人就这样掌握了第一批"先进武器"。此之后，除了被制作成武器之外，铜片还被制作成简陋的面罩和护甲，于是，就有了传说中的恐怖形象，"铜头铁额，牛耳，鬓如剑戟，有角，与轩辕斗，以角触人"。再之后，蚩尤部落不断挑起战争，以"丛林政治"终结了神农氏时代，转型进入炎帝时代。

  山西运城沿线，成了黄帝部落与蚩尤部落拉锯战的前沿地带。

  黄帝部落"以与炎帝战于阪泉之野。三战，然后得其志""与蚩尤战于涿鹿之野"，最终取得完胜，捉住蚩尤，并在"中冀"这个地方将之处决,身首分两处埋藏。"黄帝斩蚩尤于中冀",关于"中冀",一种说法在河北,一种说法在山东。

黄帝自此被众部落推举为盟主。黄帝部落战胜蚩尤部落有"三宝":战车、弓矢、行兵布阵之法。所谓战车是原始简陋的,大概是几根树木连接为一体,不是捆绑,可能他们掌握了简单的榫卯技术,由众多士兵推动着前进。这是防备近身肉搏而又能加强自身保护的方法,以应对蚩尤部落犀利的铜制武器和坚实可怖的盔甲。这种战车的特殊之处是具备"指南"功能,可以机动变换方向。"弓矢"也是适用于远距离作战的武器,是最早的"导弹","弦木为弧,剡木为矢",具备百步之外的杀伤力。"行兵布阵之法"是以心力克制蛮力。同时黄帝重用通天象的高人,可预知风雨。总之,黄帝是以智慧取胜。

蚩尤的失败,还有一个重要原因——"武不止者亡"。蚩尤连年征战,士兵得不到休整,军心疲顿,民心在哀怨中散尽。"昔阪泉氏(蚩尤)用兵无已,诛战不休,并兼无亲,文无所立,智士寒心,徙居至于独鹿(涿鹿),诸侯畔之,阪泉以亡。"

"神农以石为兵,黄帝以玉为兵,蚩尤以金为兵,禹以铜铁为兵",《越绝书》中的这个记载,既讲了古代兵器的演变历史,同时也包含着对黄帝"以玉为兵"的尊崇。玉,是石之精品,也包含着向仁止武的文明内核。黄帝平复蚩尤之后,铸鼎于荆山之下,构建和合社会,创造出了一个较长时期的繁荣稳定局面。

"武不止者亡",中国人的这个传统理念,不仅是当时作战获胜的硬道理,还具有现代意义。军事的目的是服务于政治,以武制邪,以武制恶,以武力实现共和。

关于古代的荆山,也有多种说法,其中之一是在河南灵宝,其二在陕西富平。"北条荆山属富平之南,三原之东,临潼之北,蒲城之西,皆统一为荆山。"富平塬上有一个古老的村子,以前就叫"铸鼎村",现在改为向阳村。

中国的文治自黄帝开始

黄帝是传说中的政治人物,尽管没有确凿翔实的史实记载,但中国传统文化中的多项内核元素,均指向黄帝:国家管理、天文星历、甲子记岁法、岐黄医理,乃至仓颉造字、音律、军械弓矢,以及日常生活中的房屋建筑、衣裳鞋帽、饮食器具,"黄帝臣于则作履扉""断木为杵,掘地为臼""伐木构材,筑作宫室,上栋下宇,以避风雨"。中国大历史中的国家文治意识自黄帝开始,或者说自黄帝开始清晰起来。

> 盖黄帝考定星历,建立五行,起消息,正闰余,于是有天地神祇物类之官,是谓五官。各司其序,不相乱也。民是以能有信,神是以能有明德。民神异业,敬而不渎,故神降之嘉生。民以物享,灾祸不生,所求不匮。(《史记·历书》)

官名皆以云命，为云师。置左右大监，监于万国。万国和，而鬼神山川封禅与为多焉。获宝鼎，迎日推策。举风后、力牧、常先、大鸿以治民。顺天地之纪，幽明之占，死生之说，存亡之难。时播百谷草木，淳化鸟兽虫蛾，旁罗日月星辰水波土石金玉，劳勤心力耳目，节用水火材物。有土德之瑞，故号黄帝。（《史记·五帝本纪》）

关于黄帝五官

黄帝的五官制度，是现存记载最早的国家职官系统。"官名皆以云命，为云师。""于是有天地神祇物类之官，是谓五官。"五官具体指春官青云氏、夏官缙云氏、秋官白云氏、冬官黑云氏、中官黄云氏。

黄帝五官的设置，对应一年四季春、夏、秋、冬，国家管理因循大自然的运转序次，上应天时，下合地理物候与人和。周代的《周官》中将此种设官置职完善为"六官"：天官冢宰、地官司徒、春官宗伯、夏官司马、秋官司寇、冬官司空。到唐代之后，"六官"又定型为"六部"，即吏、户、礼、兵、刑、工。

五官对应着大自然中的五色，春为青，夏为缙（赤），秋为白，冬为玄黑，黄土居中央；同时又与五行相连理，春为木，夏为火，秋为金，冬为水，土居中枢。天道与人事交相感应，融会贯通，构成古代中国的政治智慧。

五官，五色，五行，是观测日、月、星辰运行规律得到的综合认知，是中国天文学的早期结晶成果。

关 于 四 象

古代中国人在对太空星体的潜心观察中，还别出心裁地建立了"四象说"。四象也称四神，把春分、夏至、秋分、冬至四个节点的太空星象图，想象成五种动物，春为青龙，夏为朱雀，秋为白虎，冬为玄武（龟蛇相绕）。

中国古人首先发现的是春和秋两个节点，这个发现可以追溯到公元前 4500 年和前 4300 年之间，比黄帝时代早了一千五百年。目前这个时间节点已经被当代考古学证实。

1987 年 5 月至 1988 年 9 月，河南濮阳老城区西土坡挖掘出一座新石器时期的大墓，墓主人为男性，头南足北，身高 1.79 米，仰身直肢葬，在墓主人身体两侧，有蚌壳砌塑的一龙一虎。考古报告中是这么描述的——

> 在墓室中部的墓主人骨架的左右两侧，用蚌壳精心摆塑一龙一虎图案。龙图案摆于人骨架的右侧，头朝北，背朝西，身长 1.78 米，高 0.67 米。龙昂首、曲颈、弓身、长尾，前爪扒、后爪蹬，状似腾飞。虎图案位于人骨架的左侧，头朝北，背朝东，身长 1.39 米，高 0.63 米。虎头微低，圆目圆睁，张口露齿，虎尾下垂，四肢交替，

如行走状，形似下山之猛虎。通过碳十四测定，经树轮校正可知第二期文化遗存距今大约6500—6300年，即公元前4500年—前4300年。（《濮阳西水坡·考古报告》）

大墓主人依时间节点判断，是神农氏时代与炎帝时代之间的一位部落首领。著名史学家李学勤先生实地考证之后，撰文《西水坡"龙虎墓"与四象的起源》，认为蚌塑龙虎图案是中国"四象说"的起源物证。也就是说，在大墓主人的时代，中国人已经观测并锁定了春和秋两个季节。

四象是太空中的星象图，每一物象由七颗恒星构成，共二十八星，古人称"二十八星宿"。

古代中国人仰观天象，观测日、月、金、木、水、火、土七星，并称"七曜"，经过长时间的观察，发现并捕捉到了一年之中太阳运行的主轨迹，以黄道和赤道（太阳和月亮的运行轨迹）沿线的二十八颗恒星为观测坐标，并将之理解为太阳沿途休息的客栈，因此称"二十八星宿"。古人观测日月五星的运行是以恒星为背景的，这是因为古人觉得恒星相互间的位置恒久不变，可以利用它们做标志来说明日月五星运行所到的位置。经过长期的观测，古人先后选择了黄道赤道附近的二十八个星宿作为"坐标"，称为"二十八宿"。黄道是古人想象的太阳周年运行的轨道。地球沿着自己的轨道围绕太阳公转，从地球轨道不同的位置上看太阳，则太阳在天球上的投影的位置也不相同。这种视位置的移动叫作太阳的视运动，太阳周年视运动的轨道就是黄道。这里所说的赤道不是地球赤道，而是天体赤道，即地球赤道在天球上的投影。（马汉麟《中国古代文化常识》）

二十八星宿，是观测日、月、金、木、水、火、土"七曜"的参照坐标。

在中国古人的视域里，二十八颗恒星是组团运行的，每七星为一结构单元，共四个组团。先民们以春分时节为观测的基准点，站在大地上仰望星空。春分这一天，第一组团的七星（角、亢、氐、房、心、尾、箕）出现在东方的天空，形状如苍龙；第二组团的七星（斗、牛、女、虚、危、室、壁）出现在北方的天空，如龟蛇互绕（玄武）；第三组团的七星（奎、娄、胃、昴、毕、觜、参）出现在西方的天空，如猛虎下山；第四组团的七星（井、鬼、柳、星、张、翼、轸）出现在南方的天空，如大鸟飞翔。中国古人的观察力宏阔而且细致，同时富有充沛的艺术思维魅力。

从西水坡"龙虎图案"也可以了解到，在公元前4500年—前4300年间，古人就准确认知了春分和秋分，但还没有把握住夏至和冬至的时令特征。史料中对四季的最早记载，是在《尚书·尧典》中，春、夏、秋、冬被称为"日中""日永""宵中""日短"，"日中，星鸟，以殷仲春""日永，星火，以正仲夏""宵中，星虚，以殷仲秋""日短，星昴，以正仲冬"。其中"星鸟、星火、星虚、星昴"，均为"二十八星宿"中的恒星名称。

关于"羲和占日，常仪占月，臾区占星气"

中国人的大历史，是从认识太阳、月亮、星辰开始的。

远祖先人日出而作，日入而息，由此知道了太阳的重要，于是用心琢磨，捕捉到了日出和日入的规律，"日"的概念形成了。为了弄明白日长和日短的奥秘，人们发明了一个方法，在地面上垂直竖立一根棍子，立竿见影，记录并分析影子的位移变化。大自然中的"时"本来是无间的，混沌一团，用这种方法，把"光阴"区分出间隔和间距，"时间"的概念就此而成。这根棍子是中国最早的计时工具，学名叫"表"。今天，钟表秒针的跳动，就是对当初光影位移的生动临摹。

有了时间，人类才有了可以触摸的历史。

先人们白天观察太阳，晚上观察月亮，月亮的运行规律被认识到之后，视野由平面变为立体，开始用比较的眼光看待世界，万物在阴阳对立之中和合共生。中国天文学和中国哲学在这个时间节点，相伴随着开启了序幕。

"伏羲八卦"的出现，是中国人认识力的首个标志性成果。

人们以天（乾）、地（坤）、日（离）、月（坎）、雷（震）、风（巽）、山（艮）、泽（兑），八种物质元解构世界。天地定位，日月水火相映相射，雷与风相搏，山与泽通气。这时候还没有文字，用八种符号指代。乾（☰），坤

（☲），离（☲），坎（☵），震（☳），巽（☴），艮（☶），兑（☱），八卦符号是中国最早的书面表达，是中国文字的源头和肇始。那是传说中的伏羲时代，距今天 8000 年之前，大约在公元前 6500 年。

黄帝与蚩尤征战的时候，天象研究的成果开始应用于军事。黄帝的大臣风后、力牧、常先等，既是军事家，也是天象学的专家。传说中的呼风唤雨，实际上是预知风雨，就是天气预报功课做得比较扎实。黄帝成为部落联盟首领之后，将天象研究纳入"政府"日常工作，用于指导农业生产和民众生活。"羲和占日，常仪占月，臾区占星气。""盖黄帝考定星历，建立五行，起消息，正闰余。"

羲和不是一个人的名字，是两个部落的首领名称，羲是一个部落，和是一个部落。常仪也是部落的首领名称。羲和与常仪也可以理解为天象观察和研究机构的名称。到尧帝时期，中国建立起了世界上首家天文台，"乃命羲和，钦若昊天，历象日月星辰，敬授民时"（《尚书·尧典》）。黄帝时期任命"羲和占日"，尧帝时期仍是"乃命羲和"，由此也可以得出"羲和"不是人的名字。此外，还在东南西北四个方位，建立起了天文观测站："分命羲仲，宅嵎夷，曰旸谷"，"嵎夷"大概在东部海滨之地。"申命羲叔，宅南交，曰旸谷"，"南交"有两种说法，一是交趾，在越南北部，汉武帝时期曾设置"交趾郡"，一是指春秋两季之交。"分命和仲，宅西，曰昧谷"，"昧谷"在西部，一说在昆仑山。"申命和叔，宅朔方，曰幽都"，朔方在内蒙古境内，汉武帝时期设置"朔方郡"。

"臾区占星气",臾区是黄帝的大臣,即鬼臾区,是上谷的医学家,《黄帝内经》中有黄帝和鬼臾区的对答。(《黄帝内经》一书现已被证实是后人假托黄帝、伯岐、鬼臾区之名的医学专著,成书年代在春秋和汉代之间。)鬼臾区还是星象学家,传说是"五行原理"的发明人,是中国最早的风水学大先生。

中国古人观测太阳和月亮的同时,夜空中满天的星辰更具魅力。二十八星宿,"四象"中的青龙、白虎、朱雀、玄武的超凡想象,四季中的五行原理,以及北斗七星、天宫三垣,共同构成着上古时期中国天文学的辉煌成果。

关于"正闰余"

闰余,即闰月。

中国古人观察太阳和月亮,形成了两种历法认识。地球绕太阳运行一回归年的时间,最早以三百六十六天计算。月亮绕地球一周时间以三百五十四天为基数,阴历一年十二个月,六个月三十天,六个月二十九天,其中还有二十八天的特例。太阳历与月亮历一年之间的时间差为十一天左右,古人以置闰的方式补足这个时间差,约三年补一个月,称闰月。由此形成了中国古代的历法"农历",农历是"太阳历"和"月亮历"的合历,上合天时,下应地理物候变化,"闰以正时,时以作事,事以厚生,生民之道,于是乎在矣"(《左传·文公六年》)。古人置闰是经过精确计算的，而且总结出了时间表，大致是"三年一闰，五年两闰，十九年七闰，四百年九十七闰"。

闰月这种方法，在黄帝时已经开始使用了，但正式的史料记载，是在《尚书·尧典》中，"期三百有六旬有六日，以闰月定四时，成岁"。这句话的意思很明确，一年三百六十六天，以置闰月方式补足阴历的时间差，以定四时。但这时候置闰月的方式，是放在年底，称"十三月"。汉代颁行太初历（公元前104年）之后，才实行当月置月，比如庚子闰四月，当年就置两个四月。

中国古人还研究发明出了另一套计时系统，即二十四节气。这个计时系统科学指数非常高，一年二十四节气，每个节气十五天，粗计算是三百六十天，但每个节气到来的时间，是精确到分秒的，比如2022年谷雨节气，时辰是2022年4月20日10时24分7秒。每个节气实际上是十五天多一点点，二十四个一点点累计是五天多，一年的时间是三百六十五天多。现代高科技手段测量太阳一回归年的时间是三百六十五天五小时四十八分四十六秒，二十四节气的计量时间，与这个是高度吻合的。

二十四节气的最早记载是在战国时期的文献中，完整表述在汉代的《淮南子》和《礼记》书中。

黄帝时期，中国的天文学、历史学、文化学，以及社会生活的诸多领域均得到了系统性开展，对此，《世本》中有具体的记载。

黄帝使羲和占日，常仪占月，臾区占星气，伶伦造律吕，大挠作甲子，隶首作算数……容成综此六术，著《调历》。黄帝使伶伦造磬。垂作钟。沮诵、苍颉作书。史皇作图。伯余制衣裳。胡曹作冕，胡曹作衣，于则作扉屦。雍父作杵臼。夷牟作矢，挥作弓。共鼓，货狄作舟。

关于"大挠作甲子"

大挠是黄帝时的史官，甲子即干支记时法。以干支纪日，在中国起源很早。十天干，甲、乙、丙、丁、戊、己、庚、辛、壬、癸。十二地支，子、丑、寅、卯、辰、巳、午、未、申、酉、戌、亥。天干与地支相配，一个循环可记六十日。"大挠作甲子"，指大挠在干支记日的基础上，又做了丰富研究，此之后，干支不仅记日，还记年、月、时辰，构成世界史中有独特价值的中国记时方法，一直袭用至今天。

关于"容成综此六术，著《调历》"

容成是古代天文家，一种说法是黄帝时的大臣，一种说法是黄帝之前的部落首领。黄帝尊其学术，推广他的学说，调历是容成制定的古代历法，现已佚失。

关于《黄帝历》

汉代太初历颁布之前，古代中国存在六种历法，称"古六历"，分别是黄帝历、夏历、殷历、颛顼历、周历、鲁历。黄帝历并不是黄帝时期使用的历法，黄帝时尊调历，而黄帝历是遵循黄帝时的天文研究成果而成的。

"古六历"最大的区别，是"岁首正月"设置的区别。

中国古人以"冬至日"作为一年之中的首日。冬至这一天，阳气由地心上行，因而称之为"一阳"。古人描写这一天的诗很多，如"今日交冬至，已报一阳生，更佳雪、因时呈瑞""一气先通关窍，万物旋生头角，谁合又谁开""冬至子之半，天心无改移。一阳初动处，万物未生时""冬至大如年，纳履添新岁"。"二阳"在小寒与大寒之间。"三阳"特指"立春日"。"三阳开泰"这个成语，指的是从冬至开始，阳气由地心上升运行45天，在立春这一日浮出地表，润泽万物生长。以冬至为一年的首日，与西方历法中的元旦，相差八九天的时间。这不是天象的差别，而是观测者所站的地理位置的差别，中国古人是站在黄河流域，更具体一些说，是站在渭河流域仰观天象，俯察地理的。

冬至所在的月，依农历是十一月，"古六历"中，黄帝历、周历、鲁历都是以冬至所在月为一年的岁首正月，历法中称"建子"。依十二地支序次，称子月，再依次为丑、寅、卯、辰、巳、午、未、申、酉、戌、亥月。端午节是农历五月初五，因循的就是这个程序。

夏历"建寅",岁首正月与今天相同。殷历"建丑",以农历十二月为岁首正月。颛顼历"建亥",以农历十月为岁首正月。秦朝实行颛顼历,汉代承袭秦制,从汉高祖刘邦建朝,到汉武帝刘彻太初元年(公元前104年),一直袭用颛顼历,以十月为岁首正月。《汉书》等史书记写一年中的大事件,都是从十月开始写起,就是为了强调太初元年改革历法的这个重大事件。

公元前110年,汉武帝祭祀黄帝

公元前110年农历四月,汉武帝刘彻首次泰山封禅,之后颁布诏书,诏告天下,改年号为"元封","其以十月为元封元年"。十月,他亲率十二部将军,领十八万铁骑北巡匈奴,出长城,登单于台,以震慑匈奴;返还长安途中,于桥山隆重祭祀黄帝。

十月祭祀黄帝是正月大祭。这一年,汉朝还没有进行历法改革,仍袭用颛顼历,以农历十月为岁首正月。(六年后,公元前104年汉朝改革历法,废颛顼历,颁行新历法,以农历一月为岁首正月。这一年是太初元年,因而称"太初历")汉武帝是中国历史上首位使用年号纪元的皇帝,共使用十一个年号,建元、元光、元朔、元狩、元鼎、元封、太初、天汉、太始、征和、后元,前六个年号六年一纪元,后四个四年一纪元,最后的"后元"是两年时间,合计在位五十四年。

汉武帝祭祀黄帝的场面是很壮观的,"乃遂北巡朔方,勒兵十余万,还祭黄帝冢桥山"。十八万将士一夜之间筑起祭台,黄帝陵至今存留着当年的"汉武仙台"旧址,台高十三米,置身其上,在四面来风中,可以尽情遥想当年的神圣与壮阔。

汉武帝泰山封禅,也是做足了功课的。先是细致了解了传说中黄帝封禅泰山的种种仪程,以及细节,"黄帝封泰山,禅亭亭",之后仿古代仪程预祭,"五帝坛环居其下,各如其方,黄帝西南,除八通鬼道"。封禅之前,汉武帝决定对泰山一处古代的明堂(古代帝王祭祀建筑)进行重建,正苦于不知规制时,一位济南人(名公玉带)献上了黄帝时的明堂建筑图纸,于是依图而建。"泰山东北址古时有明堂处,处险不敞。上欲治明堂奉高旁,未晓其制度。济南人公玉带上黄帝时明堂图。明堂中有一殿,四面无壁,以茅盖,通水,圜宫垣,为复道,上有楼,从西南入,命曰昆仑。天子从之入,以拜祠上帝焉。于是上令奉高作明堂汶上,如带图。"(《史记·封禅书》)

封禅之后,又依古制赏赐百姓。"行所巡至,博、奉高、蛇丘、历城、梁父,民田租逋赋贷,已除。加年七十以上孤寡帛,人二匹。四县无出今年算。赐天下民爵一级,女子百户牛、酒。"(《汉书·武帝纪》)

此次东行封禅沿途之地百姓的田租,未履行的赋役,皆免。赐全国七十以上老者,及孤寡者布帛,人均两匹。免除国内四个贫困县的人丁税。赐天下民爵一级。赐无子家庭每百户一头牛,酒若干。

公元前110年，在封禅、北巡边疆、祭祀黄帝之外，还发生了三件重要事情。

一、平复南越国和闽越国的叛乱，其地纳入汉朝版图。迁闽越国百姓入内地，安置在江淮之间。"东越险阻反覆，为后世患，迁其民于江淮间。"（《汉书·武帝纪》）汉代建朝之初：南有南越国，都邑在广东番禺；东南有闽越国，都邑在福州大冶；东部有东瓯国，都邑在浙江温州。闽越和东瓯均为越王勾践之后，避秦时战乱远走他乡。当时汉朝廷国力疲弱，采取绥靖政策，册封三地为异姓诸侯番国。东瓯国势力薄弱，经常遭受闽越国的侵扰，于公元前138年（汉武帝建元三年）归汉，其国民内迁江淮之间。南越和闽越与汉朝廷关系时和时反，公元前111年（祭黄帝前一年）再次叛乱，当年被平复，闽越百姓内迁江淮，也是叶落归根。至此时，汉朝南疆的国家安全警报全部解除，汉武帝可以全力防御北方匈奴。

二、公元前110年，为强化中央对地方的经济管控，推行"平准制度"。具体内容是：在中央成立一个类似"国有资产委员会"的机构，当时并没有"国企"，是对国家重要物资进行统购统销，比如盐、铁、酒的专营等。所谓平准，就是市场上一种商品价格上涨时，国家以低价抛售，价格下落，国家以基本价格收购，以保持物价稳定。

富商大贾亡所牟大利，则反本，而万物不得腾跃。故抑天下之物，名曰"平准"。（《汉书·食货志》）

这项政策在一定程度上抑制了商业投机行为，保障了弱势群体的基本利益，但也存在着与民争利的弊端。这项政策使朝廷的钱袋子鼓鼓囊囊，财政收入大幅增加。汉武帝是大帝，宏图伟业，但也因为他的"大手笔"，对国家的财力消耗过大。这一年，汉武帝封禅、北巡，以及赏赐物品的巨大花销，都是得益于这项政策。"于是天子北至朔方，东封泰山，巡海上，旁北边以归。所过赏赐，用帛百余万匹，钱金以巨万计，皆取足大农。"（《汉书·食货志》）

三、这一年，司马迁的父亲司马谈因病去世，病因是没能参加泰山封禅大典，"发愤而卒"。司马谈是太史令，职责是记载国家史事，撰写史书，审订国家天文历法，管理国家典籍，还有一项重要事务，就是监理国家祭祀。汉武帝首次封禅泰山，如此重大的国祭，司马谈却因"留滞周南"不能参加，故此抱憾而终。"是岁天子始建汉家之封，而太史公留滞周南，不得与从事，故发愤而卒。"（《史记·太史公自序》）

2022 年于西安

另一种叙述

另一种叙述

我窗前有两棵树，茂茂盛盛的枝，层出不穷的叶，相互重叠合拢着，风吹不透它们，只能反弹起呜呜的回音。每年春天开始，它们比周围的树萌芽晚些，像那类迟迟学不会说话的幼童。可一旦抽出绿枝，立即汹涌澎湃，生命的力量横生着，挡也挡不住。它们在夏天的模样更是鼓舞人，树冠蓬蓬勃勃起来，叶片肥肥硕硕起来，雨水浇在上面，好像落在男人的秃顶上，亮晶晶地四溅。要是雨水再急骤一些，又像枪鸣，像剑裂，像一个尖锐叫喊的人，猛地被人扼住喉咙。黄昏细雨之下，它们的宜人不似其他的树，悄悄地引鸟儿雀儿们去躲，而是像大象，像待孕的河马，在平静之中，使周围的气氛因亲切而可靠。在冬日，它们是令人敬而远之的男子，没情趣却有影响力，虽不能共饮、不能密事，却可以寄托。这两棵树在我窗前很久了，有一个晚上，我打开窗子，仰望着说："我们认识一下吧。"它们不语，晃着悠悠的身子。我又说："咱们住得这么近，彼此不理不睬的，这样多不好。"它们在风中仍不语。我关上窗子，再不说话，每日也再不去仰望。又一天夜里，一阵疾风骤雨过后，我推开窗子，它们齐腰双双被雷劈了。此后，我的窗前一大片空白。

自娱的艺术

自娱的艺术

世间动物有四种自娱的典型：驴打滚、鼠磨牙、猫洗脸、人吹牛。自传就是体面的吹牛，就像猫洗脸，用自己的唾液取悦自己。

人与猫的区别大概是这样的：如两个人在恋爱，或吵架，到不可开交的时候，猫不会前来围观、嬉闹或制止。但如果两只猫因爱或恨厮咬起来，人是绝闲不住的。人的优势便是好事。

人又有四种类型：一类是管别人家事的，如总统、如主编。好事是他们的本职工作，一旦出了差错又可顺手把责任推给下属。因此这类人虽然量不多，但足以把世界搞得不像样子。二是什么都不管的，如动物一般地活着，如白痴、如修行臻极的人。前者管不了别人，也管不了自己；后者是忘了别人也忘了自己。再如人质，这是被迫什么都不能管的人，二十世纪最著名的人质便数张学良将军了。前半生家仇国难，惊天动地；后半生一片空白，漫漫半个世纪的光阴几乎没有什么内容。他的人生奇特得就像一盘磁带，转到最引人入胜处便被蒋公介石轻轻按键抹去了。第三类是仅管自己的,这类人很多,就像老树上的青枣,个子矮小,不计其数,如我,如大街上我之前之后劳以步行的众厮。这几类人倒有专属,自私便自私,物外便物外。此外还有一类多事的人是可憎的,他们管不住自己,也管不好别人,事至中途却撒手什么都不顾了,如那类写辞职书的。但无论哪类人都有做自传的痴根,都在极尽心智地讨自己的舒服。识文断字的读书人便寄情笔墨,著书立说、谋篇构章。文盲们则口淫,邀众邻居聚树荫下,或召儿孙于膝前,或轻捋银须,或猛抓青头皮,以"我年轻的时候云云"或"我某件事办得云云"等语惊人。

自传说穿了便是独白。如果一个人坐在角落里牛羊反刍般喁喁低语,别人一定以为这家伙神经有了障碍,会立即绕开的。但如果形成铅字册印成书,人们就以为自然而然了。人们相信的是白纸写黑字。再如果一个人当众口若悬河地放肆舌头,势必会引起别人反感。要是大家一起来吹,你方唱罢我登场,且琴瑟鼓瓮各出其声,大家彼此就相敬如宾了。这便是自传日渐盛行的缘由。

自传就是给自己整容,等不及或不放心百年之后整容师在太平间里动手动脚,而是自己干,皮肤粗的便粗出豪放来,眼皮单的便单出细巧来。总之自传是以悦己为目的,到自己满意为止。自传和吹牛有着一致的主题,就是自己是这个世界里最重要的。围绕这个主题,人们各显本领,各昭其长。

文人中最淡泊的当数陶渊明了。他弃了官场的角逐,隐归乡里,布衣素食,躬耕南山之麓,纵使如此洁身自好,最终也没有迈过自娱的门槛，做了《五柳先生传》首肯自己。美国总统尼克松的自传最具典型，他被美国国会体面又坚决地从白宫椭圆形办公室赶出后，便一心一意扑在小岛上写怀念自己的文章了。他的自传都是选择极好的措辞表彰自己，他认为自己不仅给地球的公转带来了意义，而且也影响了地球的自转。在"越战"期间，尼克松"机警"地顶住了来自国会及两院的压力，用数以百吨计的炸药将越南北部及柬埔寨的土地深翻了一遍，同时为了遮世人的耳目，又安排了《越南问题的巴黎协定》的烟幕，当年度的诺贝尔和平奖授给了签订和约的两位著名人士：越南民主共和国首席谈判代表黎德寿、美国国务卿基辛格博士。黎德寿在河内向全世界宣布："鉴于越南人民真正的和平没有实现，我本人拒绝接受此项荣誉。"而在颁奖会之后举行的酒会上，基辛格博士为自己解嘲说："我们给自己的脸抹了点儿粉，但这粉的味道不太舒服。"而尼克松在回忆录中谈到这一历史事件时则说："我当时的助手基辛格博士是无与伦比的，他抓住了赢得这一荣誉的机会。如今，抹在基辛格博士脸上的味道不舒服的粉已经成了历史，谁也擦不下去了。"文人的自传则讲究技巧，一般不像政治家的嘴张得那么大。文人不好意思什么都说。他们往往不是直奔主题，而采取迂回的策略，故意制造出一种不同凡响的起伏，以引人入胜。有的干脆开篇便检讨自己的弱点，或开自己的玩笑，竭力表示自己也是个凡人，只是干了些非凡的业绩而已。自陶渊明的"好读书不求甚解"之后，这类方式便在文人中普及开了。这类小自谦如同往自己脸上抹点儿泥，看上去既坦诚又实在，易于被自尊的凡人接受。

自传基本上有两类：濒临就木者重严谨的文风，工纪事，长叙述，类于给自己做墓志铭，读起来很坦实，像面对一堆水洗过的石子，一个个一粒粒沉着实在，水分恰到使石子晶莹闪光的好处。年轻一些的则多如在自己的脸上画皱纹，以平添岁月的沧桑感，或往自己的胸脯上粘胸毛，以壮自己的威风、长自己的志气。有的则干脆拍自己的肩膀，自己鼓励自己：啊，这一段你干得可真不错。

一位小说家稍稍有了些名声之后，口舌便失禁了。他在一篇谈自己的文章中反复强调自己的小学、中学、大学，乃至以后的学习均是受的超一流教育，好像他能写出小说来不是自己的努力，而是来自学校和教师，令人读后便想问：你受的是超一流的教育，怎么写不出超一流的小说。我出身农家，按农民的话讲，叫好粮食白搭了。另外，这篇文章在行文中更是端着街头练家的架势，一派重任即将落到自己窄肩膀的模样，大有谁来和我比试比试的风度。下围棋的人在初级阶段先要习谱，夜深人静插好门，临着古谱，一子一子地强化自己，这便是口语中的"摆谱"，但这是自己在屋子里干的。这位作家虽尚不能心平气和地与人对弈，却敢当众摆谱，也不失为一种叫阵式的胆量。我想人是允许表现勇敢的，只是不要仅停步在语言上。我读这篇文章时总想起深深的子夜时分在郊野偶尔遇到的那类高声唱歌的赶路人，那份豪气显然在给自己壮胆。

人哪，人哪，有些地方真不讨人喜欢。

猴子的活法

　　芸芸百相,哪一个也不是主动申请来享受世间烟火的,无一例外是瞬间玉成的生物,因此圣贤明谕:随遇而安。人如此,猴子更如此。按照生物遗传的说法,在混沌稍开的远古时候,脑汁充沛、满腹心术、以手段殴伤他畜的猴子便迈进了人的门槛。它们在树枝间腾挪跳荡,保持着一团尖嘴赤腮的本真面目。确实,我们目前见到的猴子,长得毫无福相,半黑不净的脸皮成沓地叠着皱儿,脸上的肉太少,根本不够垂耳含颏的。猴子是天生的幽默家:笑起来一龇牙,使人感到恐怖;愤怒时一咧嘴,却令人好笑;哀啼的时候,却又给人一种诗意的美丽,只是声音有点刺耳。猴子最讨人嫌的是没有规矩,坐没坐相,站没站相,眼珠转得太快,聪明全部外露,一点城府也没有。情况紧急时,弯弓的爪子便火急火燎地在耳部、腮部、额部短而快地抓挠几下,使人想到技止此耳的黔驴。其实人是做不到随遇而安的。生得显赫也好,卑微也罢,只要活着,总免不了向上挣扎一番,举着人往高处走的幌子,从笼子里跑出来自由、空旷一阵子再给自己找一个新笼子,如此这般反反复复一直折腾到告老还"上"。到了最后的节骨眼上,觉悟一些的要叹出一口短气:"这一辈子,唉!"执迷不醒的还是不肯阖上大眼皮,做死不瞑目科,给活着的人遗留一份责任。

　　虽然同为灵长类动物,但猴子与人不同,它们不与自己的命运抗争,沦落到什么地步便过怎样的生活,一身福祸全然凭天命安排。或许是因为进化成人还遥遥无期，既然前途渺茫，它们也只好随遇而安了。

峨眉山的猴子最气派，它们结党成伙，恃山为主，偶尔有落草为寇的零兵散勇，也是尽着自己的性情所为，毫不在意人为何物。那里的猴子确实有人祖的大模样，人走到那里，会不自觉地生出对它们的敬畏之心。那年四月间，我游了一次峨眉山。去之前，早有过一些风闻，说峨眉山的猴子如何如何了得，听到的多半不信，以为讹传，浪得些虚名尔。略具人形的猴子岂能骑在人的脖子上作威作福做老爷？但真的踩在那窄仄的山道上，心里便有些打鼓，有些风声鹤唳的，有地下党到了白区的那种感觉。我是赶着早上山的，入了猴区，天才蒙蒙暗白，还是单打独个，幸亏隔三岔五便有人语铿锵声传来，知道附近还有同类在活动，心里稍稍有了底。

首次遭遇的是一只孤单的猴，像个流浪者。拐过一道蜿蜒的梁岔，我远远地便见它迎面过来，与我胖瘦相仿，但至少比我矮一个头。虽说我文弱不武，但如果真的一对一地对仗起来，我凭借空中优势一两个时辰还不致落下风的，想到此，便又提了提胆子。对方显得有些心事，脚步滞涩，神态郁郁的，像个行吟诗人在做深沉科，间或左右潦草地一望，神情又像倦了的游客。我偏了偏身子，以便我们擦肩而过。交错时，它随意地看了我一眼，眼神里除了"又一个"之外再无别的内容。那一瞬，我便自卑。与物相逢，我首先想到的竟是较量，是胜负的竞技，如此的不和平心理，便是人的"杰出"之处了，我觉得那一瞬我成了兽，而猴该尊为人，兽面的人。

　　前面出现三个猴,中间大腹囊囊者有着十足的领导模样,一颗小脑袋可笑又僵僵地望着我,没有什么表情,两侧各站定一个喽啰,大概是它的马弁或秘书,喽啰嘀嘀咕咕仿佛上谏着什么阴谋,被领导伸出两条碗粗的胳膊止了动静。我本能地向后望了望,见来路上又有两个"壮汉"稍前稍后走着,退路已经没有了,忽听头顶刺啦一响,一不速之客打着树枝的秋千悬停在我的头顶,空中使者双腿上绕环抱树条,腾地右爪伸出,伸到我的面门。我以为它要行君子礼数,连忙献上右手。它一个刺猬团身,闪出左手"啪"一声在我头顶拍个正着,声音脆响。前后左右一片欢呼的哧哧声。随即两个起落翻转,它已退身隐到了密树丛里。我定神一望,密丛里埋伏着二三十只大小猴爷,眼睛在树叶间隙中闪着随时出击的光芒。我知道遇上了"土匪"小分队,正惶恐间,一只巨爪自身后搭在了我的右肩,且缓重地压了两下,我侧望一眼见有熊掌般大小。俄顷,身后绕出一个"壮汉"站在我的面前,甚至一眼也不望我,便很内行地搜身,逐一检查我的口袋,里里外外,不厌细琐,最后从屁股兜里掏出一张从西安到成都的车票,大概看出是用过了的废票,一甩手扔了老远。我一惊,那是要报销的,刚有弯腰念头,肩上的毛团又重重地压了两下,我当时满脑子的侮辱人格感。这些猴子如此可恶,却还有动物保护法依靠着,我打了猴便是犯法,猴打了我去找谁评理?可能在猴眼里,人算不得珍稀动物,成堆成串的,像我们眼里的蚂蚁。

问题出在我手拎红绸的兜子上,是极便宜的那种,上山前随便买来装相机的。相机是无论如何也要保住的,它是我的临时银行,所有的细软银两尽数塞在它的壳内。"壮汉"劈手夺兜的刹那,我更迅速地取出相机抱住,凛然地挺了挺胸,准备人为财死、鸟为食亡了。猴子的眼光实在不能恭维,避重就轻,抓过兜子摩挲不止,先是一个猴独自欣赏,马上又围上几个吱吱赞不绝口,像开新产品鉴定会,然后簇拥到"领导"面前。"领导"接过兜子抖了几抖,嗡嗡有音,虽则它依然不露声色,但仍可看出它收获的喜悦,随即一声呼哨响起,几秒钟的工夫猴子便散个干净,个个身手迅捷空妙,来去无踪影,不逊于当年白洋淀芦苇丛中的雁翎队。

如果猴子也进入了信息时代,相互传导沟通,获悉了峨眉山同族的气派活法,一定会挣扎努力而云集圣地的,那时的峨眉山该有花果山之忧了。

关进公园里的猴子是惨淡的,没有连蔓的树枝,没有跌宕的流水,山也是假的,猴们最大的享乐便是背倚着晒太阳,或相互捉拿虱子,仅有的生动之事便是雌雄交爱。可雌猴们都是雄老大的,剩给雄老二乃至雄老小的主要事情是锻炼身体,修筋强骨,有朝一日脱颖而出,尽得春晖。偶尔的私情也很滑稽,一双冤雌冤雄野合在石后,草草成就那好事。眼睛左右环张,耳朵八方玲珑,慌里慌张,唯恐他猴发现,人们看着也替它们捏一把汗。它们本身也不会有什么精神愉悦可言,仅仅是身体的需要吧。在这种事上,猴子与人相通,只避同类,不避他畜。在吉林公园的"猴山"内,我有过一次经历，一双小亚当夏娃在大峭石侧做伊甸园之举，围观的人醋意哄嚷、喧哗又骚动，二者竟充耳不闻、视而不见，乐此不疲，只是当峭石另侧的一只闲猴散步过来，它们才仓皇间拖云带雨地分开。

处境最悲惨的要数街头被耍的猴，一个个似不走红的小艺伎，骑车、钻圈、倒立、走钢丝，或被强行玩火。稍有违忤便遭体罚，或鞭子，或竹板，或反剪了双臂日头下暴晒，且这体罚竟也成了吸引观者的一个噱头项目。我在西安太白路西北大学近侧领略过一个项目，颇耐回味。耍者令一小家伙持火把绕场一周，后者惊恐，三鞭子抽在身上仍吱吱大叫，竭力不从。耍者佯怒，大喝"惩罚"，遂将一青砖放置在它的脑袋上，着令顶着，小艺伎弯了弯身子，双手吃力地托着砖以减轻头顶的压迫。耍者扭开头去的一瞬，它猛然扔掉青砖就地捡半块砖顶在头顶，亦做弯腰沉重科。观者哄笑连天，齐喝小艺伎聪明，耍者一定费了苦心，才有这么妙的导演。就像人的生存，压在头顶的东西太重了，便反抗一下换些轻便的，这卖艺不卖身的小猢狲很入神地做了一次人的缩微。猴年说猴，算是对初人的一种念想吧。

空 口 说 禅

题 意

我不懂禅。禅平常得让人觉得高深莫测，目前却是谁说禅谁高雅的年月，因此我也高雅一回。但我知道禅不是什么人都可以随便讲的，因此才叫禅，而不叫顺口溜，或梦呓。禅是由有德行的禅师讲的，就像圣旨只有钦差大臣才可宣。此之谓名不正则言不顺。随便讲后两者不但言不顺，而且会有麻烦相跟而来，随便说禅又不触犯法律，至多给俗人雅人增些笑柄。因我不懂才称空口，空口里还有一舌，闲着也是闲着，说不懂的东西叫瞎说。因此，说得不好算我瞎说，说好了也算瞎说。

平　常　心

　　平日里见惯了羊心、牛心、鸡心、猪心、"狼心"，有的也吃过，这些东西做下酒的凉菜挺合胃口。真的狼心没见过，只是从身边一些人的行为中猜想过。"狼心"不适合下酒，让人后怕。近来，从寺庙道观乃至深山老林里流行出挺多东西，这挺有趣的，少林武当的拳脚，气功神数的各种法门。现在，又时兴起"平常心"一词。很多人都把它往自己的脑门上贴。心本来应在肚子里的，无论什么心，挂在头顶就觉得好笑。我不知道什么是平常心，甚至也无从猜想，只知道这是禅家术语，是禅师修行臻极的一种体态。一位临济门内的禅师告诉我："平常心不是求来的。"但眼下这种东西既然上市了，或换一种说法叫出台了，于一些拿惯了不属于自己东西的人，不让他拿又有什么办法。

　　一天，我请教一位副局领导。他每天早晨提前半小时到办公室，静神打坐，闭目凝气，语于人说，每次示人平常心状态。那日，我见他的时候，他已从"平常心"状态中脱出来，正值在办公室忙着打电话。我们是比较熟的那类熟人,这天是专门约好请他说禅的。在我坐等了近一个时辰之后,他才以手指擦搓着头皮说:"这个问题静不下来很难说好。"我则建议他说得世俗一点,随便举几个例子也行。

他沉吟片刻,说:"对于一个失恋的人,是爱的回归之后的状态;对于一个失足落井的人,是有一根救命的绳子吊他上来之后的状态;对于一个饥饿的人,是在一顿饱食之后的状态。"

我说:"这些之后该是激动、感恩、自足。"

他说:"是在不激动、不感恩、不自足的时候。"

我说:"这不是忘恩负义吗?"

"不是。"他说,"这里的'不'不是'没有'的意思。"我说:"按这种理解,强奸的人得逞之后又没有案发算不算?"

他说不算,强奸的人行事之后随之而来的是紧张、恐惧,是逃避,纵使没有案发,他的心也不会自然放松,这是行恶,犯奸的人在他的行为中得不到精神的平衡。

"狼吃了羊呢?赌棍饱囊之后呢?将军击败他的对手,打扫显耀他功绩的血腥战场时呢?"我又问。

他说这只能叫自然心,比平常心狭窄。

"你升了正局呢?"我开着他的玩笑。

"这也叫自然心。"他说。

可见,我的这位熟人肚子里是有两副心肠的,用到哪副的时候说哪副。而他所谓的自己的"平常心"状态,大抵类乎于狼吃羊前的备爪,或鼠打洞前的磨牙。

后来，偶然的一个机缘我请教了一位临济门内的禅师，他仅给我讲了一个故事。

有人问一个大禅师："什么是祖师西来意？"

"床腿。"

"是这个床腿吗？"来人指着禅师打坐的床。

"要是就锯了拿去吧。"

讲　　理

禅是不能讲的，讲出口就不是禅了，天机不可泄露。理与之雷同，亦是不能讲的。譬如真理，它要求人们绝对服从；譬如人生大道理，无须讲则自明。而有些理是不宜讲的，讲了也没结果。

我的邻居中有一位老者，离休才一年，但在五年前就挂顾问职了。老人瘦瘦爽爽的，头发寸许，直直地在头顶四周，中间杂着花白银针，草草望去，像那种烤至半熟的芝麻烧饼。老人的左眼睛患白内障，最有趣的是他盯着看别人的样子，微微侧过头，全神贯注，专心致志，特像鸡。老人好下象棋，盯着棋子就像鸡琢磨地上的米粒，且三日不摆一盘，便技痒难忍，猛敲我的门，甚至不惜拉我喝上二两。老人情致如此好，棋理却不端庄，悔棋、偷子，常有瞒天过海的小伎俩。若与他计较，他便发誓，间或还发火，吹胡子瞪眼睛，不欢而散。但不过三日，便又来急迫地敲门。与这位老人是不宜讲棋理的。

那年，我在工作中和直接领导有了分歧，我便去与他理论，其实根本用不着理论，因为事实在面前摆着，明明白白是他的过失。谁知他竟两眼温和地望着我，嘴角洋溢着笑，一言不发地听我陈述、举例、证明。待我口舌发烫、津液全无的时候，他才坦白地告诉我："就按我说的办，要不你就换个单位。"听完这话，我连续几天耳塞目眩，感觉天都是灰灰的，辨不出个明细层次。那几天，每天早晨醒来，我都恶毒地诅咒，在他上班的路上，有一强壮的歹人毫无道理地揍他一顿，好替我散一散两腋下的怒气。

老人得知了这件事的原委，便邀我共饮。在我们双双耳热脸烫的时候，他给我讲了他的人生经历：二十五岁那一年，他被组织定为右派，开始时想不明白，一心一意干工作怎么就"右"了呢？后来又关了"牛棚"，差一点儿进了监狱，就"明白"了，以为自己真的错了，以为这惩罚是应得的。可在五十三岁那一年组织上给他"平反昭雪"了，在平反通知书上承认是"组织错了"，但这是历史的错误。也在这一年，老人的左眼患了白内障，成了名副其实的右派。

老人说："记住，不要和你的上司讲理，'理'的主动权永远掌握在他那儿。我是被冤了一辈子的，老了老了告诉我是组织错了，我三十年的青春没了，谁错了又怎么样呢？要是真的我错了，心里倒舒坦了。"

此后，我再没计较过老人棋技上的无理。在这位老人的眼里，人生已简单得只剩一盘棋了，既然在生活中一直没有机会悔棋，或偷个把子，在弈戏上也算过过瘾。

我找到我的上司，告诉他说："我走。因为我是对的！"

于是，我从石家庄到了西安。在这世间，上帝总默默无言，说话的唯有小鬼，可小鬼不说话还有什么可干呢？小鬼不坚持一家伙连小鬼都不是了。

谈　　心

我们什么都可以谈，唯独不能谈心。谈衣着，可以写服装史；谈住房，可以写建筑史；谈民俗，可以写道德史；甚至谈风月，可以写娼妓史。心是万万不能谈的，也谈不得，恋着的爱人，在公园椅子里相互拥着是无声息的，或"吻颈之交"，或唇齿相依，一旦双双呆着脸谈心，一定是感情的某处揉了沙子。还有更糟的，如果有一天顶头上司叫你到他的办公室，微笑着说："我们谈谈心吧。"这之后的下场不言自明。生活里有太多好谈心的人：见了领导说雄心，得了施舍说菩萨心，说同事是野心，说自己是平常心。心本来是在肚子里的，戴在头上总显得好笑。心不能当作旗帜使唤，有用的时候举起来，闲的时候卷起来。每每谈到世风人情每况愈下，习惯的形容词叫"人心不古"。穿长衫一定比着西装牛仔服的心地端正？我看不一定。汉朝董仲舒第一个开发了"圣贤之心"，尊孔子为"微言大义"的"素王"，并将仲尼先生送入孔庙，但被人拜奉的却是董氏。汉家天子"罢黜百家，独尊儒术"中的"儒"字姓董，而不姓孔。到了宋代，朱熹先生将"素王"的神像改头换面，尊为"王者之王"，重新和泥掺水，新尊的孔子面孔是"明心见性"，说穿了，其诠释的"四书"，不过是皇家心思的又一种普及版。顾颉刚先生曾有文章专门感慨,"先秦一个孔子,汉朝一个孔子,宋朝一个孔子",后两位"领太太恩典"的宿儒,由"谈心"而得君行道,在各自的朝代里。

两支球队相逢,一定要踢个胜负,纵是一场下来是平局,还要加时再踢,一直踢到一方开怀一方捶胸顿足为止,这是正常的心理。佛总在叨叨着要人静,静就是不取胜负,去净了妄想与尘根,事实上人是不能真正静下来的,大家都在心照不宣地往高处走,高处在哪里?高处就是不胜寒的居心之所。

小　　心

人身上有些小处可以审美,如小口、小腰、小手,有些则不行,心尤其不能小,一旦心小了,就潜伏着后患。

俗话说的小人,原本不是骂人的话,是指人身上自然存在着的许多小处。世间的大道理,每个人都明白:邻居家里起火了,少有不去抢救的;外族入侵了,国人立即拧成一股绳。在平常日子里,总有一些碎小的东西和自己过不去,说出来不值得,不说又在心里拗着、不安分着,像迈不过去的门槛,像翻不过的栅栏,又像在墙上骑着,风在左右难受地吹。古人讲的破心中贼,我觉得差不多也是指的这些。

西安的天总是灰色的,前几天见了一点蓝,正高兴着呢,第二天却降了温,很多人麻雀一样在街上缩着肩疾走。人是自然界最智慧的动物,也是最脆弱的之一,稍稍一点刺激都抵抗不住,这是人类最大的小处。我在黄帝陵见到过黄帝的一双脚印，比大象的足迹还结实，由脚印可能推断黄帝的身体有多么健壮。人的身体好，心地也相对要宽敞。晚上，我喜欢一个人静静地坐一会儿，随便想些什么，或什么也不想。有的时候就隔玻璃看月亮，月亮的变化是多端的，满月是一点一点地旋转着走，盈盈鼓鼓地悬在夜幕中，总有一触就掉下来的担心。而弯月的行走像一个人在后退，你看见这个人向你走来，却无法见到这个人的脸。如果是我心情特别舒畅的时候，这弯月就转过了脸，像唇在悄悄地笑，像花瓣，又像悠悠的小船。要是碰到心情郁郁不乐，这时的弯月就是冷眉，是僵住了的笑，又是半空中的飞刀。正是由于这样的念头，我得到一个认识：对外界外物产生了疑虑或敌视，差不多也正是心中存在着不当之处。

听说有一个乞丐，长时间在庙里吃施舍，渐渐有了佛心。一天，在树下闲坐着的时候，忽然觉得肋下痒，好像有东西在爬，伸手捉出来，见是一个虱子。这虱子奇瘦，没有一点血色，乞丐于是产生了慈悲心，走到领班的大和尚跟前说："大师傅，我没有能力养活它，你养活吧！"一边说一边把虱子往大和尚领口里放，和尚很生气，怒斥着让他滚开。乞丐伤心地离庙而去，此后再不信佛。

禅 识 语 录

耕云法师：禅就是生活。

泰戈尔：生如夏花之绚烂，死如秋叶之静美。

叔本华：要是有人敲坟墓的门，问死者愿不愿再生，他们一定都会摇头谢绝。

流行歌曲：生活是一团麻。

《现代汉语词典》：麻——大麻、亚麻、苎麻、黄麻、剑麻、蕉麻等植物的统称；麻类植物的纤维，是纺织等工业的重要原料。

1992年于石家庄

定　　数

定　　数

　　一个人身体发育定型以后再长出骨肉就是病了，增生的骨头叫节外生枝，肉叫瘤，非除去不可，这就是定数。

　　人的一切都是有定数的，两只眼睛，两只耳朵，一双手脚，在一个人出生后的岁月里各司其职，各尽其责。手长了六个指头因超编显得可笑，脸上剩下一只眼的人因意外地被精简机构而显得费神。此外，人脑袋上的毛发孔约十二万五千个，全身上下的大小骨骼共二百零八块，牙齿三十二颗，生物染色体二十三对。在街院的角落里，见到那类两眼间距宽，鼻音浓重，咬字不清不楚的或男或女，我们看一眼就会得出结论：这家伙少一对染色体。这种天生有欠缺的人，长大后的外貌差不多一个模样，极容易辨认。我大学毕业分到河北承德时，住的宿舍楼下面就时有这样的一个人晃来晃去。后来到了石家庄，在我住的家属院里又活动着这么一位人物。两个人都是女的，长得像姐妹一样。这种先天的缺乏，是后天无法补救的。

我们现行的是一夫一妻制，想要再娶再嫁必须先离异，否则就会触犯重婚的律条。

我们每天生活在严格的秩序中，一年有十二个月，一个月有三十天或三十一天，还有二十八天的特例，一天有二十四小时，每小时有六十分钟，每分钟有六十秒，我们的心脏便随着一分一秒的跳动消耗各自的宿命。我每天早晨八点钟走进办公室，下午六点钟以后的时间才属于我自己。我在办公室坐的是硬木椅子，上面配一个软垫。主编在我的隔壁，他坐的是藤椅，这一切也是定数，我没有理由为此气馁。我出差享受的报销标准是硬卧火车票，每天睡三十元以下的床，我的月工资是二百五十六元，每过一年就增加一元的工龄工资。

整个地球被陆地、海洋这两种物质分割着，分为五大洲、四大洋。这个地球上最聪明的哺乳类动物——我们人类的野心一天比一天膨胀着，一天比一天不知好歹，在地上和地下危害着地球上的一切，多种动物和植物灭绝了，应运而起的是连绵不绝的地震、火山喷发和疾病，现在我们智慧的魔爪又伸向了太空。我们这个星球是太阳系的一颗小球，太阳系有八大行星，水星、金星、地球、火星、木星、土星、天王星、海王星，我们人类在第三条轨道绕太阳旋转，每个人每天坐地日行八万里。太阳系之外是银河系，银河系之外是浩渺的宇宙。太阳系是银河系的一片云，银河系是宇宙的一阵风。

所谓定数就是说，我们身居的这个星球是属于全体动物植物的，我们每个人宿定享用其中的一份。如果我们遵守这个定数，并且三日一省吾身，差不多可以活到七十岁或八十岁。如果有多贪多占的想法，就说不好什么时候与世长辞了。

级　　别

　　级别是特权，是人为的东西，却又极在乎自然而然。人可以去争取到世间其他的一切，唯有级别是不宜争而取之的。一个士兵可以公开地说，不想当将军的士兵不是好士兵。但这个士兵做了校官之后就不敢说了。

　　级别这种东西，如果是费了心机争取来的，便极不可靠。一个人或许可以一夜之间因"飞来横福"而荣耀至极，一定又会很快被这种横来之福折损了腰骨，中国大历史里这样的例子多之又多。

　　级别是世间最可怕的东西，却有着最美妙的秩序，人伦中尚有乱伦的孽障，级别却是稳如台阶，一磴一磴的，不允许有丝毫的差池。当年赫鲁晓夫才就任不久，在一次会议上痛数斯大林的种种暴行。在他言辞如雪崩的间隙中，与会者传到主席台上一张纸条，上面写着："当时您在哪里？"赫鲁晓夫念完这个纸条，眼光扫了两遍全体与会者，问："这是哪位写的？"台下一阵寂静，"请这位同志站出来！"他又说。台下仍是一片寂静，过了好一会儿赫鲁晓夫微笑着说："我当时就在您现在的位置。"

　　一个进城卖菜的农民，晚上收市后到浴池去冲凉，才涂抹了满身满头的肥皂站在喷头下淋浴。这时挤过来一个瘦小单薄的人，身高马大的农人闪出半个身子，以便俩人共浴。

瘦者却一臀努开农人，独自洗了起来。农人恼怒于脸不可遏止，一抗膀子将瘦子搡出几米。瘦者定睛看看农人，转身跑回更衣室取回一顶大盖帽，往头上一扣，朝农人当胸两记勾拳，可怜的农人立即垂下高大的头颅，倒退着让出了喷头。这是级别的一种普及版形式。

级别是外在的东西，类于酒馆门前的幌子。川鲁淮扬的菜系名分是要临风招摇的，否则的话，就会有一系列的尴尬喜剧发生。我们在两次设授军衔之间的"官兵一致"时期，曾有过一件事情发生，当时部队的服装是整齐划一的，区别仅仅在于上装，士兵两个兜，干部四个兜。某独立团新任命一个政委，团里为欢迎新政委上任决定召开一个茶话会，于是派出一副连长到城里采购物品。不料在返回驻地的途中发生了车阻，胸宽体阔的副连长耐不住焦躁的等待，便走到前边查询情况。恰好最前边是一辆军用吉普车，他拍拍车门，瓮声瓮气地问："这是怎么回事？"话音才落，车里立即跳下一名细瘦的军官，立正敬礼之后，说："报告首长，前方三百米处一座桥被山洪冲坏了，现在有关方面正抢修。"桥修好后，车阻解冻，副连长很快便回到了驻地。第二天的茶话会上，他没有料到前一天给他立正敬礼的就是政委本人，他像一条被抛上岸的鱼望着水一样望着细瘦的政委。同干部们一一握手时政委也认出了他，先是一愣，随后便笑了，并且很亲切地拍拍他的宽肩。时间不长，这位可怜的副连长就转业到了地方，因此，级别是丝毫不能模糊的。

级别又是内在的，内在的程度已深入骨髓，尤其在我们国家更是如此。职员与上司之间不仅仅是同事，也不仅仅是隶属关系，还有老师与学生、家长与孩子诸因缘。我们传统中的"官"字后面还附有"老爷"字的，一语点透了其中的症结。在平常的生活里，级别的内在威力也是无处不在。比如某次会上，一位属下给领导搬椅子坐，这被认为是很正常的事情；如果反过来，领导给属下搬来椅子，便会视为领导的美德，该属下也会因此而"泪流满臂"。

　　级别是实实在在的，就像一片树叶的筋脉，纵使叶肉枯黄萎烂，这筋脉的经络仍是清晰的。我认识的一个人，初次见面时递来的名片上赫然印着某某八十一代嫡孙。级别又像家庭主妇客厅门侧的鞋架，主妇乐意放哪双鞋就放哪双，无所谓合适不合适，并且想穿哪双就穿哪双，取舍完全在乎主妇的一双秀手。如同眼下的机构调整，问题出现了就增设一个机构，问题解决了再删减掉，因此，级别又是虚幻的，比缥缈的云还虚幻。

　　于级别最重要的是本分，也就是说本分只是对级别而言的。如果你是一个科员，你的职责范围就是一张办公桌，一心埋头做好便是，办公桌之外的事情最好不要问津，因为你办公桌对面有科长坐着，科长的权限也是到办公室的门口而止，处长或局长才可以统筹整座办公楼，县长的翅膀笼罩着全县的青天。如果威严与德行已涵盖九州，才可以统筹九百六十万平方公里的陆地，这便是本分。所谓非分之想，就是指一个职员总替科长操心，或一个科长总在关心着其他的办公室，这种越雷池的行径造成的危害随着职权的升高而加重，如果已经官至紫禁城下，恐怕要有水火之灾的。

日常生活里，我们见多了一些人对他们的上司曲意逢迎、阿谀奉承。这不足为怪，因为他们想谋求上司的位子。在上司面前连骨头都变软的人，心多半是黑的，为了遮藏黑心肠，才厚皮曲骨。现代社会有谁生来就想做奴才的呢？在这一点上，人的品性远不如动物，动物间的等级是公开地通过竞技比赛得来的，因而是公平的，也是文明的。如果我们选拔干部也采用类似的办法，是不是要减少许多幕后的脏交易？但这是组织部门的事，对此我不想多说。

猪　　性

一种动物的名称被另一种动物用作相互谩骂的代称，是前者的大不幸，也是后者的不道德。猪的悲哀是被我们看不顺眼，横看竖看怎么看都是劣等种族。我们吃它的肉，啃它的脚，穿它的皮，甚至连它的五脏六腑也不放过，一边享用一边抹着油嘴沾沾自喜：猪的浑身都是宝。猪是把自己的一切全部贡献给人类的，自身没有丝毫的保留。事实上这该是猪之所以悲哀的实质。比如老虎，是赢得了人类的敬而远之的，因为它勇敢生猛；比如熊猫，是赢得国家级的爱戴的，因为它生就那么一张可人的嘴脸。一种动物，当身内身外什么都没有了，什么都寄托在别人身上，这种动物也就贱了。

对人来讲，猪具有蠢笨懒脏的社会意义。一个人对另一个看不顺眼，在表示最大的鄙夷时，背僻处便撇撇嘴：猪一样！任何事物都是相对的，动物们也不例外。设想在猪界，对一些城府幽深、心黑爪狠，又自作聪明的猪，他猪也会哼哼以鼻，撇撇臭嘴：人一样。

猪实在是一种有趣的动物，你若是平和地与它打招呼，它至多哼哼鼻子，算做了应答，好像有多么不情愿，摆出一副领导的架子，该躺着还躺着，该卧着还卧着，眼睛睁都不睁。你若气不过踹它一脚，或捉着它时，它的反抗又像掌握不了自己命运的角色，扭着黑脖子撒泼耍赖。可是猪悠闲的时候简直妙不可言，有板有眼地哼着小曲在泥水里逍遥，或慢摇肥臀闲庭散步，小尾巴一甩一甩的，全然那类除了美丽之外一无所有的明星接受电视采访的模样。

我是极喜欢《西游记》的，远胜过对《红楼梦》的喜欢。在吴承恩的笔下，人世间的万般感慨皆调笑着涌了出来，一颗童心发源于太多的辛酸之后。作家别出心裁地把"严肃"这个词放在猴子身上，这是实实在在的高明，这本身就实现了佛家的"空"字。孙悟空身上贯穿着正直、正义与正气，而且无私也无畏，最终却进不了佛的门槛，被佛耍了，被人耍了。我喜爱这本书正是在于作家道出了活人的艰难。

猪八戒的形象集中了人身上所有的可爱与可怜——贪、懒散、无能，还时有小人之举，在悟空受屈时，趁机朝猴背上扔几块妒贤的"小石头"。八戒还是个情种，对女色没有高矮胖瘦的选择，无论异化为村姑的白骨精，还是妖娆放浪的蜘蛛女，在美女面前他便迈不开步子，或流着长涎呆呆痴立，或幻作鱼儿在美腿间戏水。八戒的这种情致与宝玉吃胭脂是一脉相承的，区别仅是宝玉面目出众，自有色来媚他了。八戒的可爱之处还在于他是有家庭责任感的，纵使好色，但终日心念的还是回高老庄，与员外之女温夫妻之美，而不是去盘丝洞，或白骨洞，而且常有舍弃西天大业的念头，这更是一般有志男儿少有的了。在遥遥无期的西天路上，设想要是少了八戒，另外的几个要多么寂寞呀。

我从石家庄只身调到西安，妻子、女儿仍屯居在原籍，和家里通电话时，儿女总要甜甜地问我归期，这时的我纵有千般感慨，却梗于口内说不出。每次回家之前，便向朋友们如此道别："我要回高老庄了！"

苦　　住

"日食三餐，夜眠七尺，所求此外无他"，这是明朝齐东野人的遗句。人生一世，想想也不过如此，吃是最重要的，一个人从生到死，每天坚持干三回的只是这一张嘴。此外就是住了，纵是立锥之地，也要有一处。乡野村人一辈子最大的心愿就是给儿孙留传一处好房子。皇帝自有三宫六院，但是即位不久，就开始盘算着建造陵墓。尽管他权重九五，却不能保证到阴界还有房住，因而他要提前妥善准备。

我们中国人在住处上的讲究是十分严格的。帝王家为宫为殿；乡绅称宅称第；旧时的大户人家，发妻被娶进正屋，庶妾即便权倾一方，在扶正之前也只配住厢房偏院，这秩序不容有毫发的差池。而眼下的时尚是，局长住三室，处长住两室,公务员住筒子楼。如果一个厂长让老工人优先选择新居,这便是他的施政美德。美国总统的住处叫 White House,原意是白房子,内涵公平理论、消除等级权限的美国精神。我们却译为"白宫",这自然是出于我们的观念。婴儿最早的居住地叫"子宫",这也是我们中国人的观念。"天地之大德曰生",我们每个人在落草混世之前是享受王者待遇的。

我从石家庄到西安,在一家杂志社任编辑,一间小房,宿办兼并,却也怡然,因为我没有睡到马路上去。有一段时间,我曾急切地劝说妻子也调过来,但那时,妻子新分到了三室的房子,我那念头便黯淡下来,理由充分地继续过两地分居的日子。

我认识的一位小说家,名气大,住房却小。亲朋好友来访,夫妻两个便在门厅走廊处搭一张简易床挤睡,窄仄的床,两人只好倒错了头脚对眠。一天夜色阑珊,小说家搂着妻子的腿不慎生了爱情一回的念头,便用手指在妻腿上划字:你过来。妻子担心惊羞了隔墙的客人,反手拧小说家的腿。欲念这东西是拧不走的,小说家便一遍一遍地划字,妻子也一把一把地拧。功夫不负有心人,无奈之中妻子转头过来,与小说家"苟且偷美",仓促了事。后来,小说家将这细节写入他的一本小说。

我所在的这座城市郊区地带,耸起了一片片的新村或小区,这些建筑新颖而且奢华。通往这些建筑的过渡地段多为正改造的老城区。人老了叫人尊敬,房子老了却叫人感觉着危险。在这些地段上,打老远就能看见漆写的"改造旧房,造福人民"的红牌。走到近处，每处房的墙上又有白粉刷的圆圈，中间一律是粗黑的"拆"字。在这些"拆"字的旁侧，一片片残存的壁上，偶尔也见到"宁折不拆"的宣誓。老房子外人看着危险，自己却心愿固守，满脑子"祖宗留下来的"想法，这也是我们的传统观念。

一个朋友给我讲了这么一件事情：在北方一处深山老区，散落而居的几百户人家为衣食所困，代代辈辈挣扎在温饱线上，是国家重点扶贫地区。无奈山瘦地薄，荒榛荆棘也不情愿在此落草而活，有关部门便设计了迁徙方案，在内蒙古河套区域选择水沃土厚地带建了房屋、学校、商店，以及必要的交通水利设施。临到搬迁却有了障碍，所有人家都提出了迁祖坟的要求，至少上迁一代坟骨，迁不走的远祖由国家组织每年清明时节归土祭拜。此事由此搁置下来，四年不得解决。

中国文人也是有恋贫传统的，这从书房的斋号中可见一斑，如苦雨庵、陋室斋、无为居、敝心斋、缘缘堂，与政客的"明镜堂""明正居"一比较，即可见出端倪。古人们居朴卧陋不是因为有了佛心，而是因为没有办法。杜甫的最大理想是"安得广厦千万间，大庇天下寒士俱欢颜"，他的这首诗是在被秋风吹破的草堂里写就的。当初，还分房子的那些年，文化单位最难办的事是分房子，房子一年盖得，四五年分不下去。我有一个朋友，在单位分房子时，费尽心神，左右逢源，甚至不惜去主管领导家里每晚静坐，终于谋得一套三室房子。一天，他请我到新宅小酌，客厅墙上张挂着某名家题的"无为"横幅。我说"书法是好，只是字不妥帖"，朋友问什么字才妥，我提笔在一张废纸上竖书：战利品。朋友笑后小心收起，叠声连叹墨宝。

唐代诗人鲍溶，出身寒门，曾经屡试不第，晚年才中进士。一度在长安城饱受冷落，愤懑中写了一首赌气的诗，"零落池台势，高低禾黍中"。其实，这样的诗该由贵胄人物写，鲍溶此时在落魄潦倒中写了，我读着总有点诅咒的味道。

腌菜与黄豆同嚼

在梦中，如果我们见到自己沾了满手满脚的大粪，而且怎么迈步也找不到一块干净的地方，第二天早晨醒来，我们差不多就要欢欣鼓舞起来，因为这兆示着在近日里会有意外的财运。但如果在梦中见到自己有数不尽的钞票，接下来一连几天都会心惊肉跳，因为这又是一种凶相，兆示着将有突如其来的灾事发生。清朝顺治十八年（1661年），金圣叹的"哭庙案"发前的一个晚上，他梦见家中每一间屋子都堆满了珠宝箱银，疑惑惊喜后定睛再看时，这些珠宝又在顷刻间不翼而飞，仿佛全部涌到自己的书房。他陷在金镶玉砌的书房里，每迈一步都踩在元宝之上，硌得脚心生疼。金圣叹是古今闻名的大不拘文人的典型，一生倜傥不群，为人怪谲，自负人才，肆言无忌，但这个梦却让他生了谨慎小心，也做了心理准备。因此，当以"叛逆"的死罪入监时，他始终显着"局外人"式的高人态度。

有一句俚语叫"视金钱如粪土"，从积极的意义上去理解，这是一句解梦的话，梦幻与现实之间虽然仅是一睡一醒的半步之隔，却有着隔世之遥。如此的因果却也合辙于一条生存的道理：如果把一件事情幻想得过分美好，结尾时总是不尽如人意，甚至惨悲，相反，如果把事情看得实在一些，把结局看得淡泊一些，再清苦的境遇也会活得有滋有味。我知道一位老人的事情，他是我父辈的朋友，他一生坎坷，1949年前是做"反战"工作的，意即深入敌人内部的我军谍报人员。因为有一件事情说不清楚，可做人证的那个人早已经就义，在一九五八年他被解除了职务，一九六七年又被关进监狱，直到一九七六年他交出了就义者的日记才算彻底澄清了问题。这位就义者是位女性，当时，他们是以"夫妻"名分开展工作的，那本日记记录了诸多史实，同时，记录了他们情感生活的许多不愉快，他是迫不得已才交出日记的。出狱后他被安排在北京某部，恢复了以前的副处级职务。面对自己的苍颜白发，他感到失去的东西太多，为找回几十年的青春，经过多方面的努力与挣扎，终于连晋几级，谋到唐山一家部属企业的要职。但是，天公不作美，他在上任的第二天晚上，即一九七六年七月二十八日，永远地长眠在那场大地震的浩劫中了。这位老人多半生为情所累、为情所苦，最后又丧命在为找回"丈夫气概"的最后一搏上。这位老人的悲剧在于把人生中某些重要的东西看得太重了。

　　我父亲好酒，却不沉溺于酒，不是酒徒的那类人，现在他已去世多年了，成了地道的酒鬼。我对他最早的记忆就是拎着酒瓶去店铺打散酒。父亲的酒瓶是医院用的葡萄糖输液瓶子，它的特别之处是瓶子内浸泡着黄瓜。我父亲有好几个这样的酒瓶子，每个里面都泡着黄瓜，最大的足有瓶子的三分之一那么大，装满酒，黄瓜在中间悬空着就更显得壮大。酒是不能等瓶子喝干了底才买的，要随喝随续，因此，我差不多三天两头跑酒铺。黄瓜有两种，一种成熟于春夏季，皮绿，腰身多弯弓。另一种在中秋节前后才上市，黄皮，腰身直挺，比前一种短粗。秋黄瓜被酒泡得时间久了，晶莹透明，金中有碧。

父亲在我家院侧辟了一小块地种菜，用木棍或竹棍围成篱笆，早晚拾掇。菜园子不大，菜类却多，长势也好。韭菜、西红柿、茄子、辣椒，四周的篱笆上爬满了豆角秧子，而黄瓜是必不可少的，两种黄瓜都结得琳琅满"架"。我父亲每年都要制作酒瓶，当秋黄瓜才有小手指粗细时，他就取来瓶子套住黄瓜，用细铁丝和木制三脚架小心翼翼地固定好，黄瓜便在瓶子内一天天成长了。长到觉得满意的时候，他用剪子剪断瓜蒂，一个酒瓶就玉成了。这工作是细致而麻烦的，父亲却做得津津有味，他每年都要做十几个，多数是因为黄瓜的造型不悦人意而报废了，或瓜的颜色不正，或瓜的样子畸形，也有长着长着就蔫了的例子，不过这样的时候特别少。这样，最后的成品仅四五个。新酒瓶制好后旧的就退役了。童年时候，我的最大乐趣就是欣赏父亲做这些酒具。长大后我才知道酒中泡参是于身体有补益的，或许父亲以前是喝泡参酒的，后来世道变迁家里变穷才泡了黄瓜。开始的时候可能父亲仅是出于对参酒的渴念或生活的一时乐趣，后来便渐渐养成了性情，这实在让我在心中敬仰父亲。

一个人把生活的磨难看淡之后，是可以变被动为主动的。当年金圣叹被判"斩立决"绑赴刑场，监斩官在临刑前问他是否还有遗言要说，金圣叹想了想，转身向刽子手要了笔墨，工工整整地手书一函，此函是给妻子的，内容是："字付大儿看，腌菜与黄豆同嚼，大有胡桃滋味，此法一传，吾死无憾矣。"

红　酥　手

我几乎是一无所有的，但有一个称心的家庭，妻子宁静守心，女儿聪颖可爱，每每推门回来，一种实在具体的"家"的感觉就盈满周身。这是我的福分，经常令我生出无所不有的充实感觉。生命本是极有意思的，不同的是有的人没活出意思来。譬如说感情这事情，它是一人一世的根。但感情只有在真的时候才可爱，才生爱意。一个人号叫着来到世上，在尘土中滚几十年，再回归冥冥世外的时候，可能带走的东西仅有感情，至于其他的，连帝王也没有能力带走，无奈之中刻在石碑之上，等着它日后硬硬地烂掉。

感情是最持久的真实。人们住的房子似乎是坚固的，却随时有拆迁的可能；日夜而伴的家具是伸手可触的，却会因破损而更换；四季衣服总有一朝会褪色，生身的父母终会撒手西去，甚至皮肤要老化，眼睛要花，耳朵要聋，牙齿要脱落，连本能的生殖力也会逐渐减弱，直到完全丧失。而唯有心底的情感真正地忠实于自己，一天天厚积起来，一天比一天可靠。一个连七情六欲都没有的人，再不可能有真实的东西了，因而才实现了佛家的"空"字。

感情也是最说不清楚的东西。比如一双欢好的夫妻，两个人之间像优质胶水，透明、浓郁，且粘连相融。一朝分手，这些东西即刻化为乌有，如瘪了的气球，感情又是最普通的东西，无所谓伟大的爱和卑下的爱的区别，一切都是因人而论，都是因人而异。伟人是因为其功业及性格才是伟人，而绝不是由于爱情。家庭女性的爱情可能更专一些，因为她们没有更多的事情分心。事实上，就像该吃饭的时候就吃饭，该喝茶的时候就喝茶一样，有了可爱的人就去爱。情感是一个人生理及生命的必需，此外并没有什么特别高尚的需要。陷入感情囹圄的人是不思茶饭的，同样，饿鬼一般的人也不可能有健康正常的爱意。

古典文人有一个最高的享受境界，叫"红袖添香夜读书"。梁实秋先生品评说这种境界不好，人在夜凉读书时有一双红手在左右晃着，心神会飘曳不宁，是读不进去的。其实这句话概括的是一种闲情，是一颗闲心。这里读的不会是科举应试前的书，不会是晋级晋职前的临阵磨枪。中国文人是讲求闲适的，所谓闲适就是性情上的疏懒。中国文人的"懒"是格外著名的，功成名就的文人纵情山水之余，是乐于侧躺在床上乱翻书的，这就是我们的书是竖版印刷的根源，纸质地柔软便于线装，左右分行，可以卷起来读。西方的羊皮套封、硬纸插图的精装是必须在书桌前正襟危坐而读的，躺着读有举重之苦，也有砸破头之忧。一个人饱茶之后，侧卧在睡榻上信手翻看得意的书，再有心爱的人熏香伴着，不时地有花拳绣手轻轻捶着腰腿，这心境自然"美不堪言"，而添的这"香"更多的是一种感觉，源于一颗爱心，止于一种闲境。

　　陆游词句中"红酥手"三个字，更多的也是源于这种感觉。酥的不是手，而是心。一次，我去北京一家餐厅吃饭，那一家门面不大，却是装潢典雅，一色的仿古黑漆桌椅。坐在角落里，听着激光唱片旋转出来的丝竹乐，我觉得自己也成了仿古的人。这家餐厅菜单的名称也很古雅，没有鱼香肉丝、葱白豆腐这类俗称，一律的仿古诗句，唯一的遗憾是让人有些摸不着分寸，不知将要吃的是什么东西。我斟酌良久才点了一道"红酥手"，点后我问服务小姐是不是一道甜菜，小姐嫣然一笑拧臀而去，很快，她就给我端来一盘切成两半的猪蹄。这道菜做法简单，却也不失匠心，先把猪蹄红烧做熟，用刀竖切两截，再过一遍热油即成。

　　我一边吃，一边感叹对爱情的这种最新注解。这家餐厅在前门大街最近的一个胡同，径直往前走五十米，向左一拐就是。

情　　话

　　情最不讲究分寸，来了就劈头盖脑，遮天蔽日，更缠绕不止，挥手不去。也最不讲面子，说走就走，一点不留，尴尬苦恼，任你万般无奈。情最不讲理，一旦心定，便雷打不动,风吹不摇。古人不得已,曲解出一个成语:通情达理。

自古至今把情弄通了的,又有谁呢?

一个人从出生到人死,犹如穿过一个烟缭雾绕的胡同,宇宙是宇宙,世界是世界,地球是地球,这些大概念距离人们很远,人们至多沿着旋拧的窄道左右张望罢了。更多的人顾不得张望,低头为了活着忙忙碌碌走到呼吸的尽头。有闲心观察左右的便是高人。全心全意向外看,众人拥着他前走的便是大人物。这类人是不可多得的,多了世界便乱得不成样子。

这个胡同是渺茫不定型的,差不多是虚幻的,因为你的房子要倒塌,你的衣服要损坏,你的牙齿要脱落,你的秀发要衰零,你要出现更年期的烦恼,你的例假要结束,你的生殖能力要丧失。终究你会一天天老去。对于个人来讲,你身边的一切都是暂时的烟云,过眼便会逝去。唯有一点东西是永不褪色,且愈来愈浓的,那便是情。

我见到一位垂死的人,他才四十岁出头,远不到该死的年龄。二十几岁大学毕业,分配到一家大机关,从小职员位子上一天天做起,终日勤勤勉勉于本职业务,对上峰屈己含眉,对同事宽宏大量。经过二十年的拉锯考验终于博得信任,在宣布将主持机关大任的委任状前一周被送进了医院,积劳成疾,一纸诊断书把他从活人的花名册上抹去。临终前,他极度歉疚地望着妻子儿女,似乎他在无言地忏悔,那无数个紧张的日子,有几天是为他们活的呢!许多节假日他都是在办公室里过的,这份深深的忏悔该是多么无望。我以为凭借我的智力，恐怕不会多么深入地理解无情无意的僧尼们的妙境的，遁入空门，即是不求人生的意义了，仅守住本命一条，在思想上如小猫或大象一般自自然然地活在世上。我对自幼出家的和尚才持有深深远远的敬意，以为他们才算正宗字号。

圣人忘情，小人不及情，凡人钟情。圣人孔丘一生谋政，成功达业，留下大德大言传教于后人，但他的金身玉体有一个大污点——这就是对女性所持的天然偏见态度。他的核心观念是：在世上，只有小人与女子难以相交相处。离得近了，他们便忘形；离得远了，他们又幽怨。孔子以女人为一种特殊的生物，与生俱来该遭受道德惩罚的。孔子在日常生活起居里，对妻子的要求极端严格。孔子是个美食家，早中晚三餐在花色品种上不但各具特色，且要"食不厌精，脍不厌细"。在饮食上如此，在穿衣配色上孔子又制订有细致的衣谱，内衣、短衫、长袍，及配用的颜色、款式是依据定式布局的，不能有丝毫的篡改。因此到了晚年，孔夫人忍无可忍，寻空改弦易辙择路出逃了。

我十分欣羡古今那些至情之人，虽然我一直反感自杀这种最不人道的行径，但暗下还是为殉情者击掌，这几乎是自杀中最可以理解并且原谅的理由了。焦仲卿、刘兰芝双双孔雀东南飞；梁山伯、祝英台幻作比翼的蝴蝶，舞着悠远的古曲；那胸怀窄仄的红楼大梦中的林黛小玉咯血于宝玉的婚日。这些人都是很够格的情种。最杰出的范例莫过于为情而失王位的英王储温莎公爵，他晚年自在自然的生活，远远地胜过唐明皇李隆基处决杨玉环之后那些泣泪的阴郁日子。

在清朝的大礼中，夫妇间的温情蜜意不要说在社交场合不能显露，便是在家里，在父母身边，那炽火也须严密封储的，稍不慎的话，一旦纸没包住火，公婆的铁面孔便重重地压在媳妇心上了。梁实秋先生有过这样的描述：儿子自外归来，不能一头扎进闺房，那样做不但公婆瞪眼，所有的人都要竖起眉毛。他一定先到上房请安，说说笑笑好一大阵，然后父母（多半是母）才发话，"你回屋里歇歇去吧！"儿子奉"旨"回到房闱。媳妇不能随后跟进，还要在公婆面前周旋一下，然后公婆再度开恩，"你也去吧！"媳妇才能走，且是慢慢地走。如果媳妇正在院里浣洗衣服，儿子过去帮一下忙，到后院井里用柳罐汲取一两桶水，送过去备用，结果定会招致一顿长辈的唾骂："你走开，这不是你做的事！"半个多世纪以前，有一对大家庭中的小夫妻，十分地恩爱，夫暴病死，妻觉得在那样的家庭中了无生趣，竟服毒以殉。殡殓后，追悼之日政府颁赠匾额曰"彤管扬芬"，女家致送的白布横披曰"看我门楣"！

可见，情是一种自然自生的精神。它和任何东西无关，只和生死粘连在一起。它与时间、历史、荣辱、善恶都无牵扯。它既可能是一个瞬间，也可能是一个永恒。总之情不是运动着的，它掷地也无声。一旦掷出去，便再也回不过头来，即使回来，它也是伤鸟一只，羽毛失去了原始的灿烂的光亮。

1993 年于西安

坐　　唱

坐　　唱

　　我的家乡有许多条河，旱季流水平直，缺少起伏，到了雨季水势高潮的时候，也不仗势肆虐。有的河已经多年没有了水，仅空白着河床，却仍戴着"河"的冠冕，像大清河，像滹沱河，那里的人民很念旧，好像对待一个老朋友，他已逝世了多年，仍不肯从通讯录中删去他的名字。傍着河畔，散落着形形色色的蒲柳人家，在人家与人家之间活跃着一种民间曲艺，叫坐唱。它的模样大抵类乎于数来宝，几个女子横坐一行，双手持着月牙儿板，伴着明快的敲打节奏，或说或唱，那情那景真是盎然逗趣。在我的印象里，舞台艺术涉及说唱的，表演的人多是当堂站立，坐着开腔的南边有苏州评弹，北边好像仅有它，它的名字也直观易记——坐唱。

　　我们的传统是非常看重坐的，"坐"稳、"坐"好是一种境界，也是一种成果。老僧人定心如枯井叫坐禅；枝满月圆悲欣交集的一瞬叫坐化；打麻将手气好要坐庄；一个生命的初始，男精女血入子宫扎根落户叫坐胎；龙子龙孙同室操戈相煎也急登了皇位，不叫为人民服务，而叫坐江山，如此多娇的江山竟成了臀下之物，因而帝制的颠覆也是孽缘自造，迁怨不得旁人。

中医行业叫坐堂，如果此谓始于汉代的话，我想该始于医圣张仲景。张老先生是世代被尊的医圣，当年却是政府官员，是汉末的长沙太守，在任上旁通岐黄，医德医术名重朝野。他的公堂兼做了门诊部，常常拥炉而坐，望闻问切，办案子的同时捎带着把病也治了，政医连理，济世又救人。

机关的人叫坐班，因为过去机关没有太多的事可做，只好闲坐着。有客人来访，或大动宴请，或友情小酌，餐桌上除了访客和主要领导，其余的人一律叫坐陪。旧时的宠臣到了殿上，如果蒙恩"赐座"，一定会千恩万谢泪流满面的，因为他不必像其他臣子一样学生般地被罚站。鲁迅小说里的孔乙己是站着喝酒唯一穿长衫的人。有些场合，坐着是象征身份和地位的，有些情景正好相反，恰是代表着人微言轻和无奈。一个朋友的职称指标被上司挤占了，这人便每晚到主要领导家里静坐，七点钟新闻联播开播准时登门，电视主持小姐说"再见"后才离开，中间的几个小时里，他不说话，不喝水，不抽烟，如此坚持一个月之后，他评上了职称。静坐是弱者的无言抗争，是最大的无可奈何。

以前的戏园子出售两种票，一种坐票，一种站票。坐票不必细说，花红柳绿的纸头一张。站票是一根签子，竹子的或木质的，戏瘾大又没有钱的人，把几个铜子小心地递过去，签子就从窗口嗖地飞出来，抱着签子到入口处交给验票员，歉着笑脸说些软话，以期望被人领进去后分配给一块既不碍众人眼，也不碍自己眼的立锥之地。时下天安地泰，歌舞升平，"舞低杨柳楼心月，歌尽桃花扇底风"，歌舞厅的小姐也重用了"坐"字，俗话说"三陪"，雅称叫坐台。

守　　拙

守拙是古典的崇高心境，对聪明人是求雅，对老实人是本分。守住了拙自然好，可以素素朴朴地做个真人，一旦守不住可就庸俗了。清人傅山的写字观是"宁拙毋巧，宁丑毋媚"，说的也是这个道理。从前有一个京官摄政西安，大概是明代的事吧，我记不确切了。初到新任，礼仪四周，想来是深知西安的官不好硬当的真谛。一日闲了，邀约人物登临华山，官人上山不比我们平民百姓——我们是性情，是赏；官人是求保佑，是拜。华山的险峻是众所周知的，好在官人有众随从烘托着，上山的路程纵然艰辛却也顺利地到了山顶。隆重的仪式结束后，要返回的时候，这位官人望着陡峭的来路，心生恐惧，脚心凉凉地不敢往下走。领导又不宜当着众属下表现胆怯，腿脚虽软牙还是硬着，环顾左右，朗声昂昂地说："摆酒过来，不尽性喝几杯，岂不枉了华山这英雄景色！"这位官人平常是有些酒量的，众人铺张宴席后，他便一杯连一杯地喝，喝一杯酒令左右咏一句前人写华山的诗，古诗一口一口地被诵尽了，又是北峰敬三杯，西峰尊四杯，一直辛苦地喝到烂醉如泥，被差役抬抱着下了山。这位仁兄的拙便是没有守住，给后人遗了笑谈。

我平素不好读书，却爱饮茶，长在北方，却偏爱南人的绿茶。前几天，动了喝正宗龙井的大念头，趁着清明前，慌着跑到西湖侧畔的龙井村，待问清价钱后，心立即灰了一半。当年三月下旬，杭州天气忽然恶劣，破了百年例，而且降了三月雪，茶叶歉收，上品的茶稀罕成了黄金。实在舍不得空手回去，赶了几千里的长路，为的就是这上好的明前茶呀！下定决心买了一些，带回来做了纪念。饮茶是雅事，但雅出风度是要付得起代价的。这件事让我想出另一层道理，有的时候不雅也是守拙。譬如刘姥姥进大观园，把乡野的东西带入了钟鸣鼎食之家，她把拙守住了。

不过，看茶艺师守着茶炉极造化地焙茗，看新采撷的松散叶子一点点收敛起锋芒，也实在是好享受。

卖　　坐

旧时候有一位勤勉的读书人，苦心明志，虽世变身更，仍潜心著述渐成大学问家。皇帝感念其德识，封官厚爵的同时，御赐他一把紫檀座椅。读书人看重福禄，更看重这把椅子，像现在的冠军看重奖杯一样，因为它不再是一般意义上的椅子了，而成了学术地位的代表。逢年过节或隆重场合才让自己的屁股小心地坐坐，平常的日子则摆在宗祠显眼的位置，让家人和友好敬敬地远望。遗传至第十五代，也可能是第二十代，家道衰落下来，土地一亩一亩地变卖了，房产也一间一间地抵出了，显赫与富庶水一般流走了，最后仅存了这一把椅子。这一代的子孙为了糊口，不得已开始出租这把椅子，交50个铜板，可坐一个时辰。消息传出，远近发了横财的粗人纷纷前来，每天掏钱租坐的队伍在门前排出老远。见到这情景，一个有经济头脑的邻居仿制出第一把椅子，每天依样守着门口出租，客人只要出30个铜板，就坐一个时辰。等不及坐"正宗"或贪占便宜的人被引了过来。很快，第二把仿制品露面了，接下来，又有了第三把、第四把，不久，整条街家家户户都经营了这生意。临街口的那一户，干脆在院子里摆了十把仿制品，来的人只要肯出5个铜板，就可以坐整整一天，并有茶饭供应。

现在，这个小镇已发展成一座现代旅游城市，来此观光的人，在大街小巷任意一个摊位上，都能买到这种造型的椅子。它已被微缩成钥匙链上的配饰，做工精美而古朴，一块钱可以买到两个，如果你买的是其他较为贵重的物品，不用你说，小贩就捎带着赠送你一个。

近日，又读到曹聚仁先生一个短文，叫《圣彼得大寺》，颇有感慨。辑录一段做虎皮："历史上有名的建筑物——圣彼得大寺（圣彼得大教堂），她的窟窿开出十六世纪以后的新作风，伟大建筑师Bramante（指Donato Bramante，伯拉孟特）是她的设计者。姑且不说这些，这些该让美术史家来说的。这个大教堂的建筑，在尤利乌斯第二手里已经开始，约略成一半，他便去世了。他的继承者利奥第十，想完成这件大工作，但是亚历山大第六早把教皇库里的钱花光，要另外设法来筹划这笔建筑费。筹款的方法，是出卖赦罪券，看上帝的面上，出些钱助成大举，原是就该的，何况还能得到灵魂上的安慰。当时买券的人一定很多，只要看这个大教堂毕竟完成便可明白。不过出了钱，背地里在诅咒的也一定很多，只要看路得的九十五条（马丁·路德的《九十五条论纲》）露布出来，便有那么许多人拥挤，也就可明白。在我们读史的人看来，圣彼得大寺的完成，便是基督教的终结，总觉得未免太滑稽了！"

缩写的人物

杨昌羲是瘦人，有颊没腮，脸上的肉少，皮泛黑，面子黑心更黑，黑得伸手不见五指，一生以放高利贷为业，是某县的首富，1949年前后，因民愤大被处以极刑。那一年，独生子家驹满四岁。

杨家驹是小娘生的，父亲死就是大厦倒，不得已随生母转嫁到省城，母亲再醮没几年也撒手西游，十五岁那年继父又娶，他的天空彻底没有了日头，好在他读书努力，赢得了老师和邻里的怜爱，在学校里，教师便是父亲，回到家，邻居们都是母亲，十几户的居民院子早晚轮流吃喝，学习成绩连年名列前茅，高考时却因父亲问题被关在大学门口外面，隆冬无裘，只好挺身而过。

一晃十几年过去，1977年高考恢复，春风终于吹到他的身上，接到入学通知的那天，邻居陪着已经三十几岁的他潸然落泪。大学的第二个假期，他找邻居们借钱，这是他第一次开口向人告贷，说是去相亲，于是，这一家给十五，那一家掏二十，十几户勉强凑齐二百多元。一周后，他去挨门还钱，借十五的还十八，借二十的还二十五，这时邻居们才知道不是用钱去相亲，而是去上海贩回一些衬衣和袜子，仅七天的时间，这些钱就翻了番，以后每逢假期，邻居们主动多借钱给他，而每次他都是不负众望，毕业那年，正赶上时兴收录机，他用邻居的钱远去福建石狮买回一车皮录音磁带，那一阵子，省城的大街小巷处处回响着他贩回的音乐，他买入的价钱是一块钱一盒，出手是十块钱三盒，赚下的这笔钱仍按投入比例分给邻居，大家得了实惠，争着夸他的聪明和仁义。

大学毕业几年后他去了海南，几年后回到省城创办了科工贸一体的公司，接下来的日子，招商引资，科研开发，生意盎然并且蒸蒸日上，公司成了大公司，他也成了大人物。进入20世纪90年代，他暗中办理了在澳大利亚投资移民的手续，在一座叫悉尼的城市生活了三个月，再回来摇身就成了华侨。在另一座城市，他注册登记了一家"外商"独资公司。从这时候起，他的科工贸集团公司股票上市发行，而在另一座城市，他驱动资金悄悄买入，致使股价保持坚挺、稳健升值。一时间大量股民涌入，几个月后，他悉数全部抛出。

杨家驹生活过的那个居民院子因地处城市低洼地带，几年前已经拆迁，老住户四分五裂，彼此少了往来。最近听说，曾给他拆洗被褥、缝补衣裳的老邻居王妈因炒股赔本，闹着要从新迁的六楼上往下跳，到底也不知道跳了没有。

1994年于西安

玉皇大帝住什么房子

玉皇大帝住什么房子

玉皇大帝住什么房子？

吴承恩在《西游记》里是按尘世间帝王的样子设计的。吴承恩是明朝嘉靖年间的贡生，最高职位做到县丞，县丞是县令的助手，老百姓尊称"八品县丞"。如今的作家挂职锻炼，也多任县丞级。《聊斋志异》的捉笔人蒲松龄是清朝的贡生，他官至县学的"儒学训导"，相当于县党校副校长。职位是虚设，因而才有闲心情去搜集那么多闲闻野趣。贡生还有一个别称，叫举人副榜，两位驻青史的超一流作家学历都不算高，但写作的大思路比较接近，都是旁走一辙，异想天开。写神仙鬼怪的行为方式，却临摹着人间烟火的标准，佛也受贿，鬼也多情。玉帝是天尊，在吴承恩的笔下享受的却是人间天子的住房待遇，该算屈尊。吴承恩级别低，当年没有机会亲眼去看皇帝住什么样房子，因此玉帝的住处也多是虚写。天庭里君臣答对也是依着宫廷廷对样子，这一套他比较熟悉，没吃过羊肉，但羊怎么走他是知道的。称玉帝也叫万岁，"'万岁，通明殿外有东海龙王敖广进表，听天尊宣诏。'玉帝传旨，着宣来"。皇上的住处叫宫殿，这是硬性规定。但比皇上级别高的，也是到"皇帝级"为止，想象力高却不可逾矩，这是我们国人的文统意识。遇到高的不知怎么办，遇到低的敢于放开手提拔。比如美国总统的住处，英文叫白房子（White House），含着与民同乐的平等意思，但我们的翻译界却译为"白宫"。再比如，婴儿出生前的住处，叫子宫。每个人出生前都是享受帝王待遇的，普通人家的孩子出生叫落草，因为普通人的大名叫草民。这是我们国人的人生观，"天地之大德曰生"。

旧小说在旧文学里是不入流的，上不了大席面。小说的名称以小字开头，不是自谦，不是小的如何如何的意思。叫小说是旧文学观。散文是立言，是树人，是文之正。小说是闲情逸致，是纯粹的业余写作。用流行过的那个词说，散文是大我，小说是小我。旧小说的基础是街巷掌故和乡野故事，写作形式受评书的直接影响，因此小说的结构形式以"回"分列，每一章结束的那句话是"且听下回分解"，接下来新的一章又以"上回说到"开始。中国的旧小说在世界文学史里是最具听觉效果的，旧小说写家最大的虚荣是被一流的说书人选中。如今的新小说是追求视觉效果，进电视，入电影院，一部小说被名导演选中，名头再重的作家也要偷着乐几回。时代变迁了，新旧小说已经完全是两回事，如今的小说是新文学里的正果，是正宗。一个人写了几本散文，几本诗，分量上是比不过一本小说的。稍有一点点遗憾的，是小说这个名称,当兵打仗时叫二狗,如今做了上将军,名字也该换换了。

我们旧小说里有三种东西,让外国的读者不太好理解。一是志异类的,仙女、狐或蛇主动变幻成人形,目的是享受人世的美好生活。在国外的童话和传说里,则是由人变成动物,其中有一些是巫术导致的,但结局是良心和正义占了上风,真相大白后,还要变回去。我们的就不变了,除非犯了错误,或本事太大,引起了神鬼界的不满。鬼怪为摆脱阴暗的日子到人间还好理解一些,不好理解的是,鬼怪又出奇地美丽和善良,仙女思凡的细节更不好接受。国外人的认识里,神就是神,在天堂大门的那一边,偶尔出来做些善事还可以,到这边来过日子是纯粹的中国制造。一位搞文学研究的"洋鬼子"这么写:在中国小说里,大的神要设法管住小的神,尤其是漂亮的女神,不让她们嫁到人间。

第二种是老实人形象。一个男人其貌不扬,本事稀松平常,日子过得也寒酸,最大的优点是老实本分。突然有一天,仙女或狐仙、蛇仙出现了,想尽一切方法,冲破层层阻隔终于嫁给了他。这种事被洋鬼子读成是中国的说教智慧。他们知道吃不到葡萄说酸的故事,但不知道中国还有一个成语,叫望梅止渴。

第三种是旧小说叙述形式里的开头诗和结尾诗。一个洋文章解读为"小说开头的诗介绍故事梗概,这是出版商做的事。小说告一段落或结尾的诗是道德评点,但这可不是好的书评人乐于做的事"。另一个文章说得好听一些,中国小说里开头和结尾的诗"似乎是叙述的护舰队和卫兵"。

旧小说尽管有不少"陋习",但读着真过瘾、真文学,也真中国化。仅仅是读着文字,都是一种大享受。因为爱读这些"旧货",所以对评论这些"旧货"的文字也捎带着看一点。洋行家写的没什么意思,他们对中国文化的底子知道得太少。我们自己新行家写的也不太喜欢,新行家用的也多是"先锋"的洋理论,夹杂着半生半熟的译文体的学术单词,不对味儿,感觉是用制裁西装的尺子比量唐装。现在不少工厂都在讲"本土化"的话题,贴牌生产的产品在大幅减少,好像文学研究界这边动静不太大。

最近一位退下来的重要领导,要我推荐几本小说,我买了一套"禁毁小说"送给他,厚厚的十大本,是几十部明清小说的合集。一周过后,他告诉我:"好呀,好呀,真是好。"他说现在的小说虚假,但胆子大,不熟悉的都敢写,列举了几本"著名的反腐小说"的名目。他说得有趣:"细节不真实,开会不是那么开会,受贿也不是那么受贿,这几位作家对中国政治不太在行。"我告诉这位省上领导,这怪不得作家,作家挂职才是副县级,要是挂上副总理就熟悉生活了。

吴承恩真是了不起,对于不熟悉的生活,他不敢把笔落得太细致。

男人的错误

在我十岁以前,父亲一直是我的榜样。在我眼里,他既高大又万能。我模仿他走路的姿势,其实他走路并不好看,膝关节弯度小，没有胸肌，肚子向前微微探着。我甚至模仿他说话的语气，平静若湖水，无论夏天冬天一概保持恒温。我发现父亲变坏了是我九岁那一年。那一年的夏天，我母亲去世了，那个日子我从不会轻易地说出口，它太沉重了，深深地压在我的心底。从此以后，我的父亲，那个正值中年的鳏夫便开始没规则地喝酒。他脖子和眼白不红的时候才是我们家宁静的日子，这样的日子真是不太多。喝了酒就呼呼大睡，鼾声如连环雷。他如果不打呼噜就更糟，跺脚或摔东西，不过他只摔摔不坏的东西。每每那个时候，我们兄妹几个人就躲在一边，看他毫无风度的操练。这种不轨的行为使他胸肌渐而发达起来，可带给我们的只有恐怖。如今，他去世也已经十几年了，成了地道的酒鬼。现在回想起来，我更怀念的却是父亲有缺点的这段日子。

　　我讨厌那种强迫你尊重他的男人，坐在办公桌后面，以鼻子代替嘴巴传递情感。这种人还喜欢身边有一扇屏风，鬼才知道他想挡住些什么，眼皮毫无目的地垂下来，好像他来自比地球更高级的一个什么星体。在我们紧张无序的生活中，这种装腔作势的小官僚随处可见。

　　自鸣得意是比较普遍的男人缺点，但是有一种时候，男人的自鸣得意又是可以称道的。黄昏时分，微风轻拂杨柳枝，伴着受孕的妻子走在林荫道上，而丈夫们在这种时候的神态大致是相近的，与妻子稍稍拉开距离，一副奇货可居的高人模样。这时的男人即使翘起尾巴唱歌也不会让人生厌的，因为它涵盖着一种创造的自豪。

和女子最显著的区别是，有缺点的男人更可爱一些，用女子们自慰的话说是，有了把柄更便于掌握。而女子则不然，任何一个缺陷都如同草芥，浮在女子之水的表层，终身沉不下去的。一家妇女杂志曾做过民意调查，题目是"你最喜爱的男人的风度"。在收到的数万份答卷里，没有一份标着正襟危坐、不苟言笑，或面面俱到等类词语。许多女子的态度非常有趣，似乎她们的眼睛有点儿斜视，她们喜欢男人"躺在床上抽烟""纽扣又系错了""一笑便露出坏样儿""过了两天才想起我的生日"。最有趣的是重庆一位老太太，她的钢笔字写得挺秀气："我今年六十六岁了，在金婚纪念日到来之前，我希望我丈夫犯一回错误，他比我小三岁，可结婚几十年来，他比我们的小孙子还乖。"

我有一位大学同窗，真的，他棒极了。他走到哪儿就把快乐的气氛带到哪儿。他说了什么并不特别重要，只要一开口，大家就笑盈盈地围住他，特别是女孩子，甚至一些年轻的女教师也乐于与他探讨问题。他言辞犀利、幽默，富于同情心，很多女孩子对他着了迷。顺便说一句，他对恋爱这档子事情有那么一点儿不太认真。可越是如此，女孩子似乎越迷他，这太怪了。

在大学，没有一个女孩子对我感兴趣。我曾向一个女同窗主动敞开心扉，原因是我发觉她总看我，是那种偷偷的、一旦被察觉就立即改正的看法。每当我远远看见她过来，心就扑扑乱跳。到了跟前，一般的情况是眼睛比腿脚逃得更快。临近毕业时，我狠着心把她约了出去，咬着牙说了一大通颠三倒四的话，当时的我除了牙哪儿都不硬了。她耐心地听完我的陈述后，以"即将天各一方"的理由回绝了我。分手时她这么劝我："你干吗那么走路呢？说得形而上一点像秀才，说得形而下一点像女的，而且是那类犯了错误，或失了贞的女的。"现在回想起来，那个时候我正处于"谁爱我我则爱谁"的那个年龄，但那次经历却让我懂得了一些怎么做男人的道理。毕业两年以后，有一次酒至半醉，我跑到一个我爱的女孩子跟前，那是在一个小小的鲜花店里，我仗着酒兴说："我吻你吧！"我甚至没提那个挺酸的"爱"字，她就在花丛中笑了，于是她便成了我的爱人。这种经历听起来或许有点惊世骇俗，但我的那次冒险成功了，其中的道理在哪里呢？

我想，男子要想使自己的步子迈得快一点，有必要甩掉面面俱到的小包袱，轻装上阵。如果当你妻子六十六岁的时候，你才在一家杂志上听到她遗憾的忠告，可能有点太晚了。也许我这个结论本身就是错误的，因此不要轻信我的判断。但是，我依靠这种思路，确实使我在自己的这一行上越干越带劲。

说女子抽烟

有一次，在蚌埠火车站候北上的车，我预定的那趟列车已晚点三个小时了。"大兄弟，给我一根烟抽行吗？"一位乡下老妇人走到我身边，声音率直而谦恭。我忙着掏烟递过去，并说："这是外国烟，冲。""正好，正好。"老太太一边掏火柴点火,一边连连点头,才点着就深深吸了一大口,坐在我身侧的椅子上后,才舍得一点点吐了出去,那神态,像才走出沙漠的骆驼喝水一样。现在回想起来,在那么辽阔的候车大厅里,我们两个一老一少、一明一灭地抽烟的情景,一定十分有趣。

而在现代女子这一边,那位老太太抽烟的大气派是没有的,她们抽烟多是撒娇或撒气,极少有过瘾的。显然,在吸烟这个方面,现代女子们是丢了传统的。

现代女子是将抽烟当成一件事情去做的,或者说是有事情要做的时候才抽烟。这一点本质上不同于男人。她们不在饭后抽烟,不躺在床上抽烟,不蹲在厕所抽烟,不在麻将桌上抽烟,更不会像东北老太太那样将长长的烟袋拎在手里,或别在腰带上。她们抽烟往往有着明确的目的,或者消减疲乏,或者驱除苦闷。香烟之于她们,是与男人沟通的桥梁,也是抵抗感情炎症的药片。她们划火柴之前,一定向左右看一看,那神态即是无言的广播:瞧吧,我可要抽烟了。

"我为什么吸烟?"

美国一位畅销书女作家对一位与她年龄相当的男记者说:"这个问题提得真蠢,你以为我是在借助香烟构思我的小说吗?那是你们男人的做法,脑袋瓜乱成一锅粥,就请香烟帮忙。香烟能保证你的书畅销吗?我吸烟是因为我喜欢为这个牌子做广告的那个男人,瞧,六十岁的男人风度,多么排场,你还年轻,快别烦我了。"

中国男作家差不多都吸烟,女作家也不在少数,其中有相当一部分人承认"香烟给他们带来灵感"。一次在电视中，我见到《渴望》的编剧之一津津乐道香烟给他带来的好处，他手里抓着三四包不同牌子的香烟，说："写作之前我抽淡一些的。一般是烤烟型。写作中间我抽冲的，混合型的，写起来带劲。"最后他又举了一包绿色的 Morl（摩尔），"写作之后我就抽这个，让脑子轻松下来。"透过荧光屏观察，这位作家分明是个男的，可从他说话的声音和语气中，感觉分明是个女的。

新女性总是在一定的场合里抽烟，她们很看重这一点。她们希望别人看到她们寂寞了，或悲恸了。当年，独坐咖啡厅一隅的女士手中的香烟，如果不是孤独的标记，便是"生意"的招牌。孤独者的标记后面暗示着：你不懂得我，离我远一点。而"做生意"的女子的招牌下面书写着：你难道还要我继续等下去吗？或：快来光顾我！一种说法很有趣，说上帝很公允，给女人发明了眼泪，有人苦痛便可无止无休地哭泣出来。而男人是不该流泪的，男人的牙齿被生活的暗礁撞碎了，是该咽进肚子里的，上帝给男人制造了香烟和烈酒，以便麻醉疼痛。这种说法虽偏颇，却不无道理。在男子聚会的圈子里抽烟的女子，那一刻是拧着一股揪自己的头发迫使自己离开地面的劲的：你们抽，我干吗闲着？

女子抽烟是注重过程而轻视效果的典型。我从没有见过一位新女性深吸一大口烟之后，发出真正烟民的来自生命深处的那句慨叹：真香呵。新女性吸烟极讲究吸法，先是体面地打开烟盒，仔细选择妥当一支，她们时常要拣来拣去，打不定抽哪一支的主意。如果是自动出烟盒，她们一定先把玩一会儿，烟取出后却不直接放在嘴上，而是捏在手指间，为之四顾，一副等人剪彩的大模样。点燃的烟头是必须斜向上方的，她们不是欣赏缭缭绕绕的烟雾，而是唯恐熏黄了葱白的细指，决不会像有些男人那样将烟夹在两指间的根部。她们弹烟灰更是艺术，通常要在烟缸最凸起的部位轻磕几下，像敲打在扬琴的弦上，随后还要吹一吹烟头，耐心地看着一闪一闪的红火。女性吸烟的同时还能找出指甲的瑕处，或是该剪了，或是指甲油有些紊乱，一旦发现指甲内藏有残秽，立即触电般将烟换到另一只手上。这个时候，她们决不会像男人，无论何时何地，也会极认真地抠起指甲内镶着的黑边来。

我没有见过抽烟袋的女人，戏剧里那种叼着长长烟袋的老婆婆离我的现实很远。小说家纳桑·阿斯作品中那类以抽烟为乐的女人是女人中最可怕的，我从没有过纳桑先生的亲身感受，因而，在此不便多说。

关于美的废话

女人的美是千姿百态的，或绚烂如桃花，或娴静如止水，或丰腴如满月，或忧郁如细雨中的垂柳。走时可以是行云，可以是流水，可以是风中的荷叶；卧时可以仰如睡莲，可以侧如戏着的虾。女人的美是无法统计的，她们的一举一动一言一笑都深蕴着无尽的美。总之，男人有多少种心思，女人就有多少种美丽。

男人的美只有一种，那便是岁月的刀斧反复凿打出的印迹，这印迹须是粗线条的，须是有棱角的，须是风霜之后的。确切地讲，男人是不美的，检验男人的标准往往避开美的本身，只论及美德。我穷困潦倒，谁谁慷慨相助；我狭路逢凶，谁谁舍身化险；我上当受骗，谁谁昭示真相；我孤陋寡闻，谁谁诲人不倦；我抑郁苦闷，谁谁坦诚抚慰（此意似出自法国文豪伏尔泰，原句已忘，谨注）。在一次聚会之后，若有人回忆道："我记住了一个小眼睛的人，左眼皮上有颗黑痣。"说这话的一定是个女子。若说："我记住了一个小眼睛的人，那人眼神很苍白。"讲这话的便是个男人。我猜上帝造人之初便有了细致的分工，由夏娃负责美的全身，亚当承担美的结果和责任。

女人的美是相对的，而且因地而异、因时而异。在纽约是正派的东西可能到了罗马就是低级的，在日本是时尚的可能到巴黎已是旧货。耳环在我们看来是美的，走在街上遭风一吹很有风韵。而在大洋洲个别部落的人眼里，这种饰物嵌在女人的鼻子上更别致，越大越具美感。我们今天认为裹脚是不美的，是伤及人性的，但在清朝却是极被推崇的。丰腴是唐朝女子的潮流，当时的女子提倡高臀、丰乳、阔面，扬眉而笑便如一团菜花。而到了宋代便又一窝蜂纤弱起来，杨柳腰、柳叶眉、薄唇，一张嘴便发出鹭鸶的声音。甚至我们今天所盛行的诸多女权概念，在二十世纪七十年代还是遭唾弃的。女人的美几乎是一天一个模样，一地一个模样。

男人的美是绝对的，是始终如一的，是须重复打磨的，越顽固不化越撼人心灵。就像锚越来越深地抓住海底的淤泥，再强的风浪也不能把船带走，男人的性情决不能像街上的烂纸，一遇刮风天便满世界乱舞。影星史泰龙脸上坏损的肌肉，以及那道伤疤，以及他所代表着的那种坚韧不拔的铮铮风骨，不仅征服了美国及西方女性，也吸引了亿万中国人。孔子的博大与睿智使他成为中国的圣人，也赢得了西方的尊重。男人的美是没有界碑的，而女人的美则处处受到限制。

男人是不能机巧的，不能八面玲珑的，也是不能"儒生"的。我们单一的独尊儒术的传统规范了文人的特定形象：头绾方巾，身穿长衫，手摇羽扇或纸扇，脚踏方步，一副宁可失身不可乱步的雅士模样。其实这是病态的。男人身上应该或多或少有点儿男子气。毛泽东是一位伟人，他重新构筑了一遍中国，他给当代世界带来了巨大影响。他也是一位极出色的男人。他是一介书生，却成了统领元帅和将军的人。他不接受任何约束，大袖飘飘走天下，站在天安门城楼上一挥手，广场上欢声雷动，雄风万里。

日本有一种男歌伎，脸上涂着厚厚的油彩，而且画得乱七八糟，衣服奇艳，拖着木屐，在舞台上一拧一扭地走，且唱腔九曲八折，好似声音不是从胸腔出来的，而是从肠子的这一头婉转到另一头，再沿着气管上升之后，再喉咙，再从舌尖挤出来，如此穿小巷转胡同之后传到耳朵里便是很不舒服。这剧种又与我们以往的京剧中男扮女相不同，那声音绝不是模仿自然女性的，而接近被扭曲得不成样子的蝉鸣。这剧种在日本有一本专门的杂志，我一看见封面的男子就头晕。

男人只有一种天性是与生俱来的，是无须培养的，便是对女性天然之美的好感。西方有一则趣话颇有味道：一位父亲为女人所苦，发誓让儿子一辈子不见女人，在儿子很小的时候便隔离了起来，儿子渐渐长大了，一天父子一同走到市场。儿子见到女人便问父亲："这是什么？"父亲说："绿鹅。"儿子立即表示："我想带一只绿鹅回家。"

我所知道的一位领导，平日严肃得不得了，一脸的济世安民的责任感。他部门里有一个女孩，皮肤极好，天生丽质。总有人过去与她聊天，领导自然放不下架子，在这件事上也不便同群众打成一片，但在交代工作时总显得很无意地拍两下她的肩膀，以示亲切。其实领导的这份心思是很累的，就像做贼的手，总在想着下一次作案的机会。

有一次在乌鲁木齐乘公共汽车，与我邻座的是一位极美的女孩，那女孩十五六岁的样子。我对面站着一位老人，他长时间地盯着我的女邻看，而且脸上洋溢着笑纹。我的女邻则平静地看着窗外，数着路边一错而过的树。这份景致在内地的老人中是绝没有的。再有一次我从石家庄乘火车去北京，我的邻座是一位中年男人，对面坐着一位女子使他显得很不自在，那女人尽管相貌较平常，脸上却洋溢着青春。我的男邻时而低着头，时而偷看一眼"青春"，又飞快地掠过去望窗外，这眼神也是贼性的。如果感到了逝去的青春的美好，心平气和地与对方聊聊天，那"青春"不会咬人的，也不失一次很愉快的旅行。二者比较起来，中年男人显得很不自然，甚而在心态上也不健康，虽然仅仅是短短的几瞥，但他的内心活动太丰富了，以至到了自己心虚的地步。

至今，我仍可以清晰地回忆起那位公交车上老人嘴角上淡淡的善良的笑痕。

醉　　歌

最不情愿与倒头便睡的人共杯。两个人兴致勃勃地对饮，畅邀明月，才至酣处，身边却鼾声雷起，仅剩自己一个人孤零零地把盏临风，这太扫酒兴。酒后滋事的一类人也不好，酒入了他的肚子，人就成了鬼，满嘴鬼话，满身鬼气，酒醒后对自己所言所行的记忆又是片瓦皆无，令人哭笑不得。某年某冬日某夜半两时，一阵门响猛地将我从梦里敲出，蒙着眼打开门，某友人踉跄着呼啸而入，此君的醉态我多有领略，一望便知又入了鬼界，浑身上下的泥污，不知跌了多少跟斗。我便小心地伺候，殷勤相加，泡茶、削水果，听他胡说八道。凌晨五时，正是黎明前最寒冷的时候，他执意回家。此君脾气偏执，每每酒后，他的话就是法律，纵使在细小处触犯了也是着了他的痛处。他走后，我回床续睡，时间不长门声再响，这次敲门的是他妻子。此女子两眼急逼，放着光："××昨晚上来你家了吧！"听这话的语气，她一定敲了不少人家的门。我把刚才的情景概述了一遍，说现在他差不多该到家了。她愤愤地自骂一句，折头便返。我放心不下，陪她一起走。到了她家，却仍不见伊人的瘦影，我们就再出门找，该找的人家她都已找过了,便沿着大街小巷走。天渐灰亮的时候,才见他在一家工厂门外排污沟侧狗一样蜷着身子睡,呼吸均匀憨憨的睡态令人羡慕。他妻子伸腿三脚踹醒了他。他翻身而起的时候却不见了左脚。原来,他的左脚被沟里的冰齐脚脖处冻住,抽出后,裤脚儿一圈碎冰碴。在青海的一些牧区,每年都有几例如此宿醉而冻死的噩讯,每年也有醉汉被牧羊犬救活的美谈。那些狗通识了人的弱性,每在夜里见到烂成一团泥的醉人便附身相偎以狗温暖着冷人。

酒后烂笑的令人贱,酒后泣哭的叫人厌,细数起来,酒后击掌而歌的怕是酒德中的精品了。我们家有一好邻居,我俗称为舅舅。我们两家左邻的时间久了,关系抵得过一门至亲。那声舅舅的叫法于我最初的感觉像见了长我的女性叫阿姨一样,但渐渐地就叫出了感情。我们没有什么血缘亲情的关联,追究起来,他和我母亲的一门远房哥哥沾着血脉,故而就叫舅舅。我们中国看起来幅员辽阔,众生芸芸,实际上不过是个大家庭。如果有耐心攀缘,每个人都可能与另一个人被或隐或现的线系着。就如那句老话"攀了三日三夜,光绪皇帝是我表兄"。

小的时候,我几乎每天长在他家,如果空了一天,当天晚上他一准到我家,问我一天的情况。现在每每回想起这些情节,心里就很温暖。他是把我当成自己的孩子心疼的,他们夫妇自己没养孩子。和他们在一起,虽然没有什么大的乐趣,却让人觉得有依靠。

他的性情是温和谦恭的,说话少而且慢声慢语,酒后却是放肆，和平时的样子翻脸成两个人。但他的放肆仅是放喉咙，一首接一首地唱歌。他唱得字不正腔也不圆，嗓子略略沙哑，唱法却极认真，像在舞台表演，脚下走着台步，打手势的动作让人感到滑稽。每每他醉成这个样子，身后就围了一堆孩子哄闹，我的责任就是把这些孩子劝走或打跑，然后领他回家。家里，他也不安宁，站在屋子正中旁若无人地演唱。我记得他唱得最多的是"马儿哟你慢些走"，唱这首歌时，故意地放宽了喉音，唱完第一段，喝一口水，续唱第二段，叫人看不出一点儿醉态。后来我到外地读书，又分配到外地工作，每逢过节日，总忘不了寄一张贺卡给他，或写一封短信。每次回家，仍每天到他家坐坐。我小的时候，记忆中他并不喝酒，很少喝，但每喝必醉，每醉必唱。后来却贪杯了，听家里人说，舅舅差不多每天都喝，每喝仍醉，但醉后却很少唱歌了，要是唱也只唱一首歌，唱那首"你从哪里来，我的朋友"。最近一次见他时，他已是白发苍苍的七十几岁的老人了。我问他身体怎么样？他说还行，就是老了。他的脸却是不显老相，依旧温温和和地闪着光，依旧逢人便笑。见他的第一天，他就醉得一塌糊涂，反复唱着"你从哪里来，我的朋友"，依旧声情并茂，手舞之足蹈之。我听着他唱，还是像二十年前那样，给他倒一杯温水，放在桌子上，然后坐在床上笑着看他唱。

虽然已是七十高龄了，舅舅仍旧骑自行车。以前骑的是有大梁的笨车，现在改骑弯梁的女式车了。这次回老家，我还见了舅舅酒后的一次失态，这在他以前是绝没有过的。那天我从朋友处往家里走,半路上,见他仰躺在路边,那辆淡绿色的车子在距他三米远的地方斜倒着,车轮已静止不动了,想是从车上摔下一段时间了。老人躺在地下,双腿半蜷着,一蹬一伸的,仍是认真骑车的样子。我先扶起车子,然后走过去扶他。他的眼睛是半闭着的,见是我,就笑笑,一拐一拐地跟我走。我推着两辆车子,走了近半个小时才到家。一路上,他只是笑,一声也不哼。到了家,他倒在床上,一会儿就响起了鼾声。看着他的胸脯一起一伏的,我就感到:舅舅确实老了。

醉酒不伤及旁人,真是最好的酒德了。

兔子的爱情

兔子贪吃,且吃相不美,嚼菜叶略显文静,如穷文人在丈人家吃饭,肚子饥着却一派假斯文。若是啃起胡萝卜,那张秀嘴就四分五裂了。

兔子的嘴有缺欠,它便自知,平素绝少吱声,人抓起它的耳朵,至多是挠挠腿脚,揪疼了才吱吱哀怨儿声。猪的蠢在于动辄就直着嗓子叫。兔子很懂守兔子的这段情事,有点儿像老式的夫妻,在天意的笼罩下由媒婆把两个素不相识的男女安插到一起,这样,两个人一辈子就顺流漂过来了,儿女成群成片以后,感情也磨得如手指根部的茧子,亮亮的透明,纵有些麻木,却是连着心,一剪肉就疼。

窗帘的故事

　　窗口飘动着的窗帘，就像天空中叫人幻想的云朵，又像树林子里声声唱着的鸟，是平静水面的一处涟漪。有一段时间，我晚上是在编辑部看书或写作的，那里人声少，心宜静，且一间大屋子就归我一人使用，累了，可以把脚抬举着放在桌子上，这在白天是不能的。我的家在编辑部后院，有五分钟的路可走。晚上十点以后回去，也好借此短程散散闲步。散步是要心静的，早晨则不行，在早晨散步见一滴露珠也生感慨呢。有一天晚上十一点了，我往回走的路上，见宿舍楼上亮着一个没有窗帘的窗口。接下去连续几天都是如此。在凉凉的夜半时分，这无遮无拦的窗口就像一颗悬着的心。过了几天我才知道详情：原来，这家夫妇去参加交谊舞训练班了，兴致浓时竟有凌晨一点钟回来的时候。小儿子晚上一人在家害怕，不敢拉上窗帘，为的留下一片黑的天空给自己壮胆。这种情景一直持续了半个月，直到训练班结束以后，那个窗口才不再空空地亮着。再经过时，在淡淡的灯光下，见到窗帘上几只笨笨的熊猫在吃着想象中存在的竹叶，心里便为那个寂寞又胆怯的孩子感到高兴。

　　第一次去朋友家里做客，我首先留心的就是窗帘，由此我可以获知女主人的性情。几年前，陪一个朋友去相亲，所谓的相亲就是到那女子宿舍坐一坐。他们认识已经有几个月时间了，朋友硬邀我去"会诊"，这朋友是学医的。那女子我也是认识的，我们几个是同一年大学毕业分配进一家钢铁企业的学生。记忆中那女子是学冶炼的。同时进厂的一百多名学生中,她是运气好的,分配宿舍时,每俩人住一间,她却自己一间。一九八三年正是大学生被"优待"的年月,我们的单身宿舍叫知识分子楼,是专给来厂的大学生盖的。她是最后一人到厂报到的,先来的女子们都结伴而住了,独留她一个单数,因此一人住了。那天我们去后,女子是热情殷殷,唯恐怠慢了我。那女子家在苏州附近,面相姿态是小巧玲珑的美,尤其神情言语惹人怜惜。回来后朋友征询我的"读后感",我告诉他:"是好女子,心是正的,就是粗心疏懒。"朋友不服,又一一列举她的心细之处。我说:"她的窗帘有点儿太脏,上面还脱落下一个角。以往她对你的心细,是她的精心,是恋爱的人巧立的名目,不是性情之作。"他们结婚几年后,再邀请朋友们吃饭都是去餐馆的,熟悉的人提起去他们家就头疼,因为他们的住处颇有狼们居住的山洞景观。

我同妻子结婚前,她是我的同事,平日少言寡语的,有时候一整天也听不到她一句话,就像那句俗话:静若止水。但要是急火攻心,她也会双脚跳起来以显示实力,只是在婚前她忍住了这一"长处"。我第一次经过她的住处就被她的窗帘吸引了,那是一块巴基斯坦壁挂,方方正正的,是她从新疆带回的,整体色彩沉着,丽而不艳,锦线织就的伊斯兰风情的楼阁被灯光一映,若隐若现,古色古香,周围线条的起伏,又给人以流水的波纹之感。而我第一次站在她窗外观赏时就被她发现了,可能站得时间久了一些,但实在是这窗帘在吸引我。妻子是一直理解为我对她的痴情的。对妻子痴情又不是坏的事情，故此我从没有解释过，况且若是解释也不是很好说清楚的。在初冬的一个晚上，一个人在叶子几乎落尽的树下，用半小时的时间注视一个窗口，有谁肯相信我是在欣赏窗帘呢？

窗帘的唯一弱处是时间性强，它是与夜晚同步的。如果一个窗口在大白天里挂着窗帘，我们最好回避一下，屋子里一定有非凡的事情在发生着。

有蟋蟀叫着的地方

蟋蟀琢磨人时是专注的：先是一只眼睛侧过来，紧盯着人的脸，等到脖子拧累了，就倏地换用另一只眼。那情形有些像鸡盯着人看的模样，但比较起来，鸡就显得痴呆多啦。若是遇到情急的时候，这小东西更是机敏，头上长长的两根触须一下子变得挺直、紧张、激动、微微战栗。稍有动静，两条强劲的后腿一绷，整个身子就"腾"地弹跳出去。在我的家里，管这灵敏的小东西叫蛐蛐，我猜这名字的源起是模仿的叫声，"蛐蛐，蛐蛐，蛐——蛐"，这叫声或短或长，时而急促，时而悠扬，在寂静的夜里听来，使夜更显得寂静。

在这里，我的本意不想写蟋蟀，我想说说爱情，以及和蟋蟀相关的一些事情。

我们的民族在表面上是不讲爱情的，实际上却是视爱情为至上的。在民俗的说道里，善人死之后是要升天的，且是西天，可是天上的仙子们想要爱情了，却是到人间来寻的。

人间的一切均不比天上,仅有爱情除外。但天仙不喜欢身处闹市的人,只选择偏乡僻壤中淳厚良朴的山地娃为夫为婿,如牛郎与织女;仙女们不喜欢高智商的人。我们的民间传说中有着太多的傻女婿大胜群贤的典故。不独天仙,狐异兔怪一类也被世间的情事所魅,舍却数百年的修行摇身进化成人,只是这等异物寻的多是才子,或书生,如白蛇和许仙,如聊斋中的"画皮"。

我们如此推崇爱情,但古来却少有健康向上的爱情故事。在我们的传统观念中,如果一个朝代的寿数将尽了,如果一个英雄灯油将枯了,上天便派一个美丽女子去误国乱心,如李隆基与杨玉环,如纣王与妲己,如吕布与貂蝉。这些人的爱情经历是不能和西方相媲匹的,西人的书著中有许多至情至爱的故事,千百年入骨入心地流传着,如英王储(叫什么来着?就是宁要美人不要江山的那位),如卡尔·马克思与燕妮。我们还另有一些妓女从良的故事,这是唯一可以让人感到爱情的纯粹与美好的,但这些女子是不能明媒正娶的,最好的结局是偏房做妾,如蔡锷与小凤仙一类。

我们的爱情观是以悲为基础的,谁为情所患便会累世累身。梁实秋说过:"一个人想一天不舒服,就请客;想一年不舒服,就盖房;想一辈子不舒服,就娶妾。"

几年来,我一直想写一本纯粹的爱情小说,一反我们的观念,讲一个"天仙爱才子"又有美好结局的故事,但我一直无从下笔。

在我的记忆里,我铭记一个人。那是在一九八〇年,那一年我十六岁，是我念大学的第一个年头，有一女子长我几岁，下过乡，在生产队里入了党，整日里锄草和泥的，却没有晒黑吹糙她的肉色。她的皮肤细柔，叫人看得近了就想按一按，看看是不是真实的。她待我很好，总是在生活的细处不动声色地关心我。我母亲在我小时候就去世了，她这种稍显母性的关心方式时时让我动容动情，有些周末她叫我去她家吃饭，之后，我们就漫无目的地聊天说地，有时竟可以聊通宵。通宵，就是整整的一个晚上哪！太阳照到窗棂上了，谁也没有倦意，这聊又多半是没有热烈的话题，有一句没一句的，有时中间会出现长时间的空白段落，但这空白毫不尴尬，比说话的时候还契合，谁也不急着去找话题，空气中默默交流跳动着两颗青春的心脏，那种平缓与光洁的感觉以后再也没有过了。后来我读到了里尔克的那首著名的诗《当你老了》，就更加怀想那些夜晚。那些夜晚的核心是床下的一只或几只蛐蛐。在我们静坐的时候，这小虫就耐心而急促地叫一阵，像两段歌之间的乐曲过门。在子夜之后，这叫声在两个纯情的人耳边响得是那么地嘹亮，直到许多年过去了，这声音在我心中一直没有减弱过。

　　我与那女子就止步在听蟋蟀叫着的程度，毕业后各奔东西，是名副其实的东西，我在西安，她在东海。开始的几年间，我们通信频繁且厚，多的时候一封信有十几张纸，后来就薄了，时间也疏了，现在一年中只有一封信，或一张明信片。最短的一封信她是这么写的："你好吗？"没有抬头也没有落款，连标点也舍不得用。我的复信是："挺好。你呢？"去年邮局发售有奖明信片，我寄去一张，上面写道："中奖告诉我。"几个月后接到回信，只有两个字："没有。"今年春节时候她写来一行字——"还记得蛐蛐吗？"我没有回信。

坐在阳台上想些什么

一个人结了婚，生了孩子，和和睦睦的，美好如一幅深深浅浅的水墨画，再有一处舒适的房子，就如同将这朴素的画装了镜框。这样的家也就完整了。

我的家在二层楼上，隐于一片叫花园小区的住宅群内。那里虽称花园小区，却并没有花朵。数条水泥铺就的甬路如田间的阡陌纵横缀连了这些建筑，路的两侧生活着刚刚移栽的叫不出名字的树。这里的一切都是新的，忙忙碌碌的脸孔、私人汽车、黄昏时分抱着狗散步的少妇……这一切都让我感到陌生。只有每日呼吸的空气依旧，温和的、半污染的、偶尔随风飘来的只言片语流行歌曲合着小贩的吆喝声，发出一股淡淡的甜味。

我每日回到家里，总要腾出一些时间消耗在阳台上，那里是完全属于我的。我喜欢在那里想些什么，或只是一味地坐着。那里有我的一把椅子，一台可以推动的金属支架的小车，就是医院里给病人送药的那种，车上放着我随时翻读的闲书。我的阳台是封闭的，在楼竣工之前就封闭了，设计者用透明的玻璃切断了房间与大自然的最后一点联系。在白天，坐在这里什么也望不见，一幢楼之外还是一幢楼，阳光被挡在楼之外，没有阳光的地方，还能叫阳台吗？我感觉不到风，风被挡在玻璃之外，真不知风吹在玻璃上玻璃的感受是什么？

在夜晚，在很深的夜晚，天空才从楼群顶部露出它的深度来，千年的空气沉着地从高处降落下来。我想知道它为什么要降落下来，降落到我们生活的最底层。我推开活动的玻璃窗，它立即就浓浓地弥漫了我，荒凉又芬芳，这无法看见的暗色的气流，清纯且有厚度。

我有时这么想：我们在平平常常、繁繁忙忙的生活之余，该给灵魂找个去处。它高远又永恒，神秘又具体，它居高临下地俯视着我们，牵挂着我们，令我们心生敬畏，望而却步，纵然求之不得，却又无法舍身而去。

可能真正的艺术也是这么产生的。

我喜欢我的阳台，我每天都要坐在这里想些什么，或什么也不想，仅是一味地坐着。但我不喜欢"阳台"这个名字。在古汉语中，阳台是专指性生活的，如"重整阳台，再度春风""拼赶阳台了宿缘"等。我便常感慨，我们的现代汉语怎么了？这么纯净的地方应该有一个更适宜它的称谓。

1994 年于西安

多年以前的节奏和碎片

纪念一生中的一刻钟

生活中随处可见这样的脸孔，它们的五官是拼凑在一起的：眼睛来自上司，耳朵取材于走廊或楼梯，鼻子朝向窗外的自由市场，而嘴巴及舌头还沾着传达室的余温。这样的人令人混淆，即使很熟也常常叫错他们的名字。路遥的五官纯粹是他自己的，它们遵守一个方向：即内心的孤独与高傲。路遥短短的一生中有一刻钟是我们两个人一起度过的。这十五分钟的时间，我便记住了他的五官。

两天前，一位朋友打电话给我："听说路遥的消息了吗？"我说才知道。电话的另一头一阵沉寂后又响起："我记起了今年年初你的那句话。"今年年初我去西安约贾平凹的小说。其间，受这位朋友之托去看望路遥。回来后他问我路遥的状态怎么样？我明白他提的是路遥的创作状态。"我们只聊了一刻钟。"我沉默了好一会儿才说，"我总觉得他身上罩着一团灰影子，真的，我说不清那是什么！"现在我终于可以说清楚了，那是另一个世界的光芒，是另一个世界的力量。

人是多么脆弱的动物呵，好好跳动的心脏，说停一下子就停了。他的名字叫路遥，可他的双脚怎么走得竟如此短呢！

那一天，西安的天气不太好，半空中飘着雨和雪的混合物。我从西北大学宾馆骑车三十五分钟辗转赶到陕西省作协，穿过一个窄窄的后门，又绕了几个生硬的弯才找到路遥的家。轻轻敲了房门，等到里面响起脚步声后，我趁机看了看时间，手腕上的数字是 12∶45。

开门的是位女性。屋里光线很暗，我看不清她的脸，当时便猜是她的女儿。我说明了来意，她即把我让进了一个更暗的房间。那是路遥的写作间，我进去后，路遥已从一张单人床上坐了起来，被子掀翻在一边。我先做了介绍，即表示了歉意："打扰您午休了！"

他挺热情，握手，让座，倒水的时候很随便地说："我刚起床。"我以为这是他的幽默，后来读了连载在《女友》杂志上的长篇创作随笔《早晨从中午开始》，才信了他这种独到的方式。

我转达了朋友的问候，便问起他的身体情况。他又坐回那张单人床上，"你自己看吧。"当时他穿着毛衣毛裤，屋里光线很暗，还停了电，虽然感觉他在笑着，却无法看清他的脸色。

我以往读路遥的小说不多。《人生》红的那一年先看了电影，后来才看的小说。《平凡的世界》获茅盾文学奖后，有一段时间实在想看，从书店里专门买回来，但每回望见那厚厚的三大本心里就打怵。不熟悉他的写作便不知道该说些什么,寻找话题的念头使当时的气氛显得有点尴尬。他知道了我西安之行的目的后,说:"平凹手快,身体也比我好。"顿了顿又说:"方便的时候我也给你们刊物写一个,最近我有一个短篇的想法,就是静不下来,以后我们写信联系吧。"我很理解他是在融洽我们之间的陌生气氛。直到今天,我仍为他的这份善解人意而动情。

他一直坐在床上。我坐在沙发里,隔着两米之遥,我清晰地感到他在努力制造着一种随意。他说话的时候认真地望着我,我说话的时候,他则望着窗户。窗帘掩了一半,从屋里望不清窗外有什么,唯见一片蒙蒙的雾,我猜从窗外也不会望清屋里有什么。路遥见我不停地望着窗子,笑着说:"看这天。"我知道他在抱歉屋里太暗。我也没细想便尾随了一句:"是呀这天。"

我是逐期必读《早晨从中午开始》的,虽然每次读完都感觉挺累,但下期来了还是第一个翻开这个专栏,每次读的时候都会记起他望着窗户的样子。连载结束的那一期(一九九二年十二月号),我才在封面的彩色照片上看清了路遥的具体面目。

二十世纪八十年代末及九十年代初以来,有两件事冲击了文坛。其一是一九八九年三月份诗人海子的卧轨,其二是作家三毛的悬梁。这一上一下的两次自虐行为给九十年代初仍矢志于文学的人们带来一种压力。而路遥的夭逝等于又给我们脆弱的文坛增加了一个砝码。当然,路遥并不会全部死去,他的文学成就将继续活着并留传。因此,作为作家的路遥之死就更具意义,也更令人深思。路遥是中华人民共和国成立后出生的作家。他身上有着当代作家的诸多特征。我读到这篇随笔的第三十九节以后,感觉便沉重起来。那时是九月份,路遥的凶讯十一月中旬才暴传的。在以后的章节里,他详尽地记述了《平凡的世界》第二部结稿时,身体累垮后,又怎样坚持着爬起来冲向这部巨制的终点的。今天看来,很显然他是倒在自己的最后一搏里,倒在"作家的天职"里。同时,他也记述了病倒期间,社会各界给予他的关心,而报效这些关心也是促使他完成这部巨制的动力之一。读这些文字的时候我便想,一九四九年以后,作家一直是社会的宠儿(文学得到社会特别的重视是我们的时代特征之一)。"文革"期间,"宠儿们"被严加管教,被迫"断奶","文革"后又给大量"输血",作家一直占着中心席位,作家们由此养成了一种怪症,不甘冷落,也容不得冷落。在目前的改革大潮中,何时作家也能真正"承包"了自己呢?或者说得干脆一点,作家们最好被社会遗忘掉,让自己学着管好自己。如果文坛能像当初的农村责任制一样,仅有政策,而没有各种形式的关心和指导,作家们心平气和地待在自己的责任田里,也会像农民们一样渐渐种好自己的庄稼的。

那天与路遥告辞时正好是一点钟,握别的时候,我手腕上的电子表响起了烦人的叮咙叮咙的乐曲声。那是一块临时借来的表,路遥笑着问:"你干吗戴这种表?"我笑着说:"到西安几天我挺寂寞的。"此刻,我很怀念那种廉价表的叮咙叮咙的音响,可惜我早已经还给了它的主人。

手艺人史铁生

如果我是一个画家，我会全力以赴创作这么一幅画，画面的中央站定一个身体健康、衣着考究的鬼，阳光在他的头顶灿烂地照着，而斜上方的小格子间里，有一个文人穿着薄薄的短袖衫在窗前发呆，眼睛茫然无神，一条条肋骨若隐若现，像往日文人笔下的鬼。我在此想传达的绝不是憎恨或幽怨等情绪，也不是故意地与众不同来哗众取宠。进入二十世纪九十年代以来，我们身边的一切都在突发式地裂变着，往日的真理，包括诸多道德的、观念的信条，几乎在一夜之间走到了它的反面，特别是面额一百元的人民币在市场上流通之后，经济问题成了一切问题的核心，除了良心之外，几乎可以用钱买到一切，而且良心的参照物之一还是钱。仿佛一觉醒来之后，我们周围的一切都变了，甚至价值的衡量标准都变了。我们以往讲究的是目的、是结果，但现在我们重视起了方法，谁的方法更能出人意料谁就是时代的强者。我们大家都在摸着石头过河。顺理成章，鬼是以点子多著名的，它应该成为时代的宠物。这么思考的同时我们便遇到一个棘手的问题：我们以往有什么凭据臆想鬼比人更瘦呢？

史铁生与我们时代的新情绪是格格不入的，他仍旧活在他的二十世纪八十年代"精神主宰上帝"的乐园里。他虽然是个过时的人，却不落伍，因为他已经活到了思想的真空境界里。在当代作家中，再也没有比他更纯粹更专业的作家了。有一件事情说起来很有趣，他的写作间里有一台微机，一块大大的打字板,两台小巧的荧光屏分别左右两侧,这给人一种误以为他是高产作家的错觉。其实,他的写作速度很慢,一年的时间也就拿出一两部中篇,这些汉字不用说科学的微机,就是练书法也稍嫌不足。也许他使用这台时髦的新工具,目的是想使自己和这个时代挨得近一点。事实上,他距我们的时代气氛比距他的"清平湾"更加遥远。

有的作家阅读之后什么都不想说,不是没的可说,而是因为不必说。譬如我们乘船到公海上,扶着舱顶的栅栏而左右环望,而对苍茫无限的海我们能说什么呢?赞美它的辽阔与博大吗?赞美它的胸襟坦荡吗?只有在这样的时候,我们才深切地意识到语言的局限与无力。面对着海,我们怎么说都不够。临着徐徐拂面的海风,唯一聪明的办法便是缄默不语,或指着船尾舞蹈着戏浪的海鸥,说:"瞧,这些海鸟!"而有的作家则是另外一回事,他们几乎不能被评说,一说就偏离了他们,或者不能多说,话一多便成了外行。史铁生属于后一种作家,对他的写作进行评述是一种冒险的行为。史铁生在创作中深究并品味外界外物的同时,顺手也把自己深究了。他没给传记作家或批评家留出太多的工作,他看自己比任何别人看得更清楚一些,或者说任何人深入他心灵的程度都不及他自己陷得更深。我在研究他的作品,循着他的心灵轨迹一点点前进的时候,常常发现"他已经到过这儿了"的标记。贾平凹评价他的写作是"能在他的文章中读出如莲的喜悦"。这种感觉是非常精确的。举另外的例子说,如果别的作家描绘的对象是水果,他致力的则是画果核;如果别人写的是果核，他所致力的则是果核里面的仁。概括地讲，他绕过表层的硬壳，直接去接近里面那个中心部分。我们暂不去讨论这种思考的方式是适合于小说的写作，还是适合于物理（哲学）的研究，但有一点是非常明确的，他的这种写作风格决定了他不会成为一个高产作家。

一九九二年三月份，我专程去北京见他，在朝阳区水碓子东里一片散乱的楼群里，诗人林莽领着我绕了好一会才找到他家。他住在一楼，房间的布局简练而有味道，就像他小说的结构。他谈吐的方式很随意，也很外在，这一点不像他在小说里所使用的语言。见他面之前，我曾臆想他的长相：前额后倾，头发有些脱落，目光挑剔，手因沉思而很少动作，皮肤红而略显苍白。事实上恰恰相反，他脸色红润，嗓门洪亮，身子陷在轮椅里，手总是热情地动着。在我们谈话的一个小时之内，他摇着轮椅，从容地到写作间往返了几个来回。除了他的头发有些脱落之外，其他的我都没猜对。他头发的脱落度也比我预想的浅，如他的小说中具有那种哲学思考力的人，其前额至少也有满族旗人的开阔了，但他目前还差不少。我与他见面握手时的第一个感觉是：这是一个表里如一，生活中极易相处的人。

在那次交谈中，我坦率地告诉他：我喜欢他的短篇小说《我的遥远的清平湾》。他没有立即作答，转而问我："你读过其他的吗？"我知道他指的是他后来的作品。我说："看过一些，再就是《命若琴弦》了。"他建议我再看看再说。后来我收到了他的最新小说选集《命若琴弦》（江苏文艺出版社，一九九一年六月出版），立即通读了这本选集，而且还读了刊登在《作家》一九九一年一月号的新作《中篇1或短篇4》（此篇被《小说月报》一九九二年四月号选载）。之后打电话告诉他："我还是喜欢你的《我的遥远的清平湾》。"隔着几百公里长的线路，他对着手里的话筒说："那我就不说什么了。"

《我的遥远的清平湾》最早刊登在一九八三年第一期《青年文学》上，同年获得全国小说奖。我真正在意的不是获过什么奖，而是深蕴在这篇小说内的朴素的、淳厚的、达观的情怀。这部作品不给人一点做小说的感觉，甚至分不清这是小说还是散文，阅读过程中，根本意识不到文体的概念。就像有一个分别多年的朋友坐在对面，给你随意描述他的某些经历，每一个细节都吸引着你、感染着你、打动着你。读过这部小说，你感觉中的作者是一个活生生的、健康向上的人而他后来写的小说，则令人感觉到作者是个专门且智商很高的小说家，字里行间潜伏着他那颗崇尚艺术的历经砥砺而高贵的心灵。《我的遥远的清平湾》让我喜欢并尊重他这个人，而通过他的其他小说，我则佩服他作为小说家所干的"活"。

史铁生一九六九年赴陕北插队，三年后双腿瘫痪转回北京入院治疗，自此以后便再也没有站起来，这种遭遇给他带来的唯一好处是，他不能在地球表面以双脚走动了，转而向自己的内心走去，而且越走越深。这种话说起来挺轻松，如果真的落到谁的头上那就是另外一回事了。《我的遥远的清平湾》所描述的即是令他将终身陷在轮椅里的陕北黄土高坡中的一些往事。史铁生心境的达观令人钦佩,他对那片贫瘠、落后、淳情土地的回忆充满了无限的亲情。我最慨叹的便是这篇杰出的小说中杰出的开头了——

北方的黄牛一般分为蒙古牛和华北牛。华北牛中要数秦川牛和南阳牛好,个儿大,肩峰很高,劲儿足。华北牛和蒙古牛杂交的牛更漂亮,犄角向前弯去,顶架也厉害,而且皮实、好养。对北方的黄牛,我多少懂一点。这么说吧:现在要是有谁想买牛,我担保能给他挑头好的。看体形,看牙口,看精神儿,这谁都知道;光凭这些也许能挑到一头不坏的,可未必能挑到一头真正的好牛。关键是得看脾气。拿根鞭子,一甩,"唼"的一声,好牛就会瞪圆了眼睛,左蹦右跳。这样的牛干起活来下死劲,走得欢。疲牛呢?听见鞭子响准是把腰住下塌,闭一下眼睛,忍了。这样的牛,别要。

我插队的时候喂过两年牛,那是在陕北的一个小山村儿——清平湾。

说穿了,《我的遥远的清平湾》是一篇"感情用事"的小说,其中没有一丝超常的情绪,是正常人正常情感内心深处的正常外泄。这种方式在他的小说中几乎是唯一的一篇,自此以后,他所干的差不多都是"超乎寻常"的活儿。《命若琴弦》还没有走出多远(后改编成电影《边走边唱》)。但这池水中已经冒出了哲学的气泡儿了,无论在方式上,还是情感上。

他后来的小说，用"情感"两字来评述显得很勉强，在这些小说中已经消失了"情感"一般概念上的意义。他的小说与别的作家绝对的不同，而每一篇又相对的与自己不同。他像个乐观的掘井人，目的不是掘出水，他的全部快乐在于掘井这件事情本身。他选择好一块低洼地便开动了机器，伏身在地上，倾听来自地表层、土壤层、沙土层的回音；直至他的钻头遇到坚硬的岩石层而无能为力了，他才站起身，拍拍身上的浮土另找地方去了。这样的创作思考使他得出了这样的结论：小说这种东西是不存在的，存在的仅是找小说的人。在小说《礼拜日》中，他借主人公的嘴说出了他自己的话。

"天奇会上哪儿去呢？"她问。

"不知道。"

"没再问问别人？"

"没人知道，"男人说，"谁也不知道，就像写小说。"

"像写小说？"

"上帝把一个东西藏起来了，成千上万的人在那儿找。"

"找什么？"

"问得真妙。问题就是，不知道上帝把什么给藏起来了，谁也不知道。"

史铁生是为数不多的摆脱了"文以载道"骚扰的当代作家中的一位。他是一位有远见的小说家，他对待小说持的是一颗朝圣的心，一如西方画圣母像的艺术家一样，认真、至诚、竭尽全力。贾平凹一九九二年写作的中篇小说《佛关》在他的写作史上将是重要的一篇，有幸的是，他的这部作品是经过我的手编发问世的。小说写了一个在外面发财的人，与家人相约到一个佛关的地方相聚，赶到那里之前，妻子已病死在那里，他悲痛至极，便以为与佛有缘，于是净了俗心杂念画起佛来，在山上悬崖处凿开的石窟内，日日端着油芯灯一笔一笔敬诚地画佛像，自己的画完了，有别的发了财的人找上门来，他有求必应，后来他老了，再后来他把眼睛画瞎了，于是他便成了佛。史铁生即是以这种态度写小说的人，在二十世纪七十年代末便投入写作并很快成名，且坚持到今天的作家中，史铁生作品的产量差不多是最少的，究其原因想来便是因为他对小说的这种至诚态度。他作品的数量虽然不多，却篇篇精品、篇篇有新的拓展。

史铁生似乎是戴着显微镜写作的，每一个思维的细处都被高倍数地放大，甚至神经末梢的一次重要的抖动也被他慢镜头地录制下来。阅读他的小说，我指的是后来的小说，就像看太阳，笼统地看是一个整体，但仔细究竟起来，便散成了一团晕眩，那气氛一如隔世，又恍如来生，感觉是掉入了一个幻想世界里，如梦如烟如霞如霭，又如伸手去抓自半空飘落的雪花，攥起拳头时还是实在的，再张开手掌则已化为一团濡湿，凉凉的沁人心脾。在创作中，可以感觉出他是陶醉在幻想的哲学高空里的，他凭借着充沛的才气与底气，在不可知的同时也在自给自足的世界里游刃有余。

他的小说中这样的描写随处可见——

不知在什么地方，或许有一个年轻的樵夫，远远地有清脆的劈裂声传来。细听，又像没有。(《礼拜日》)

街上，沥青马路被晒软了，留下车辙和脚印，一把钥匙嵌进路面，不知是谁丢的。(《礼拜日》)

"蜂"像一朵小雾，稳稳地停在半空；蚂蚁摇头晃脑拧着触须，猛然间想起了什么转身疾行而去；瓢虫爬得不耐烦了，累了，祈祷一回便支开翅膀，忽悠一下升空了；树干上留着一只蝉蜕，寂寞如一间空屋；露水在草叶上滚动、聚集；压弯了草叶轰然附地摔开万道金光。这时不知在哪儿有个人说："只要你还能听，你就找不到真正的寂静。"吓了我一跳：四下看时，哪儿都没有人。(《我之舞》)

每年的这个季节都有挺长一段好天气，鸟儿飞得又高又舒缓，老人和孩子的说话声又轻又真切。"(《礼拜日》)

总的讲，史铁生的小说写得很贵族，"贵族"一词在这里不是单提他写得好。(可能这种写法是有悖于小说定义的。)他把小说写得很罕见，写得很稀罕，写得让搞文学批评的人心里发虚。他这种写法是很累的,他的思考很累,他发动了身体的每一个能动的部位,包括头发丝,以至小脚趾。他很累的原因还在于他不知道在小说里休息,他永久地醒着,甚至不让自己沉浸在自己的故事里。

史铁生代表了当代小说发展的另一个高度,如果有一部新的当代文学史,他是最不该被忽视的作家之一。这句话的意思是如果要深究当代小说的发展,深究当代中国小说的新意义,是必须谈史铁生的。史铁生是作家中的小说家,他的同行们心里清楚他到底走了有多远。他不是一般读者所热衷的那类作家,但凡是喜欢了他风格的人就再也不会放弃他了。

与本文关系不大的话:我一直试图在文学批评领域尝试这样的努力,阅读一位作家的时候,设法弄清楚他究竟想干什么,至少给自己弄个明白。到考察史铁生的写作为止,我终于明白这是不可能的。这种想法不仅是徒劳的,还是愚蠢的。面对一颗蕴着创造力的灵魂,怎么可能像对数学一样,得出分层次的准确证明呢?一位有着四十年医龄的医生告诉我:不要过于相信心电图,它不是完全可靠的。这句话启发了我,心脏的跳动一旦以表象形式显示在纸上,便仅仅成了一种参考的数据,成了心脏实跳的参照。就像树根从土壤里被掘出来,一旦与泥土失去了联系,一旦终止了给树身输送养分,它作为"根"的意义便终止了。这也是这篇文章为什么搁笔半年之久的原因之一。

1992 年于石家庄

真僧只说家常话
——与韩羽先生的一次会面

时间：一九九三年十月十三日上午
地点：韩羽先生家中

我到韩羽先生家中的时候，比前一天晚上约定时间晚二十分钟，因为下了雨，雨并不大，似有似无的模样，很有一种国画大家的线条境界。我性情里喜欢秋天的雨，它比夏天的雨有秩序，也比春雨严谨、内涵丰富。很少有人在秋天盼雨，它落在人们的希望之外，但它并不计较人们的喜欢与否，想落的时候就潇潇洒洒地落了，秋雨本身充满了彻悟之后的味道。从我的住处到韩羽先生家中，骑自行车是四十五分钟，由西北角到东南一隅，斜穿石家庄市的几条主要街道，这些街道有的挺干净，是用来评比文明卫生城的；有的令人心灰，令人猜想干净街道的灰尘都被扫到了这里。上路的时候我就想细细地体味这场秋雨，这恐怕是今年的最后一场秋雨了。骑车没走多远，雨却停了，头发还没有湿，剩下的便只有回味了。我到石家庄的这几天，恰好赶上在这座城市召开的一年一度的秋季烟酒交易会，全国闻名或无名的烟酒厂家各类别具匠心的招贴画，红红绿绿地招摇在街上，给这座北方城市徒增了一脉卡通片的情调，也给人一种不甚真实的亲切感。

路上，我被山东一家酒厂宣传车队吸引了，这些微型货车一线十辆排开，缓缓地开，每辆车后载一巨型涂成漆黑的酒坛子，车厢的两侧醒目地写着"国际某某奖""国家某某奖"及厂长的尊姓大名。每辆车上配备了几名唢呐手，鼓着黑红的腮帮子努力地吹，这一辆车的声住了，后一辆又续上，依样葫芦的调门此起彼伏，不给行人留下一点儿掏耳的缝隙。我喝过几回这个牌子的酒，包装一样，可酒味每次都不同，也判不出哪一回喝的是正宗。韩羽先生有一篇妙文，叫《空壳螃蟹》全文不足三百个汉字，却颇令人回味。文中引了《宋稗类钞》中的几句话："关中无螃蟹。元丰中，秦州人家收得一干蟹，土人怖其形状，以为怪物，每人家有病症者，借去挂门户上，往往遂瘥。不但人不识，鬼亦不识也。"跟在这支自吹自擂的车队后面，我便想，生活在这个真假混存、莫衷一是的年月里挺有趣的。

韩羽先生很热情，脸上有着老人的慈善与艺术家的坦诚。我们这是第一次见面，但见面之前，我们往返通过几次信，在电话中也数次交谈。西安距石家庄虽有近千公里之遥，但话筒另一端他那朴实坦诚的声音每每使我感觉他就在身边。韩羽先生家住二层楼上，房间的格调不枝不蔓，踏实且明快，一如他谈话的方式，身处其间的外人不拘不束、自然怡然。我们的这次见面是事先约好的，我的安排是九月下旬由西安启程，先到上海、南京见几位作家，之后再到石家庄，照行程计算到石家庄已是十月初了。当我写信把这一想法告诉韩羽先生后，他迅即回一信，大意是太原早已有约，十月中旬应邀赴晋讲学，嘱我避开这个时间，"以免失之交臂"。一位卓有大成的老人对一名初学的认真态度，令人动容也使人感慨。事实上，就在我们见面的当天上午，太原方面迎接的人便到了石家庄，设若我的脚再晚迈一天，确实要失之交臂了。

我们的交谈是从写文章开始的。我一直喜欢韩羽先生的文章。他著的两本随笔集《陈茶新酒集》与《闲话闲画集》成了我的床头书，这两本省心省世省史的好书，伴我许多未眠之夜或晨白贪床的时光。谈到作文的态度，韩羽先生说"作文如作曲，忌平忌直忌无味。好文章有三种境界：一是在词不达意与词已达意之间；再是词达心意；最高是传神，形在似与不似之间，就如作画一样"。

韩羽先生的写作挺慢，他的慢就像他的画一样别具一格，一篇文章成后先钉在墙上，反复审读，直到删去最后一个多余的字才寄出。这种做文章办法又如同他的画。画界有一句关于韩羽先生的谑谈，他是"没有耳朵的画家"。他画中的人物，多是没有耳朵的，因为耳朵是不传达情感的，因此他的画及文章的背后，总潜伏着一种简洁的生动。

因着韩羽先生的坦诚，我便直言了先生的画与观者间沟通的障碍问题，先生是以戏曲人物画名播远近的，我以为这对于不懂戏曲或不喜欢戏曲的观者就是个障碍。当我提出了这个问题时，韩羽先生先思索了一会，接下来便很感慨地说："这个问题我摸索了几十年，一直在试图迁就观者，这种迁就令我很苦恼。'文革'前和'文革'间的那些时间，连戏曲都被否定，戏曲人物画就甭说了，我就得想出路。后来想通了这也很简单，画就像音乐，不能讲懂，它讲究的是趣味。我的画又不是戏曲，我的目的不是想让观者明白戏。假如和看戏一样，我的画就糟了。你这个问题提得挺好，但这是个永远的障碍，是长期的痛苦，越迁就越不行，就像走路，大家一起到一个地方去，走得快的人等走得慢的是很苦的，等的结果可能是谁也到不了那个目的地。我争取做的是，只要这个人向我投降了，就不会再背叛我。"

韩羽先生寥寥几句貌似轻松的话，事实上道出了几十年来艺术摸索给他的心灵带来的辛酸，是经年苦心积累的沉淀，类似珍珠的成形过程，先是有一粒沙子不经意地落入了游动着的蚌的腹内，几经疼痛的折磨之后形成的胶质透明的光洁之核。

谈及个人艺术风格的建立。韩羽先生谑称自己是"艺术上的守旧人，是不朽的顽固分子。"同时又说："我以前可是挺先锋的，我一开始就是这种画法，1949年时可是没有人这么画，大家都觉得新鲜，争论挺大，也挨了不少批评，不过没有挨太大的冲击，我运气挺好。倒是发表我的画的责任编辑挨了大整。天津有一位编辑，因为发我的画受罪不轻。画画要随随便便，这随便是随心而便，是小孩子的那种随便，不机巧，少一点人工味，不要把自己的想法露出来。其实老庄的东西就是人心的东西，他的心有，我们就没有？以我的画法是想怎么画就怎么画，觉得该怎么画就怎么画。我画我的，喜欢我的就喜欢，不喜欢我也存在。"黄苗子先生如此评述韩羽："韩羽不但画如其人，书法亦如其人，土里土气而灵秀迫人。他功力极深，但又不让人看到功力。只看到无法之法，说不上的一种气韵，令人迷醉。"

韩羽先生是笔墨大家，这是令海内外的世人敬仰的，但他对艺术创作的严谨也颇使人赞叹。一九九三年第九期的《美文》杂志上，我编发他的一组题为《漫话水浒》的文配画（计五幅），赢得了众多读者的好感。为此，我再次向他约画并文，先生很快又寄来一组，仍为五幅。未等我回信复谢，先生的一函又至，告我内有一幅重画的《施耐庵读香祖笔记》，嘱我更换。函中附言道："第二次挂号寄去的《漫话水浒》未得回音，不知收到否？其中，《施耐庵读香祖笔记》一幅，用笔碎，绘画性不强，又重画了一幅，今寄上请改用这一幅发表，请赐回音。"

韩羽先生人极随和，是位一切归心的恬淡之人。和他坐在一起，感觉不到那种学识的界限。他不是那种强迫叫人尊重的人，与他谈话，感觉不到是和一位大人物在一起，彼此说话时，或话题间的缝隙，仅能意识到他是一位长者，是一位可尊敬的老人。我们交谈的中间，他给我讲了一段他的轶事。

早年，他与一位领导不睦，经常争吵，有时甚至到不可开交的地步，主要是那位领导人品不正、心术不端，是那类有机会便恃权作恶的人。"文革"的风潮掀起后，这位领导被揪了起来，便有人找他，要他揭发其罪状与劣行。韩羽先生说："确实，以前的许多事情气得我真想揍他一顿，但见到他站在台上的狼狈样子，心就软了，也为他心酸。"由此一斑，可以洞悉韩羽先生的做人风貌。

韩羽先生画风朴素、老道，但绝无沉郁之气，那份心灵的沧桑也无老秋之霜，无论画或文，在笔墨的背后，流动着一条深思熟虑的青春之水，想来这便是那句俗语"常青的艺术之光"的所指了。黄苗子先生概括得极准，称他是"土里土气又灵秀迫人。"

韩羽先生谈吐厚实，所指却犀利，谈及目前画坛一种务虚的时尚，他说："我听一些人讲新文人画，不知怎么个新法。文人画就已经很难了，要有学识，有修养，要有真正的文人态度。文人画其实是一种大境界，是令人向往又畏惧的，新文人画岂不更可怕。有人说我是文人画，我可不敢当，说我是武人画还可以。"

韩羽先生的画是小中见大的，他画的构图一般都很简单，但这份简单中却隐着一股直指人心的禅意。在具体的画面中，他剔除了一切浮华不实的东西（当然，这份剔除的清洗工作是在脑中完成的），给我们剩下的仅是类于格言或警句式的核心，这核心事实上积蓄的是一位老者源自骨子里的力量，类于解数学的难题，他省去了所有的求证与证明过程，而直接告知我们结果。或许我的这个比喻是对韩羽先生思路的一种曲解。

我对韩羽先生的理解是：一堆横竖的木样被一个人点着了，呛人的黄烟之后，便燃起了烘烘的噼啪之火。如果细心观察的话，那跳跃的火苗（准确地讲是一个火团），与正在燃烧的木样是明显地隔离分开的，火团与火柴间有一道微妙的距离，那火团是游离于具体的木样之上而舞蹈着，但这火团来自燃烧的木样。韩羽先生便是那点燃木样堆的人，绚烂纵舞着的纯粹的火团便是他的画，那堆木样堆是他经历的，或经验过的生活，那火团与燃烧着的木样堆间的似有似无的间距便是韩羽先生多年的艺术修为。试想一想，在凉凉的夜里，这团生命之火可以映红多少陌生人的脸孔啊。

文　明　人

　　一片遥远得惊人的土地上，草木繁茂，香花灿烂，石头们各具神态地静立着，水含光放波地流动着，飞鸟和走兽心存爱意地彼此相生相克着。一天，来了两个能人，有能耐的男人和女人，没有谁知道他们因为什么或为了什么来到这里，事实是他们来了，砍伐树木，建起了第一所房子，收割禾草，燃起了第一缕炊烟，为了活着，他们开始适应这块土地。一年之后，他们的孩子出生了，渐渐地，又有路人在此落草定居，孩子慢慢长大。多少年后，人烟变得稠密了，一些惊慌失措的野兽被驯服，变为家禽私畜，另一些有主见的野兽在人们武器和篝火的包围下灭绝或远远地遁去。人们越来越多。杂草灌木丛林被烧伐着，迅速向后退去。房屋与房屋之间出现了街道，街道与街道相连或相错，相继有了学校、商店、邮局、银行，以及交易市场、贸易大楼、行政管理大楼。至此，这片土地被命名为"城市"，人们开始觉得生活在城市里就是文明人。然而,多年之后,城里人越来越多,楼房取代了平房,而且楼层越来越高,汽车取代了骡马,而且汽车越来越豪华。城市越来越扩大,人们求生存的本领也越来越高超,这时候出现了一个词——环境污染。人们面对着自身的浮躁与不安,以及各种传染疾病,开始回念当初的原始风景了,每到休息日便到田野山间度假,回到家里又养了花,门前植了树,建筑家们在拥挤的交叉路口建了街心花圃,在街道两侧铺垫了草坪,甚至别出心裁在高耸的大厦顶层设计了空中花园。暴发了横财但求心安的企业家远去非洲或美洲的原始部落,以高价格收买早年被逐走了的飞禽走兽,放进城市的动物园里,使之与孩子们维持着几米栅栏的隔阂。有一天,某人用高科技的猎枪在郊外打死一只野天鹅,整座城市的报纸和电视万口一辞地咒骂:野蛮!不文明!

文明,差不多总是在前面导引着我们,有时候却也绕到身后,类似黄昏时分仍没回家的孩子所听到的妈妈站在门口发出的严厉又焦虑的一声声呼唤。

小说家研讨会

一个新作家初涉文坛是不能听凭自己的意愿发展的,他差不多先要变成文学中的畸形人物,浮躁、不安分似乎没有主心骨而四处拉名家的关系,显得与自己在写作中的从容状态背道而驰。但这怎么能怪他呢?在四周包裹着他的就是这么一种庸俗的现实,如果没有评论家为他定下"规格",他就永远是文坛的游击队员，而入不了"正规军"的编制，就像酒店里那类胸前戴"实习生"牌的小姐，服务技巧好，而且有态有度，但这改变不了顾客看待她的眼光。一个作家被市里的评论家定格了，他就是市里的作家；省里的作家表态了，他就是省内的作家；要是北京的评论家说话了，这个人物就是文坛的作家。如果有个"实习生"小姐被总经理一眼相中，她的好运就接踵而至了，不过这一点也不确定，"塞翁失马"的先例也是有过的。说起来最有趣的现象是，这些被评论的新作家根本听不进去是怎么被评论的，不管你说什么，只要是好话，尽管说就行。有个县上的作家，发表了许多小说也没有引起注意，于是他放下笔，找条麻袋装满当地的土特产，坐飞机、睡火车，遍访评论界大腕人物的家门，回来后，寻了一门做企业家的远亲，自己掏钱召开了一个小说研讨会，半年之后，这个人在文坛上渐而就有了反响。

　　卡夫卡有个很生动的譬喻，读后挺耐人寻味：一个人晚上在路灯下找钥匙，另一个人走过来问他"肯定丢在这里吗"？他摇摇头"不肯定，可是只有这里才有亮光"。

文 学 过 客

　　对地球而言，每个人都是过客，从生到死，从一团肉身袅成一股刺鼻的青烟。帝王也好，庶民也罢，地球不是依照人们的身份或头顶的光环施加引力的，不会因为是显贵便增几个砝码。地球又是什么呢？不过是茫茫宇宙中一个无足轻重的小球。十几年前，我们曾热衷一句话，叫"人定胜天"。天是什么？天是宇宙的幕布。天上掉下的一块陨石，都令"智慧"的人类研究数年而不得其解，要是掉下别的什么呢？设若真的存在着一位宇宙的主子，听到这狂话，一恼，挥手把这个自转的小球扔了，其实扔了也就是扔了，即使不扔，随便调换一下运行的位置，使之离太阳近一点或再远一点，面对水深火热、石冷土凉的大限，人类除了自取灭亡还能有什么办法，领导给自己不满意的属僚穿双小鞋是最简单不过的事情了。

每个人都是过客，都将是过眼烟云，重要的是给身后留下点风吹不走雨浇不湿的东西。青史留名，大概是人的最高愿望了。但青史是绝对客观的，不是谁想留就留下了，权势也不起作用。乾隆爷足迹及手迹遍及大江南北，甚至江南妓馆的内壁、北国梨园的横楣，多留有龙爪墨迹。这以求传万世的金镶玉雕的诗句到了今日，则如刮风天街边的草纸一般，或残卷消逝，或猥琐于墙角暗处，与天日无缘了。而他的弃臣曹雪芹，于饥寒交迫中写就的《红楼梦》，却如旷野中的一头狮，惊怵了世人的心魄。文学史是公正的。在一个朝代里，若全部作家都够格就全部留下，但也可能整个朝代无一人驻存，成为文学史的一处空白。

几年前，文坛有一种严肃的说法，叫重写文学史，这种说法因其严肃而更显幽默。所谓重写，就是已有的不妥，像懒农人锄过的田，需要返工。重写就一定妥吗？持此说法的人有一句著名的口头禅：我们是缺席者。文学史给谁留了席位？这席位又是谁来设的？文学史不是教科书，作为教科书的文学史一个朝代有一个朝代的编撰规则，虽然叫文学史，但它还是教科书。文学史也不是英国早年殖民开发时的圈地运动，谁的马跑得快就可以多钉木橛子，多占几亩地。真正的文学史迹是神镌刻在石头上的，俗手奈之若何？

我读书少而不精，又好看杂书，文学典籍之作读得少。至今日读了两遍《红楼梦》也止于八十回，不是因为续书不好，是读的心情没有了。但是《水浒》《聊斋》等类书在初中就看过了。那时看这些书是必须背着家严的，一俟被发现，他就要过书去，平静地扔进炉火中。家严从不大发脾气，他性格挺内向。但这效果比发一顿脾气还糟，因为书是借来的。读大学后才如鱼得水，但还是喜欢一个人在僻静处看。学校图书馆太嘈杂，我便去市图书馆，选一个僻静的角落，一坐一个下午就过去了。后来和管图书的老太太熟了，就直接进书库找书，有时就坐在书架下读，那种带霉纸味的"书香"至今萦萦于鼻。这使我养成了好逛图书馆的怪癖，很多时候不是为了读书，只要见到厚厚实实的书架，心里就特过瘾。

北京图书馆是国家图书馆，乔迁新址时，我专程去"领略"。才见到高耸的大楼，我是振奋的，类似教徒见了圣地的水。乘电梯缓缓逐层而上，透过两层的巨型玻璃，见到层层叠叠森严壁垒的书架，心里渐而有点发虚，及至到了顶层，又有些心堵，便想：如此浩瀚的书林，哪一个书架还需要一本庸常之作呢？

时下的文坛煞是热闹，波澜层起，怪招迭出，令人目不暇接。作家们在创造文学人物时也热衷于把自己弄成文学人物。有的作家为写作拼掉了生命，那耗尽了生命最后一滴血液的著作能留传千古吗？恐怕谁也不敢在这点上押赌。有的作家很卖钱，这些作家一边马不停蹄地写作，一边拍自己的肩膀以示鼓励：再快点，这等好光景卖不了几年。有的作家不但不卖钱，甚至出本书都很困难，他们不惜贴钱出书。写书的时候，像蚕吐丝一样耗空了脑汁，而出版时，再把身上的肉搭进去，这些人真是全身心地趴在写作之上了。在大街上，时而可以见到拖着瘦骨架的这类作家，他们把印制并不精美的书从自行车后架上拎下来，挨家推书店的门，以求换回积蓄了数年的血肉投资。几年前，有一位叫汪国真的诗人几乎是跑步来到文坛的，却连脚也没有停，又以更快的步子跑远了，在人们的回忆里只剩个背影，且这背影也十分模糊。

美国有一部卡通片，片名记不准了，是为孩子们服务的，但也可视为成人的童话。剧中总出现一只兔子，手里举着一只大闹钟，大闹钟响着嘀嘀嗒嗒的声音，急匆匆跑过屏幕，且不住口地念叨着一句话："I am busy, I am busy（我太忙了，我太忙了）……"每集剧中，这只兔子总要往返跑几次，有趣的是这只兔子和剧情毫无关联。这只兔子，针对这部卡通片便是彻头彻尾的过客。

文 人 得 志

一位作家谈到另一位作家时说："他不得志，以他的写作成就，在他那个省至少该是作协副主席了。"这位被谈到的作家听后，笑笑说："那不是我的志。"事实上，肉是好东西，但如果给和尚送去，那便是送去了侮辱。

作家写出了著名作品，如果没有接踵而来的著名头衔，那他就是一位"有问题"的作家。这种瘟疫一样的观念由来已久了。文学史谈到屈原时，经常使用的一个词就是"不得志"，或"晚年不得志"。假如有人敲屈原的墓门，把这一评价以"传音心法"告诉他，不知道这位老人是微笑还是摇头。至少有一点是肯定的，如果他知道了后人把他投江自虐没有同众多的因精神活动臻于真空而自杀的艺术大师进行比较，而是简单地与他仕途遭险直接联系起来，说他"晚年不得志"即是他晚年没能连任政坛。面对子孙后裔们的这种曲解，他即使不从汨罗江里气愤得跳出水面，他那高尚卓绝的灵魂也会在江底唉声叹气的。

我们是一个强调"志"的民族，讲究"志"与"气"沟通使用，讲究"君子报仇，十年不晚"的长空志气。我们津津乐道的这类典故很多，最著名的是韩信胯下受辱的故事。韩信年轻的时候一无长处，卑卑琐琐。一日，一泼皮无赖在大街上截住他，要他从胯下爬过去。韩信奈不过泼皮的一脸横肉，只好在众目之下狗一般爬了。但从此日起，他便发愤立志，终于成了一名驭千军万马的赫赫名将。我以为这个故事不好，至少有居心不良之嫌，其坏处在于鼓动人们如果被一个人骑过脖子，将来就要骑千万人的脖子。

我读过一位教师写一位作家的文章，这位已成名流的作家曾是他的学生。那篇文章的开头便很直截了当地承认，这位作家取得的成就让他深感意外。文章记述了一件小事，他教小学时，一天与学生们聊天，问起每个人的最大理想，有人想当教师、有人想当演员、有人想开飞机、有人想上军舰，也有人想当作家。唯有这位后来真正成为作家的小学生唯唯诺诺地说："想考上初中。"在这件小事之后，教师的笔墨便集中在作家如何如何勤奋学习上。显然，这位老师把他当成又一个韩信来抒发感慨了。我以为，这位老师不是合格的老师，直到他退休了还没有理解他的学生当年的人生态度。他只看到了这个学生是怎么努力的，却忽视了一颗踏实、平和又稳定进取的心灵。

在我们约定俗成的观念中，学习好，又能做学习委员的才是好学生。授业有道，又能当校长的才是教育家；仅仅种好田不是好农人；仅仅造出过硬机器的不是好师傅。由此而论，既写出好作品，又称霸文坛的才是好作家。

我们的一些作家习惯于"领太太的恩典"，每每写出一部作品，就像考试得了好成绩回家的小学生一样，家长不给几颗糖便不行——有的吃了糖便不再努力进步了，因而我们才有那么多一本书作家。作家们习惯了"宠儿"的优遇，习惯了社会核心的位置，习惯了写而优则仕，而且，我们品评一位作家的优劣，也多以头上的光环、胸前的花朵或衣兜里的糖果为标准。

我们惯以"落魄"来饰文人，其实，真正称得上落魄的仅是极少数，贫穷困顿不是落魄，心不达、意不合才是落魄。

时下文人中，一些人当官了，当得挺好；一些人"下海"

经营了，游得很舒畅；一些人潜心创作，弄墨舞文，兴致勃勃。这三类人都算不得落魄，各人尽着各人的心愿所为。只有那些又想当官、又想下海、又想写作的"捞世界"型的文人，才一日日落魄下来。世界是全人类和全体动植物的，不可能让某一个人独占。立志于此的人，自然是事与愿违的，这样的志必不可得。

作家的名片是照耀作家的最好镜子，各人之志在那一方素纸上显现得异常清楚。我见到的名片中，喜欢的仅一张，纸很普通，常见的那种名片纸，在左下方角落处印有这位作家的姓名，右上方角落处是一方作家名字的篆刻，刀法极其艺术。除此之外，再无一个杂字，名片的天地之间好一份干净与辽阔，给人的感觉是，在自己谦逊的姓名和昭示自己所求之外，再无一寸杂念。比较起来，那种罗列太多头衔，甚至不惜印到背面的做法，在这一招上略显形而下了。

那位否认自己"不得志"的作家讲过一个笑话，纵使不太严肃，却意蕴深长：几个男人在山中的瀑布下洗浴，泉水如注地倾在头上、身上、脚上，每个人都忘情地雀跃舞蹈，呼喝连天的叫声惊了两个游山的猴子。二猴细细观赏了一会，相互耳语道"这几个猴真怪，尾巴长在前面了"。

从挖耳朵看文学批评

耳朵在五官中的位置是独特的，借助它们，我们每天收听着想听和不想听的声音。聋人的烦恼不言自明。日常生活里，我们在刷牙、拧鼻子、挤眼睛、文眉毛诸事中，除去生理的必需及美的必需外，不会有生理的快感。挖耳朵却是消闲愉性的一种别致情趣，旧时的澡堂子或剃头棚里，专有挖耳朵的一道工序。人们在净肉身、净头皮之后，还要净耳朵：坐在凳子上，或半卧在床榻上，微微侧着头，师傅手持一铜质小匀，将耳屑一点一点扫除干净。事后，被挖的人立起来，平摆过头，以单耳向地面，用手捂住另一单耳，单脚着地蹦几蹦，以便空出残屑，惬意时或可"呵呵"几声。挖耳朵既讲求了卫生，同时也愉悦了心情，不亚于美美地泡了个热水澡。

我从小最怕的却是耳朵。

我爷爷生就一张椭圆脸，耳朵却长，若是生气，耳朵就越发长。他倒背手喝训人的时候，脸色青僵，长耳一扇一扇的，被训的总是我父母双亲。他们一方被训，另一方须站陪。爷爷从不给我们兄妹施威，就像处长，对科长横鼻子，对科员却是和蔼融融的。爷爷发火的时候，双脚在地上扎根一般不动，耳朵一扇一扇的，我父母的耳朵却柔顺地贴在脸的左右。爷爷的耳朵在我的童年是最具威慑力的，远远超过了父亲的大巴掌。以后渐渐大了，但见生人，还是最重视耳朵的长法。走在大街上，从背后望前边的路人，觉得左右张扬的耳朵实在有趣，若齐根削去，人就不像人了。若从正面去看，用一张纸或一块布把脸盖住，独看这一双耳朵，人就挺像兽的。

画家韩羽的人物画很少画耳朵，一切匠心皆用在脸的其余四官上，如他的名作《三个和尚》的和尚面相，脑袋四周囫囵干净，既不生头发，也不长耳朵。和尚是剃去七情六欲的，一味含心内修，因此没有头发；面壁的人也无须听尘世的俗音，故也去了耳朵。但是他的其他画中人也少有耳朵，可能于画家来讲，耳朵是人的五官中最不具体态语言的。画家洋溢着兄弟间的深情厚谊。另外，在时下颇为时兴的所谓作家作品研讨会上，这种情景更令人忍俊不禁，被研讨的作家坐在会议的中心，与会的人便依次表扬他，你方唱罢我开言，这种集体挖耳朵的行径给当代文坛制造了一种貌似繁荣的虚象。像那种扎根不深、剪枝不当的果树，春天开了一树的花、抱了满枝的果，这些果实根本谈不上走向成熟，甚至走不完春天就干青着脱落了。去年，我有幸参加过一次某青年作家的小说研讨会，会议才开始，主持人便笑呵呵地定了戒条：这是一次"浇花"的会。接下来，与会者便历数这位作家的优点，甚至连手稿字迹清秀也抖落了出来。会议开始之前，这位作家是频频点头走进会场的，但走出去的时候却是满脸的托尔斯泰晚年手抚《圣经》祈祷的神态。那次研讨会给我留下的最深记忆是晚餐桌上的一道茄子菜，匣子中间裹了羊肉馅，又经过油炸，外壳脆黄内馅鲜嫩，叫人没齿难忘。

　　文学批评是一件极其严肃的工作。我个人认为，对一位作家的最大尊重，莫过于严肃地对待他的作品，在他值得称道的地方毫不脸红地夸誉他；在他的力不从心的失策之处，毫不手软地批评他。生活是作家的土壤，而文学批评则是作家的空气，这空气须是健康向上的，同时又是怡神怡志的。我们的作家应该生活在这种空气之中。

1993 年于石家庄

代后记
文学写作，认识力是第一位的
◎作家：穆涛　记者：舒晋瑜

2018年，西安市给穆涛颁发了一个极大的荣誉，叫"西安之星"。穆涛从市委领导手里接过证书，貌似平静着走回座位，但晚上回到家里却掉了眼泪。他觉得，这是西安给他落下了精神户口，他融入这个城市了。

"如果我是一棵苗，是西安这块厚土让我破土的；如果我是一棵树，是这块厚土让我长起来的。谢谢贾平凹，谢谢《美文》，谢谢西安！"

穆涛的感谢是真诚的、发自肺腑的。三十年前，他因约稿认识了贾平凹，把贾平凹给《上海文学》的小说，硬生生"打劫"到了河北的《长城》，却由此被发现了作为好编辑的潜质，为日后在《美文》走马上任埋下了伏笔。

"大散文写作"是《美文》的编辑宗旨。穆涛是个聪明人，和平凹主编聊过几次，便摸到了对"大散文"的认识的底线。平凹主编明确告诉他："你去读读司马迁吧。"他不但用心读了《史记》和《汉书》，还读了陆贾的《新语》、贾谊的《新书》、刘向的《新序》、董仲舒的《春秋繁露》。汉代的史学和文学著作，兼容着阅读，逐渐有了自己的发现和体会。在《先前的风气》中，穆涛以清醒的现代意识和踏实的笔力，考察传统典籍，反思当今生活，实现了散文创作的大境界。

《先前的风气》获得第六届鲁迅文学奖。穆涛把《美文》的大散文理念推而广之，同时也把自己写成了著名的散文家。近两年出版的《中国人的大局观》《中国历史的体温》与《先前的风气》基本路数相似，截取了中国大历史中的一些段落或细节，作为镜子，既照正面，也关照背面。

每次相逢，总见他一副不疾不徐的样子，说话做事温和儒雅中透着宽厚真诚，黑框眼镜后藏着一双笑眯眯的眼睛，实则他又是睿智且富有锐见的。有评论认为，"谦谦君子"与"称物平施"是穆涛其人其文给人的基本印象，但他还有金圣叹的"情"和"侠"的一面，有"棉针泥刺法""笔墨外，便有利刃直戳进来。"读他的文章，若体味不出这一点，便是错会了他。

去西安约稿，"打劫"拿走了贾平凹的《佛关》。编发贾平凹的小说给穆涛带来了人生的改变

您是什么时间开始写作的？起因是什么？

回头看，说从前，是反省不足，可以把自己的薄弱处看得更明了一些。我是河北廊坊人，1980年到张家口师专上学，那一年17岁，三年后分配到承德钢铁厂。承钢在当年是一家有影响的国有企业，我们那一批进厂的学生有好几百人，来自全国多所学校，多数是学习冶炼和矿山开采的。那个时候正值改革开放初期，大规模经济建设风起云涌，钢铁是紧俏物资，与钢铁相关专业的学生是紧俏人才。当时师资也缺乏，但没有那些人抢手。我在工厂总部招待所住了一个月后，被分配到下属的太庙铁矿中学，距厂部大约有50公里的山路。

太庙铁矿是1920年前后勘探发现的，富含钒和钛等稀有金属，有经济价值，还有战略价值，在日本侵华期间遭到破坏性开采，中华人民共和国成立初期重新规划定位，成为156个国家重点工业项目之一。承钢是在太庙铁矿基础上建设的，集采矿、选矿、钢铁冶炼一条龙生产。但这些是我以后才了解到的，当时只是觉着太偏僻，生活区和办公区挤在一条街道上，周围都是连绵起伏的山。我当时教书还算认真，因为是人生第一份工作，有新鲜感。学生基本是职工子弟，不同于一般山区的孩子，有知识基础，后来还有考上复旦等名校的。

但实话实说，我投入程度不够，心里想的是怎么才能尽早离开这个地方。当时矿中教师也紧缺，调走是不可能的，很苦闷，但也没有办法，只好闷头读书。鲁迅的书就是这一阶段读的，还做了细致的笔记，后来再到西北大学上学，这时期的阅读打下了比较坚实的基础。一边读书，一边写作，也开始陆续发表文学作品。

1984年11月，我有幸去石家庄参加了河北省业余文学创作会议，这个会在当年挺重要，是省委书记提议召开的。这次会议坚定了我从事文学工作的信心，这之后先在承德的《热河》杂志，继而在石家庄的《长城》杂志做小说编辑，还在《文论报》待过一段时间，中间在西北大学上学两年，1993年3月到了西安的《美文》杂志，做散文编辑，一直到今天。严格说，我的文学写作一直是业余的，最初的职业是做教师，接下来一直做编辑，"编龄"三十多年了。

2010年，我回过一次太庙，已经"闭矿"好几年了，大规模采矿已经结束，铁矿中学也撤了建制，但校园旧址还在，我在那里坐了一个下午，三年多的教书和生活细节重新清晰起来，当年那么多的人给过我帮助，诸多往事让周围连绵起伏的山都那么亲切而温暖。好像一下子明白了这个偏僻的地方为什么叫太庙。庙是让人修行的地方，任何大的东西都不在表面，而在内心的觉悟。整整一个下午，我都在为自己当年的粗糙和浅陋而追悔。

1993年去《美文》，是怎样的一种机缘？

1991年时，我在河北的《长城》杂志做小说编辑。主编交给我一个任务，让我去约贾平凹的稿子，最好是小说，散文也行。而且说得很严重，约到有奖励。原因是1982年贾平凹在《长城》发表过一篇小说《二月杏》，刊发后受到不少批评，之后再没给《长城》写过东西。去西安之前，我做了些功课，把两三年间贾平凹发表的小说找来读了，还读了一些评论他的文章，把观点也梳理了一下。到西安后，一位朋友带我去的他家里，他挺客气，还说对《长城》有感情，批评的事与杂志无关。但不提给稿子，说以后写。我知道这是托词，便把读过的小说逐一说了我的看法。他听得特认真。但直到我们告辞，也不明确表态。

第二天晚上，我独自又去了他家里，开门见是我，还是那种客气。我说，昨天忘了说几个评论文章的观点，今天来补上。我把几个观点陈述了一下，也说明了我的看法，有同意的，也有不同意的。他一下子聊性大开，谈了很多他的想法。聊的过程中，我看见墙角有张棋盘，就问："您也下围棋？"他说："偶尔玩玩。"他建议下一盘，我说好呀。我本来是想输给他的，趁着他赢，我抓紧要文章。下过十几手之后，我就发现要输的话，太难了。后来是他主动推开棋盘，"咱还是聊写作的事吧"。接下来就融洽了，他铺开宣纸，给我画了两幅画，还写了一幅书法。我拿着字和画，说："其实我就想要您的小说。"他笑着去里边的屋子，取出一个大信封，说："你读读这个，咱先说好呀，这个小说是给别人的，我想听听你的意见。"我接过来一看，地址是《上海文学》，收信人是金宇澄。记得当天晚上西安下着小雪，我是一路走回我的住处的，四五里的路程，心情那个爽朗。

这是个中篇小说，名字叫《佛关》，当天晚上我就看了大半，写得真是好，充沛淋漓的。第二天一早，我先去复印，当时复印还贵，一张一块多。再到邮局，把原件挂号寄回《长城》。忙完这些，回宾馆再看小说。一个下午看完了，晚上我拿复印件再到他家里。他翻看着厚厚的复印件，看我在稿子边上写的读后记，说："复印挺贵呢。"我说："您的手稿我早上寄回《长城》了，打电话跟主编也汇报了，他说发头条。"他听过就笑，说："你是个好编辑，我们西安市文联正筹备办一本散文杂志，创刊时你来吧。"

《佛关》刊登在《长城》1992年第二期。1992年9月《美文》创刊，1993年3月，我到《美文》报到。后来见到金宇澄兄，为《佛关》这个小说向他致歉。他笑着说："平凹跟我说过了，说被你打劫拿走的。"

从（20世纪）80年代开始做编辑，说说您和作者之间的故事吧。

说一下我敬仰的汪曾祺和孙犁先生的两个细节。

1991年，汪曾祺先生和施松卿老师受《长城》杂志邀请到石家庄，住在河北宾馆。我年轻，被安排照料老两口的生活起居。每天的行程满满当当，参观、游览、座谈，这些场面事情没我什么事，我只负责早晚。早餐很简单，但晚饭之后事情就多了，见各方重要人物，而且每晚都要写字作画，基本是客人走后才开始"操练"。领导每天给我一个名单，我配合汪老按这个单子或写或画。汪老风趣、随和，做书画却认真,不敷衍应付。当年也不时兴润笔,全部是"义务劳动"。每天都有人索要字画,汪老没有过一句怨言或不耐烦的话。我记得最多的一个晚上是三十多幅,房间都铺展不开了,放在外面的走廊上。松卿老师心疼汪老的身体,不停地在房间里走,我都不敢看她的脸,觉着自己像一个罪人。汪老在石家庄的最后一个晚上,说:"今天活少,给你写一幅。"我掏出一直带在身边的册页簿,"您给我写一句鼓励的话吧。"老人想了想,写下八个字"以俗为雅,以故为新"。让人敬仰的作家,不仅因为作品写得好,还有很多作品之外的东西。

在《长城》工作期间,我编辑过孙犁先生与一位中学同窗的往来通信专辑,记不准确了,好像是三十多通。我拿到手的不是信函原件,是手抄之后再经过复印的。有些地方字迹不太清晰,我知道孙犁先生素来对文章的编校要求严格,因此特别地小心,但杂志印出来后,还是有两处小的疏失。过了一段时间,孙犁先生托人捎话给杂志的领导,指出了疏

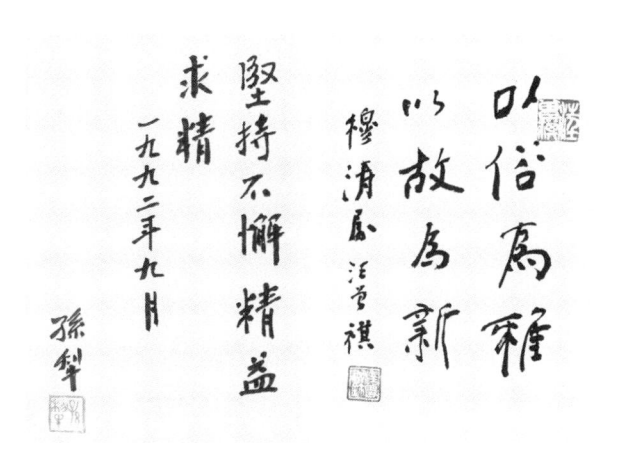

失,据说挺生气,但也表示了谅解,特别讲了做编辑要精益求精的叮嘱。又过了一段时间,一个朋友去天津专程看望老人,带回老人题写的"坚持不懈,精益求精"的书法。我听说后便到朋友家里,见到了这幅字,特别喜欢。便跟朋友借回来看,这一"借",到今天也没有还。

穆涛读书有一个笨习惯,说是做笔记,其实就是抄书。他的这种"活页文选"累积了三个纸箱子

《中国人的大局观》是您几十年读书思考的积累,从先贤圣哲和文学典籍中梳理中华文化的发展脉络,以历史掌故和先贤名文启迪当下,用时代精神和现代意识激活文化和传统,这部作品的创作契机是什么?

我不是作家,是编辑,我下功夫读了一点汉代和汉代之前的书。不是为了写作,是编辑《美文》杂志的需要。1998年4月我担任《美文》副主编,主持常务工作,平凹主编倡导"大散文"写作,我要配合他思考散文写作如何踏大方,并且在《美文》具体编刊中呈现出来。"大散文"不是指文章的长短,而是指审美的格局和气象。在跟平凹主编的沟通中,知道了他对汉代情有独钟,他也建议我多读一些汉代的文章。

这之前我个人比较喜欢韩愈,我们读古代文学史,知道韩愈在唐代推动"古文运动",所谓"古文"就是指西汉和西汉之前的文章。由韩愈到"古文运动",就这样也对应到了西汉,个人读书趣味和工作需要联系在了一起。我读韩愈,最初是受《古文观止》的启发,清代人编辑的这部供科举考试用的文选,合计222篇文章,收录韩愈24篇之多,占了全书十分之一。

宋代的苏轼评价韩愈是"文起八代之衰",讲韩愈的写作扭转了八个朝代的文风衰势,而回归到中国文章的文宗正统。由唐上溯八代,正是上接西汉。由此可见,苏轼与韩愈未谋而合,同时推崇汉代以及之前。苏轼的这句评价,还另外带出他的一个文学判断,他讲的汉到唐之间八个文风衰势的时代,包括晋代的陶渊明和我们冠之"风骨"的魏晋,在苏轼看来,这两种写作方式均不入中国文章的主脉。

我从汉代的陆贾、贾谊、晁错、董仲舒开始读起,继而又系统读了《史记》《汉书》《淮南子》《礼记》,渐渐沉浸其中。汉代的文学观是大方大器的,"文章尔雅,训辞泽厚"是基础,但清醒的认识力是前提,"究天人之际,通古今之变,成一家之言"。比如贾谊的文章,《吊屈原赋》《鵩鸟赋》不过文法讲究而已,但《过秦论》《论积贮疏》《谏铸钱疏》等文章,因其洞察社会趋势与走向,看破世道焦点所在,被《史记》和《汉书》收录。文学作品被史家采信,才是真正的大手笔。

《史记》和《汉书》是中国社会观察与考察的集大成作品,位居二十四史前两史。这两部书不仅开创史书写作体例,对后世的文学写作也影响巨大。汉代之前的文章都是囫囵着去写的，自这两部书之后才有了"传和纪"等体裁的分类讲究。《周易》是中国第一部严格意义上的专著，之后著述之风兴起，有了诸子百家。但这一阶段的写作，像吃火锅，所有的东西放一个锅里煮。自汉代之后，才细致起来，有了煎炒烹炸以及菜系门庭的分野。

汉代重视中国大历史的深入研究，是有文化疼痛在其中的。中国文化典籍经历过一次"浩劫"，就是秦始皇的"焚书"。秦朝于公元前221年一统天下，八年之后，于公元前213年在全国实施大规模的书禁，史书是首烧之书，"非秦记皆烧之""以古非今者族"。不是记载秦国历史的史书通通烧掉，以古非今者满门斩首。秦始皇的卑劣用心就是要抹去秦地之外所有的历史记忆。又过了七年，公元前206年秦朝灭亡。要感谢汉代，我们今天读到的秦朝之前的历史文存、典籍著作，包括孔孟之道、诸子百家等，基本都是汉代的学人重新整理出来的。

汉代的古籍整理以及历史研究成果，是中国文化史中的旷世功德，上接中华文脉，既修复了被秦朝割裂破坏的文化生态，也是在废墟之上的重整旗鼓，是中国文化的集大成和再出发。

这部书历史知识丰厚，您是用做学问的功夫去写作。

我不是刻意准备去写这本书的。河北廊坊有一句土话，挺形象，"搂草打兔子"，本来是去拔草的，顺手打了一只兔子。

我读书有一个笨习惯，说是做笔记，其实就是抄书。这也是逼出来的，尤其是史书，没有时间专门研读，工作中杂事多，有空了就抄几段，事情忙了就放下。我个人的经验是，抄书好，抄一遍等于读三遍。我的抄书卡也简单，把 A4 白纸一分为二，一个章节或一个文章抄得了，就装订成册，中间有了想法和感触，随手写在纸卡上，一并装订。我的这种"活页文选"累积了三个纸箱子，有一年暖气管渗水，其中一个箱子腐败了一半，心疼死了。亡羊补牢，后来买了一个大樟木箱子，全部囊括其中，不仅防潮，还防蛀虫。

作家写历史人物或历史事件，要留心一个重要问题。中国的史书体例很特别，有纪（本纪）、传（世家，列传）、表（年表）、志。写一个人物，仅仅读他的传是不够的，可能在皇帝纪中也有记述，文武工商不同人物，可能在志、列传，甚至年表中都有相应的记载。写一个人物，只读他的个人传，可能真的会挂一漏万。

他的笔墨深入到中国传统文化的根部，考察古往今来历史迁延变化的轨迹，细数深藏其中的治国方略和人生智慧

您读了大量的史书，能否谈谈历史阅读与文学写作之间的关联？

我说两个人吧，看看他们的见识以及文章的亮点。一位是陆贾，一位是董仲舒。

陆贾的了不起之处，是他的文章让刘邦长出了文心，使这位粗疏皇帝认识到了文化在治国理政中的巨大功用，进而把文治和武功做了分野。刘邦个人没有文化，但他给西汉一朝埋下了尊重文化的种子。中国历史中有不少皇帝，个人有文化，也写诗写文章，但在他的朝代里，整个国家没有文化感，甚至践踏文化。

陆贾是随刘邦打天下的人物，"陆贾者，楚人也。以客从高祖定天下"。地位虽然不是很高，却是核心智囊团队成员之一，也是唯一敢跟刘邦说话直来直去的人。《史记》和《汉书》都记载了这么一件事，陆贾在刘邦跟前常说《诗经》《尚书》的重要，刘邦听腻了，骂道："老子是驰骋马上得到的天下，跟《诗经》《尚书》有狗屁关系。"陆贾回道："在马上得到的天下，难道还在马上治理吗？文武并重，才是国家长治久安的大计。如果秦始皇统一六国之后，行仁义，法先圣，还会有您的今天吗？"听到这样的话，刘邦不仅不生气，而且"有惭色"。当即叮嘱陆贾把秦之所以失天下，以及先朝先圣治理国家的得与失著述出来。陆贾共写出十二篇文章，"每奏一篇，高帝（刘邦）未尝不称善"。随后结集成书，刘邦钦定书名《新语》。刘邦尽管性格粗疏，但确实是具备超凡胸襟和智慧的大帝。

《新语》十二篇，具体是《道基》《术事》《辅政》《无为》《辨惑》《慎微》《资质》《至德》《怀虑》《本行》《明诚》《思务》。陆贾是大学者，也是文章家，述说过往历史，以兴衰得失为着眼点，以"回头看，是为了向前走"为文心，学养厚实，眼光独到。行文结构谨严，冷静透彻。语言鲜活生动，深入浅出（语言的这个特点，显而易见是照顾到了刘邦的阅读能力），尤为难得的是文风从容不迫，既无一般术士劝谏之文的任性戾气，也无邀功取好的奴才媚态。全书以"行仁义，法先圣"为核心要义。此外，还有一个特别的亮点，指出"无为"的核心内存，是不乱作为。两千年前就能有这样的认知，实在难能可贵。用既往的历史事实去看，一个时代里，乱作为的危害是大于不作为的。

董仲舒是汉武帝时期的文化大人物。

在西安和咸阳的交界地带，有一个村子，叫策村。二百多户人家，一半以上是董姓，都是董仲舒的后辈。公元前104年，董仲舒病逝在老家（今河北衡水），汉武帝诏令赐葬茂陵。

百年之后臣仍侍君，这在古代是至极的哀荣。董仲舒的墓在汉武帝陵的偏西北处，直线距离不足一公里。在东南方向，是大将军卫青和霍去病的墓，相距约三百米。一代文臣武将的墓与汉武帝大墓成拱卫之势，策村就这样掩映生息在君与臣之间。

村子叫策村，是纪念董仲舒与汉武帝之间的"天人三策"。

"天人三策"是汉武帝与董仲舒的三次"笔谈"。公元前140年汉武帝即位，当年就在全国海选征召一百多位"贤良方正，直言极谏之士"，立为博士官。六年后，公元前134年，汉武帝向全体博士官发出策问，征询治国良计。策是一种特别的竹片,是宫廷"专用稿纸",当时造纸技术还未被发明。皇帝把咨询的问题写在竹片上,叫"策问"。博士官的答奏也写在竹片上,叫"对策",汉武帝亲自阅览所有的对策,而且对满意者还要追加"策问"。董仲舒被追加两次,成为博士官中的翘楚。汉武帝的三次"策问"与董仲舒的三次"对策",全文记载在《汉书·董仲舒传》中。

董仲舒的三次"对策"涵及政治、文化、教育多个领域,其中有五个层面的上谏内容被汉武帝采纳,并付诸实施。一、遵循天地运行的法则,顺天时而治天下;二、推崇孔子学说,尊尚儒学,以儒学的理论体系作为治理国家的指导思想;三、强化大一统的国家观念,固本以致远;四、建立太学制度,构建国家文化生态;五、改革官员选拔办法。

董仲舒的这些认识,在当时是很超前的,也是国家治理所急迫的。公元前104年,汉武帝改革天文历法,废颛顼历,行太初历,这次历法改革有一个明显标识,一年中的岁首正月确定在农历一月,与今天相同,此之前颛顼历的岁首正月为农历十月。也是在这一年,董仲舒病逝,享年75岁。构建儒家的理论体系,尊儒尚孔,使之成为治理国家的指导思想,这是中国历史上首次提出以传统智慧治理国家,很大程度局限了皇帝的"一言堂"。改革官员选拔办法,推行"察举制",废除贵族制,普通百姓通过读书考试可以入仕,参与国家治理。给底层的百姓带来改变人生命运的希望亮光,是这项制度的光亮之一。"察举制"到隋唐之后完善为"科举制",一直运用到清朝末年。

此外，董仲舒著述的《春秋繁露》对后世的史学和文学均影响深远。《春秋繁露》是自汉代至今最好的《春秋》解，既解经典，也由此创立了史学研究的一宗上乘法门。《春秋繁露》十七卷，实存七十九篇文章，这些文章意蕴沉实丰润，写法生动趣味。"春秋笔法"是被董仲舒明确提出的，指的不仅是写作手法，更多的是心法。其中藏着两个智慧点，一是用材料说话，以比较而立言，不能凭空臆断。再是"记衰世"，书写一个时代，既写明亮处，也着眼阴暗面。《春秋》一书，"弑君三十六，亡国五十二"，记写了三十六个臣子弑君，五十二个诸侯国由兴至衰。以此乱象，昭示春秋时代的礼崩乐坏。史学与文学均不是化妆品。洗净脂粉，保持清朗面目，是"春秋笔法"的核心。

坐落于汉武帝陵与卫青、霍去病、董仲舒墓之间的这个村子，不叫皇村，不叫将军村，也不叫董家村，叫"策"村。这个小村庄是以明白无误的方式，纪念公元前134年汉武帝刘彻与董仲舒之间头脑风暴级的三次"笔谈"。

今天大学里的古代文学史，不讲陆贾，董仲舒也讲得很少，这是有很大欠缺的。流行一句顺口溜，"汉赋，唐诗，宋词，明清小说"。汉代的赋，以哄皇帝开心为内容的作品多，基本丢掉了屈原赋的天问意识。

写作《中国人的大局观》和《中国历史的体温》两部书时，是怎样的状态，历史细节与历史人物活灵活现，散文写作是否也需要丰沛的想象？

历史是活的，是有生命的。

历史不是老掉了的牙；不是物化了的树根；也不是失去活力的根雕，摆在展览厅里由我们说三道四。树根成为根雕之后，就不再是树根了。读史书，像穿越回到了旧时光里，也像来到一条大河的水源地，一切都是陌生而新鲜的，我只是把我看见的记述下来，是见到的，不是想象出来的。

说到想象，我们比古人差老鼻子了。科技发达之后，我们都成了很现实的人。今天我们有挺不错的科幻作家，我说一点老祖宗的科幻能力。

"四象"和"二十八星宿"，这两个词大家都熟悉，但它们背后藏着的东西，不是传说，是上古时代的"黑科技"。说是传说也可以，传说是最早的口述历史，文字被发明出来之前，一切只能依靠传说。

"四象"，也称四神，是四种神物，东青龙，西白虎，南朱雀，北玄武。"二十八星宿"是太阳系之外的二十八颗恒星，"宿"是客栈的意思，是二十八家星际客栈。古人观察地球围绕太阳运行的规律时，以这二十八颗恒星为观测坐标。地球是长途旅行者，我们的古人很贴心，沿途设计了二十八个休憩之地。

"二十八星宿"与"四象"说的是一码事。

二十八颗恒星都有自己的名字，古人按照每一颗恒星的亮度和形状发挥想象并给予命名，比如东方七宿，角、亢、氐、房、心、尾、箕。二十八星宿每七颗为一组团，古人按照组团的形状再命名，就是四象。东方七宿是龙，西方七宿是虎，南方七宿是朱鸟（朱雀），北方七宿是龟蛇缠绕（玄武）。

"四象"是"二十八星宿"的具体化，由遥远的星际到了天地之间，并进入了人们的日常生活。四象既代表着东西南北的方位，也标识着一年四季的春夏秋冬。

四季之中蕴藏着五色，包容着五行，春为青龙，秋为白虎，夏为朱雀，冬为玄武，黄土居四季中央。木主春，夏主火，土主中央，秋主金，冬主水，水复生木，万事万物在这个天地大秩序中生发变化。

青春、金秋，还有老百姓生活中用的那个词，秋老虎，源头都在"四象"里。

1987年，在河南濮阳老城区的西水坡，发掘了一座新石器时期的大墓，墓主人身体两侧，有两件"艺术创作"，以蚌壳砌塑的龙和虎。龙身长1.78米，高0.67米。虎身长1.39米，高0.63米。李学勤先生考察后认定此为"四象"的起源，并著有专文《西水坡"龙虎墓"与四象的起源》。

经碳十四考古测定，蚌塑龙虎的年代在公元前4500—前4300年，也就是说，我们中国人认知春与秋两个季节的节点，距今已经6000年以上。

历史从来都是一面映照时代沧桑巨变的镜子，穆涛写作的"文眼"恰恰不在历史而在当下，现实关怀和测照未来始终是他文章的灵魂所在

学者鲍鹏山先生评价您的作品,"不纠结于一般人特别关注的历史中海量的人事是非",而是关注"更大的问题",是"基于对历史的信念"。您怎么理解这句话?

这是在鼓励我,也是在提示我。

其实大的东西,往往藏在具体的事物之中。我们思考大的东西,落在实处好,一味地往高处看,往热闹处走,可能会虚化,甚至会异化。

我写过一篇文章——《黄帝给我们带来的》。是命题作文,"黄帝文化研究会"给布置的作业。我在梳理上古时代的传说和史料时,发现了部落首脑和早期君主的一个共同特点,是我们中国人所独有的,并且区别于西方"丛林政治"的特征。部落首脑们要么自己是天文学者,要么特别重视天文天象的研究和应用,这构成了中国原始政治的基础特色。

伏羲年代在旧石器时代晚期,大约在公元前6500年。伏羲是一位部族首脑,还是部族的名称?已不可考。这时期产生了"先天八卦",先人们仰观天象,俯察地理,以乾坤震巽离坎艮兑八种物质元结构世界,"天地定位,山泽通气,雷风相薄,水火不相射,八卦相错"(《周易·说卦》)。《史记》中的记载是,"余闻之先人曰:伏羲至纯厚,作《易》八卦"。"先天八卦"既观察太阳,也观察月亮,形成了阴阳在对立中和谐的认识,也由此奠定了中国哲学的基础。当时文字还没有产生,以八种符号代表,这八个符号,可以理解为中国文字形成之前的草稿。

神农氏与炎帝是一脉相承的,已进入新石器时代,大约在公元前5000年至公元前3000年之间。由西水坡遗址"龙虎蚌塑"考古可以证实,这一时期已经掌握了春夏秋冬的运行规律,"因天之时,分地之利""神农始治农功,正气节,审寒温,以为早晚之期,故立历日"。

黄帝年代的史书记载比较具体,"黄帝至西汉天汉(汉武帝年号)四年,共2413年"(《史记正义》),是在公元前2600年前后。这时期有了中国最早的天文历法《容成历》,"盖黄帝考定星历,建立五行,起消息,正闰余,于是有天地神祇物类之官,是谓五官"(《史记·历书》)。黄帝时期的"五官",以四季和云命名:春官青云氏,夏官缙云氏,秋官白云氏,冬官黑云氏,中官黄云氏。"五官"中含着四季、五行、五色。

尧帝时期,中国建立了世界上首家天文台。《尚书·尧典》记载,"乃命羲和,钦若昊天,历象日月星辰,敬授民时""期三百有六旬有六日,以闰月定四时,成岁"。这一时期已经认识到,地球围绕太阳运行一周年的时间为365天有余,便认定一年为366天。"旬"的时间概念也形成了,由天干甲到天干癸的十天为一旬。

周文王姬昌是一位奇迹人物,不仅是政治家,还是他所处时代的天文学领袖。当时他还是"西伯",是商朝的西部地区首脑。公元前1066年,商纣王召姬昌进京"述职",他明知此行凶多吉少,但仍然由歧地赴国都朝歌履职,被软禁在国家监狱羑里。这一年姬昌八十七岁,由此开启了长达七年的潜心推衍周易的学术研究生活。对伏羲八卦重新定位，创立后天八卦，并且对易理进行系统性缜密思考，形成了《周易》这部巨著的初稿。

"二十四节气"的首次完整表述，是在汉代的《淮南子·时则训》中，在《礼记·月令》里又有了进一步释义。从二十四节气的一个细节中，可以看出汉代天文学的高度和精度。中国古人把地球绕太阳运行一周年的时间轨迹，划分成二十四个节区，每个节区十五天，表面上计算是360天，而一年是365天，那五天去哪里了？找到这五天，就看出了汉代天文学的了不起。这五天时间，"完美隐身"于每个节区中，每个时令节点的到来时刻不是整时整点的，而且精确到时辰分秒，比如2022年"冬至"时间，是2022年12月22日5时48分1秒。每个节气都是十五天多一点，二十四个"一点"，累加起来就是五天多。二十四节气推定的一年时间是365天有余，我们今天用高科技手段，测定一回归年的时间是365天5小时48分46秒。我们应该得出这样的结论，汉代天文学家在这个领域的认识，已经达到了今天的水准。

此外，还有一点特别重要，我们的祖先在对天象的持续观测研究中，形成了中国人的原始宗教观，就是对天地的顶礼膜拜。天长地久、天大地大、听天由命、皇天有眼、昊天罔极、奉天承运、谢天谢地，这些成语或俗语中，昭示着先民们敬畏天地的拳拳初心。敬畏大自然，用今天的话表述，就是"生态意识"吧。

评论家李敬泽说:"《中国人的大局观》从三代说起,从时间和天象说起,站在汉学立场,谈中国文明与文化的天、地、人。"这样一种书写立场,是否格外需要史家的客观与冷静?

客观这个词,指的是看到事与物的另一面。

我说《史记·商君列传》中记载的一件事:公元前356年,商鞅在秦国施行变法,也就是今天讲的改革。在变法的措施出台之前,"恐民之不信",搞了一次"民意测试",用以强调政府的言必信、行必果。在集贸市场的南门口,竖立一根"三丈之木",并在一侧贴出告示,有人把此木由南门搬到北门,付工钱"十金"。人们见到告示后,不敢相信,如此高额工钱的背后,不知窝藏着什么用心。"民怪之,莫敢徙。"

见百姓漠然对待,又贴出告示,工钱增加到五十金,"复曰能徙者予五十金"。有一个人想碰碰运气,把这根"三丈之木"搬到了北门,结果拿到了五十金。

有人把这件事解读为政府讲诚信。

我们换一种思维去看,如果政府用不靠谱的行为方式,做取信于民的工作,民心的基础会崩塌的。公元前221年,秦始皇统一六国,建立秦朝,公元前206年亡国,一个强大的帝国仅仅存在了十五年时间。历史评价秦朝,不是天下亡秦,是自取灭亡。究其原因,就是这类不靠谱的事做得太多了。土崩瓦解,指的是中国历史中的两种亡国形态,瓦解的意思是朝廷官员分崩离析,土崩就是民心散尽,秦朝把这两条占全了。

我们习惯上讲，历史是一面镜子，但怎么样照镜子是有讲究的。

《红楼梦》里的贾瑞，以邪念入了王熙凤布置的"相思局"陷阱，不能自拔。一个道士来挽救他，给他一个"正面反面皆可照人的镜子"，叮嘱"千万不可照正面，只照背面，要紧，要紧"，镜子的背面是治病的骷髅，正面是仪态万千的王熙凤。贾瑞把持不住地看正面，三天后便丢了性命。

贾瑞这种照镜子的方法是不可取的。

《中国历史的体温》以《汉书》《史记》为基本阅读范畴，以史实及相关史料为基本内容，从中梳理中国传统的人文精神

《中国历史的体温》是一部有温度、有性情的作品，打通了历史传统、时代现实和未来发展的链条，也有很多辩证的思考，体现了"中国人的大局观"，对于中国历史文化的研究过程，也是不断解惑悟道的过程吧？您是怎样去"参悟"的？

我不是参悟，是瞎琢磨。

比如，我们今天处于改革的年代，所谓改革，就是旧有的东西，不适合新环境了，需要改变。但改变的同时，还要弄清楚应该坚守什么，不是什么都改，不是在所有的领域全部重起炉灶。应该找到与中国优秀传统相衔接与融合的接口，以合辙于历史长河。用大历史的眼光看，尽管很多东西都在变化，但自古至今，有三个层面的东西没有变。一，空间大环境没有变，太阳还是那个太阳，月亮还是那个月亮，星辰仍旧，地球带着月亮围绕太阳旋转的规律依旧。二，山川海洋与大江大河的走向基本没变。三，人性中最基本的东西没有变，也不会变，孝敬父母，养育儿孙，这些东西不会变的。"人定胜天"这个成语，我们今天的认识是不对的，不是人类战胜大自然。这个词的本意是人心安定为天之胜，是老天爷最大的愿望。我们看到的眼花缭乱的变化，是朝代更替，以及人们生活方式的逐新逐异。比如观测天象这样的事，先民们最初是在地上竖立一根棍子，看地面上太阳影子的变化，测定地球绕太阳运行的规律。当年这样的方式，对宇宙的认知能力是肤浅的。我们今天设计出了"天眼"那种500米口径的射电望远镜，可以在地球上接收到一百多亿光年以外的电磁信号，但从本质上讲，今天对宇宙的认知能力，也仍处于略知一二水平。

老祖宗传下来的那句话"经史合参"，这是讲思考问题方法的。"经"是常道，是恒久不变的东西，是不动产。"史"是变数，是世道里的玄机，是无常鬼。"经"与"史"掺和着看，视角就立体了。今天的作家，外国的文学名著看得多，这是开眼界的好事。但要留心两个细节：邻居家的大树，是在人家土地里长起来的。看明白一棵树，只看树冠是不够的，还得弄清楚树根下面的东西。如果把这棵树移植过来，要转换制式。文学不是数学、物理、化学这样的自然学科，是社会学。一方水土养一方人，中国的世道人心是中国人的，用邻居家的脑子和情感方式，过自己的日子，就是把自己的人弄丢了。

国之大者，要找到大的方向，要用自己的腿脚走路，学习和模仿是好事，但得记着自己姓什么。也要去掉妄自尊大和膨胀心，清醒地认识到不变，找到底线，可以使我们负责任地面向未来以应对万变。

《中国历史的体温》中有一篇《念旧的水准》，提出"读书治史不是念旧，旨在维新"。这是在特别强调什么？

有一句老话，"不知来，视诸往"。这是董仲舒《春秋繁露》中的，意为：回头看，是为了向前走。

写历史题材的文章，今天称为"历史散文"，这个命名应该推敲的。文学写作如同盖房子，用新砖瓦还是老石料，是建筑者的趣味，但都是为了现实的居住和应用。一个人穿了汉代的衣服，不是想回到汉代，也回不去。历史题材的写作，是给自己盖房子，不要弄成仿古建筑，去掉装模作样为宜。

反省历史，以陈维新的写作，是中国文学的一个基本传统。

我们看看一本书的体例，《古文观止》是清代康熙年间编辑成书的，是古代文章的集锦，收录先秦至明代文章222篇。这本选集包容着中国文章的多种写法，在当年是科举考试的参考用书。留心一下目录，会发现选自史书中的文章几乎占了一半：《左传》34篇，《战国策》14篇，《国语》11篇，《史记》14篇（另有司马迁一函书信《报任安书》），《礼记》6篇，《春秋公羊传》3篇，《春秋穀梁传》2篇，还有汉代五位皇帝的四道诏书，一篇讲话。此外，韩愈24篇，三苏24篇（其中苏轼17篇），欧阳修13篇，柳宗元11篇。这些文化大家的文章，也多以历史的省思为写作内容。在古代，写现实的文章，也是头疼的难题。生活正在进行时，好比夏天的湖水，和雨水交织着、混沌着，许多东西没有沉淀下去，写出透彻和深入有难度，也有对朝廷的顾忌。汉代的东方朔在《非有先生论》一文中，就由衷地发出"谈何容易"的感慨，写现实谈出有见地的观点，太难了。比较着说，以史鉴今的文章，写起来相对宽松一些。

念旧的文章，以省思为基本，再写出新认识才蹈大方。念旧是走私，都有各自的隐蔽通道。念旧容不得假，走私的人，怀里揣的，腰上绑的，内裤里夹带的，都是真货。今天流行"戏说历史"，即使是作为娱乐，也是需要警惕的。还有一点特别重要，以史料进入文章，要过滤掉旧气。如同用老材料盖房子，屋子里洋溢着一股霉味，客人坐不住，自己也没法在其中过日子。

《长安城散步》是一组短文章，隽永精致，耐人寻味。在《关于朴素》中，您说"朴素不是修养，是骨头里的东西，是气质"。这种气质，需要刻意维护吗？

穷日子里的苦，不是朴素，是简陋，是生活中的无奈。富人低调做事，也不是朴素，是修养，是潜于心底的一种奢华。

朴素真真切切，却是高大上的。《淮南子·原道训》和《庄子·天道》两篇经典文献里，对其内涵有比较相近的表述，"所谓天者，纯粹朴素，质直皓白，未始有与杂糅者也""静而圣，动而王，无为也而尊，朴素而天下莫能与之争美"。这是从大的层面讲的，朴素是天生丽质，地主之谊，不是人工可以维护的，"无为也而尊"。我说朴素是骨头里的气质，是从具体处看的。朴素不分高低尊卑，常人身体里都有，但贱骨头、软骨头里没有。

一个人朴素与否，无关紧要。但一个社会如果失了朴素，问题就多了。

刻意维护是搞装修，我说一件汉代装修朴素的事。

黄霸是在颍川郡太守任上擢拔入京的，先担任太子的老师（太子太傅），后转任三公之一的御史大夫，再之后出任丞相，成为百官之首。黄霸的突出政绩是百姓"乡化"，用今天的话表述，就是精神文明建设抓得好。汉宣帝的表彰诏书称道，"百姓乡化，孝子弟弟贞妇顺孙日以众多，田者让畔，道不拾遗，养视鳏寡，赡助贫穷，狱或八年亡重罪囚。吏民乡于教化，兴于行谊，可谓贤人君子矣"。这道诏书基本是大白话，有两句话稍解释一下，"田者让畔"，种田的人没有土地纠纷，礼让地界。"狱或八年亡重罪囚"，黄霸治理颍川郡八年，无重大刑事犯罪案件发生。颍川郡位于今天河南西南部，大致包括许昌、平顶山、漯河一带。汉代时候，颍川是首善之地长安之外的人口大郡，也是经济富庶之地。黄霸担任丞相之后，把颍川郡的乡化经验向全国推广。

汉代有"上计制度"，融政务审计和官员考绩于一体。上计程序是郡县上计，督邮巡计，丞相受计，御史大夫核计，皇帝主计。黄霸在"中央岁末课郡"受计时，自作主张加入一道程序："乡化"。工作显著，有具体实施措施，并有实际效果的郡县，"先上殿"汇报。有具体措施，但无实际效果的郡县次之。既无措施又无实效的郡县居末等，还要为此作出深刻检查。"有耕者让畔，男女异路，道不拾遗，及举孝子贞妇者为一辈，先上殿。举而不知其人数者次之。不为条教者在后叩头谢。"

时任京兆尹（首都长安最高行政长官）的张敞据此向汉宣帝奏报，弹劾黄霸是乱作为，认为民风应以朴素为本，以"乡化"入年度上计，会助长地方弄虚作假，伪君子遍地。

一个国家在民风领域倡行伪态，不是小事。"浇淳散朴，并行伪貌。""伪声轶于京师，非细事也。"汉宣帝很清醒，及时叫停了这种做法。

黄霸担任颍川太守时，还有一种"谀上"的行为惹人反感。汉宣帝勤于政务，下达的治国理政诏书多，"时上垂意于治，数下恩泽诏书"。其他郡县官员奉诏行事，埋头落实。黄霸每接到诏书，均挑选重要官员，到各县宣讲圣旨，大肆宣传。"太守霸为选择良吏，分部宣布诏令，令民咸知上意。"

黄霸的"政治秀"功夫也是渗入骨头里的。

穆涛的文章里融入对历史，更对当下具体问题的思考。他反思今天的散文写作尽管繁荣，但缺失着旧文学里的立言意识，也欠缺着新文学剖析时代精神的能力

您对中国古代文化的认知既透辟，同时也不沉迷于过去，而是对历史不断进行批判和审视，并与当下紧密契合。这使您的作品具有现实意义。您如何看待散文与时代的关系？

古代的"散文"概念，指的是文体门类，与韵文相对应，含着书、说、表、铭、赠序，以及记、传等。我们今天的散文，单指文学的一种，是从西方借鉴过来的，同时还有随笔、杂文、小品文等名目，同一种文学体裁，这样的细化分别，是伤大方之质的。

在古代，"文学"的概念也与今天不同，基本是由文成学的内涵。汉代设置有文学职官，称"文学掌故"。初设在中央朝廷，是太史令的属官。之后各郡及诸侯国也对应设置。"文学掌故"的遴选要经过"察举制"的考试，先由各县推荐读书出众的才俊，郡太守审核，政审标准有四条，"敬长上，顺乡里，肃政教，出入不悖（无犯罪记录）"。之后集中到京城的太学学习，一年后经过严格的"五经"考试，"通一艺（经），补文学掌故缺"。获得"文学掌故"的资质，相当于今天的大学学历，职级不高，但晋升空间大。

古人讲"三不朽"，立德、立功、立言。立言的意思是"言得其要，理足可传"。古代人写文章，是当大事干的，文章千古事，言立而文明。

"小说"前边这个小字，不是自谦，不是小得如何如何，是中国的旧文学观。中国古代的小说，起源于传奇、传说、志怪，基调是"街谈巷议"，基本方法是演义，由正义而旁逸斜出，意思是大道沿途的枝丫岔路。因此定义为娱人娱己的写作，这个"小"指不在蹈大方之列。古代小说的体例是章回体结构，是写给说书人的脚本。每一章的结尾有"且听下回分解"，开头一句是"上回说到"。"五四"以来的新文学巨大成就之一，是解决了小的问题，小说肩负起"民族秘史"的责任，由演义而正义。地位升级扶正，但仍叫小说，就是自谦了。

"五四"时期的散文，是新文学的主力一种，立言立说，振聋发聩，鲁迅等一批作家的写作，清醒地呈现着那个时代，也代表着那个时代。今天的散文写作，尽管是繁荣的，但缺失着旧文学里的立言意识，也欠缺着新文学剖析时代精神的能力。

文学写作，认识力是第一位的。无论散文，还是小说，跟人怎么活着是一个道理，一个人目光长远，看问题透彻，就会得到尊重。文学写作有点像跳高比赛，跨过了两米六的高度，就是破纪录的冠军。用什么姿势都可以，俯卧式、直跨式、剪式什么的，腿脚笨一点也不伤成绩。如果横杆只是一米，再不断翻新姿势花样，别人不会当成跳高，还以为是练体操呢。

散文与时代的关系，就是文学与时代的关系。

二十世纪八十年代文学是热的，今天的文学界在讲"重回八十年代"，回到八十年代哪里呢？我觉着就是要回到八十年代对社会的认识力那个层面。那个时候思想解放刚刚开始，冰雪初融，乍暖还寒，许多领域还疑惑着，或顾忌着。作家们先清醒了，写出了一系列洞察社会、具有"破冰"意识的作品。比如《爱情的位置》《我爱每一片绿叶》《人啊人》《高山下的花环》等等，对人的精神空间、个性的范畴、自由价值，以及战争与人性等诸多不正常的生态指标，进入深思和反思。实话实说，这些作品就文学写法而言，相对粗糙，有些笨手笨脚，但这些认知在当时是具有前瞻意义的，正是这些观念的突破激发出了人们的热忱。现在有一句流行的话，说文学边缘化了，其实很大程度上，是作家们的认识力边缘化了。今天的中国社会已经进入"改革深水区"，如何在深水区作业，哪一位作家写出对人的精神秩序，以及社会脉动的思潮具有透彻认知力，并且具备超前意识的作品，就可以代表今天这个时代。

作为同事，穆涛把和贾平凹交往中的种种以诙谐的笔墨，刻画出一个生动的、富有神韵的贾平凹

《看画》在读者中影响大，可否谈谈创作起因？过程？有好玩的故事吗？

《看画》，是贾平凹的画，以及我的添足文案。最初应《十月》杂志之约，是顾建平兄的创意。后来就移植到《美文》上，作为一个固定栏目，有十几年了。平凹主编有一次问我："你写了几十篇看我的画文章，关于我的画，你怎么一个字也不写？你都看哪去了？"我说："写您的画好吧，有人会说媚上。说不好吧，有人会说我抗上，还是不写为好。"

　　平凹主编的画，也是他的文学创作，我行我素，不拘不束，兴致而来，兴尽忘归。有时突然而至的一个灵感，他会先画出来，之后再慢慢写成文字。最近这几年，他开始研究技法了，一次他问，什么最难画？我说，画云。他铺开一张纸，一团一团地挥毫，之后端详了一会儿，在边上题字：羊群走过。画面上，是云之下的羊群，还是羊群走过之后的云团。出其不意，似是而非。知非诗诗，未为奇奇。

　　我读他的画，是领略他的精神。"看画"这个栏目，出版过一本书，叫《看左手》，意指他右手为文，左手为画。

　　作为贾平凹的同事和朋友，您和他多有合作，2012年出版的《看左手》，十年后又有《明日在往事中》。您愿意评价一下他的画吗？

　　用苏轼画论中的一个观点，可以映照平凹主编的画，"世之工人，或能曲尽其形，而至其理，非高人逸才不能辨"。

　　他作画，"虽无常形，而有常理"，更多的是臻于妙理，迫于至境。生活里他是宽厚的儒者，忘知守本。作起画来是自我放逐弃了楼观的道人，异想天开，想起一出是一出。他的画，是灵魂出窍的，身子在五楼，念头或思想在九楼的窗口跟你打招呼。他的画，是从山不是山、水不是水，走向山更不是山、水更不是水。从山水呈现着什么，到山水征兆着什么。

我有他多幅画，其中三幅是用劳动得来的。

有一年夏天，出奇地热。编辑部几件事情交织在一起，连着轴转。当时办公室还没有空调，开着电扇汗更多。他让人给我捎过来一幅画，四尺整张宣纸，核心是一个写意的盘子，盘子里有一团隐隐约约的物质。下方是题款，"天热，送穆涛冰淇淋，记着吃完盘子还我"。这是第一幅，他主动给的。

另两幅是我赢来的，是"战利品"。一幅牛，一幅虎。（二十世纪）九十年代的《美文》编辑部，其乐融融。中午都不回家，在单位凑合着吃。饭后聚一起打扑克，主要玩一种"挖坑"的游戏。只有我们两个人时，玩"一翻两瞪眼"，一副牌放桌子上，各自抽出一张，以点数大小简单取胜。一回是他抽了"Q"，我抽的是"K"，我赢到了虎。赢到牛的一回是我抽了"2"，他得意地看了我好一会儿，一伸手抽出了"A"。他气得把牌扔地上，我捡起来，严肃地告诉他，"A是一把手，是主编"。

虎是上山虎，一身倦态。题款是"当人愤怒时下山变成了虎，当虎上山后又变成了人"。牛是牛头，笨笨的一张大脸。题款是"能驮，能吽，能犟，能忍受，不识方向就低下了头"。

顾建平兄在《十月》做编辑时，约了一个专栏，平凹主编的画，由我配写文字，在封二上连载了一年。之后移植到《美文》上，又画又写地坚持了十多年。2012年整理出版了画文合集《看左手》，2022年出版的《明日在往事中》，是这些图文的集外集。

在《先前的风气》中，历史的省思、世相的洞察与思想者话语风度熔于一炉，行文疏密相间，雅俗共赏，无论长文或短章，都交织着散文、随笔和杂感的笔力与韵味，有鲜明的文体意识

《先前的风气》获第六届鲁迅文学奖。获奖后，对您的创作和工作有影响吗？

挺有影响的。《先前的风气》是2012年出版的，2014年获的鲁奖，运气不错，同年还获得了"中国好书"。

获奖后，有报社的记者让我说感言，我只说了一句话："平凹主编让我做编辑，还主持常务工作，我却得了创作的奖。让我当裁缝，我却织布去了。"这话听着有点假，但真是这么想的，觉着是不务正业。这之前，我还写一些文章在报刊上发表，之后就不写了。一直到2022年，这一年我59岁，有了退休心理，就整理了一批读史札记，约五十万字吧，其中多篇是两三万字的长文章，发表在《江南》《大家》《作家》《人民文学》《芙蓉》《山花》《芒种》《雨花》《北京文学》等杂志上，还被《新华文摘》《思南文学选刊》《散文海外版》转载，有朋友说我这是"井喷"。其实是收拾老房子，把多年积攒下来的东西，选一些耿耿于怀的擦了擦灰尘，让其发出本来的光亮。接下来，再把这些文章依内容的时间大序和写作思路走向，分别编辑，这样，又有了《中国人的大局观》和《中国历史的体温》两本书。

这三本书，可以说是在一个基本路数上，截取中国大历史中的一些段落或细节，作为镜子，既照正面，也关照背面。

您的文章重趣味，善用典，节制，内敛，往往小中见大，在绵里藏针。比如《先前的风气》，内容涉及经史春秋、历法农事、道德觉悟、帝王将相、旧砖新墙、文情书画、饮食男女，除了少数篇幅，大多仅为寥寥数百字或千余字，却语尽而意不尽。这样的风格，是逐渐形成的吗？

《先前的风气》中的文章，基本是《美文》杂志每期扉页上的导读语。只有一页纸的地方，字数有限制，想多写也不行。

这个栏目，以前是平凹主编写。由他写，读者爱看。他写得好，编辑部琐碎的稀松平常事，也写得神采飞扬。有一天，他把我叫到办公室，说这一段事情多，让我替他写几期。我说这是主编的活，我干不了。他问我："知道做副主编最重要的是什么吗？"我说："听主编的话。"他说："回答正确，写吧。"从1999年开始，就这么写下来了。平凹主编写的叫"读稿人语",我写的叫"稿边笔记"。

扉页上的这些话,写起来挺费劲的。要体现编者的用意,又不能太具体。平凹主编倡行"大散文"的写作观念,大散文是什么?散文写作应该大在什么地方?这些东西是不能喊口号的。我从中国古代文章的多样写法入手,再参照史料,一粒芝麻、一颗苞谷地收拾,尽可能去掉书袋气。假装内行的理论腔,读者是厌烦的。有一次研讨会上,一位评论家说我举贾平凹的大旗,我当场反对,平凹主编那天也在场的。旗子是什么?节庆日挂出来,平常日子卷起来。以这样的意识从事文学工作是不妥当的。

2011年吧,陕西师范大学出版总社的刘东风社长找到我,建议把这些文字归拢一下,结集出版,并一起商量了书名,于是就有了《先前的风气》这本书。

整体来看,您愿意如何总结从事创作以来写作风格发生的变化?

读汉代的史学著作过程中,我对《汉书》和班固越来越偏重,写了几十万字的阅读札记,总题目叫《汉代告诫我们的》,也陆续发表了一些。作家出版社让我写《班固传》,也答应了。但我先写出的是一本《班固生平年表,以及东汉前期社会背景态势》,从班固一岁,写到六十一岁去世,班固的生平材料,和六十一年的社会大事记。我们中国人讲六十年一轮回,这里边确实是藏着太多的东西。这个年表有十三万字，我觉着，写《班固传》，这个功课不用心做好不行。

《汉书》这部史学著作，在史学界地位很高。东汉之后的著史方法，基本上遵循《汉书》的体例，一个朝代一本。《史记》是通史，从黄帝到汉武帝期间。《汉书》因习《史记》，但有自己的创新和发扬，其《地理志》和《艺文志》开启了后代几个重要学科。唐代的刘知幾重视《汉书》，清代的全祖望简直是着迷，写过一本《汉书地理志稽疑》，从《地理志》中读出百余处疏误，其实这里边有不少是年代变迁造成的。我读完全祖望这本书，实实在在感触到了清代学人考据派的硬功夫。

2023 年 4 月